KB128186

신
곡

1권
지옥으로의 편력(遍歷)

단테 알리기에로 지음
김용선 편역

신곡

1권

지옥으로의 편력(遍歷)

단테와 베아트리체의
시공을 초월한 영원한 사랑

바른북스

추천의 글

박치욱 퍼듀대학교 약학대학 교수

작가가 편역한 이 신곡을 만난 것은 나에게 큰 행운이었다. 단테의 신곡은 내가 세상을 떠나기 전에 꼭 읽어야 할 책의 목록에 포함돼 있었다. 과학을 공부하던 젊은 시절 인문학에 문외한인 나에게도 신곡이라는 대서사시의 명성은 피해 갈 수 없었다. 신곡은 셰익스피어의 희곡과 더불어 세계 문학사에서 최고의 걸작으로 손꼽히는 작품이었고, 지옥과 연옥과 천국을 여행하며 수많은 역사 속 인물들을 만나고 그들의 삶을 살필 수 있는 흥미진진한 방대한 서사시였다. 그러나 많은 사람들이 나처럼 살아생전에 꼭 읽어야 할 책으로 다짐하면서도 막상 접한 사람은 극히 드문 작품이기도 했다. 그런데 이 편역된 신곡이 내게 단테와 함께 신비한 여행을 떠나게 만드는 기회를 선물했다. 그 여행은 놀라웠다. 굽이굽이 펼쳐지는 흥미진진한 이야기에 감탄에 감탄을 연발하며, 지적 쾌감에 흠뻑 젖는 그런 마력을 지닌 여행을 경험하게 했다.

이 책을 읽는 동안 단테는 바로 내 곁에 있었다. 700년 전 이태리에 살았던 당대 최고의 지성인 단테의 감성과 영성이 이 책에 고스란히 녹아있었다. 그의 인생은 비극이었다. 세상의 부조리와 불합리와 부도덕에 젖어 살기도 했고 또한 그것에 흠씬 두들겨 맞기도 하면서 자신이 사랑하던 모든 것들을 잃은 비극의 주인공이었다. 단테는 이 시로 부조리한 세상을 뒤집어엎고 자기만의 세계, 자기만의 우주를 창조했다. 그 결과가 《La Divina Commedia》였다.

신곡의 세계는 모든 것이 올바르다. 부조리가 정리되고 불합리가 지워지며 부도덕이 벌을 받는 신적인 질서가 충만한 경쾌한 도발의 세계였다. 인간을 고통스럽게 한 자들이 지옥에서 벌받고 있고, 천국에서 만난 베드로는 단테의 믿음을 꼭 안아주었다. 무엇보다 이 신곡에서 단테의 영원한 사랑인 베아트리체가 지고의 아름다움과 신적 고귀함을 지닌 존재로 단테를 진리의 세계로 인도하며 인류의 구원을 위해 기도하고 있었다. 이 신적 질서를 묘사하면서 단테는 신학과 철학, 수사학과 역사, 천문학과 과학의 세계를 자유자재로 넘나들고 있었다. 천재의 지적 유희가 황홀할 정도였다.

하지만 쉽지는 않았다. 700년 전 중세 최고의 지성이 토해내는 지식과 경험과 영성은 우리가 쉽게 범접할 수 있는 영역이 아니었다. 그리스 로마 신화와 유럽의 역사와 문화, 신구약 성경에 정통하지 않고서는 이해할 수 없는 내용과 표현이 한가득이었다. 그러나 작가의 편역은 이 난해한 대서사시를 인문학에 조예가 부족한 나에게 줄거리를 넉넉히 즐길 수 있도록 안내해 주었다. 과하지도 않고 부족하지도 않을 만큼의 풀이를 통해서 "아하"를 외치는 깨달음의 순간이 얼마나 많았던가! 그렇게 단테의 현란한 지적 유희를 즐기면서 도덕적 윤리와 인간의 존엄성과 사랑의 구가를 노래한 이 역사적인 작품을 만끽할 수 있었다. 내가 이 편역된 신곡을 만나지 못했더라면 평생 경험하지 못할 그런 즐거움이었다. 모두에게 일독을 권한다.

헬레니즘과 헤브라이즘을 엮어 종교개혁과 르네상스를 이끈 불멸의 걸작 《신곡》

단테 알리기에로Dante Alighieri, 1265~1321의 세례명이 '두란테Durante'다. 이 이름의 의미는 '참고 견디는 자'로서 이 말의 축소형으로 사용된 말이 단테Dante다. 피렌체의 군문 귀족 집안에서 태어난 단테가 그의 이름대로 어린 시절부터 많은 아픔을 겪었다. 5살이던 해 어머니가 돌아가시고, 18세 때 재혼한 아버지마저 세상을 떠났다.

단테가 아홉 살이던 1274년, 꽃이 만발한 아르노 강변에서 이름 모르는 소녀를 만났다. 그녀는 단테의 어린 가슴에 간절하게 타오르는 사랑 감정을 불러일으켰지만, 이미 몰락한 집안의 그가 최고의 명문 가문 출신인 베아트리체를 사랑하는 것은 쉽지 않은 일이었다. 단테가 그런 아픔을 안고 지내다 18세 때 아르노 강가의 베키오 다리에서 다시 베아트리체를 두 번째 만났다. 베아트리체가 먼저 단테에게 가벼운 미소를 지으며 인사를 건넸다. 복을 주는 여인이라는 이름의 그녀가 단테에게 구원의 여인이 되는 순간이었다. 단테와 베아트리체의 이 운명적인 만남이 단테의 평생을 사로잡았고, 그녀는 단테에게 그리움이 되었다.

그러나 베아트리체가 부친의 강요로 돈 많은 집안의 금융업자와 결혼하지만 불행하게도 24세의 젊은 나이에 요절했다. 그 일로 단테가 한동안 충격을 받아 고뇌하며 허무에 빠지기도 했지만, 그는 그때 아리스토텔레스와 키케로, 보에티우스와 토마스 아퀴나스의 학문을 깊이 탐구했다. 그리하여 그녀가 죽은 다음 해인 1291년에 베아트리체에 대한 그리움을 노래한《새로운 삶》이 탄생했다.

그 당시 도시국가 피렌체는 상류 봉건귀족이 주축인 기벨리니와 몰락한 귀족과 상공인이 지지하는 궬피로 나누어져 대립이 극심했다. 단테가 24세에 궬피 당의 일원으로 전쟁에 참가하여 큰 공을 세웠고, 30세에 정계에 진출하여 5년 후 피렌체를 다스리는 6인 중 한 사람이 되었다. 궬피 당이 다시 백 당과 흑 당으로 나누어지는 가운데 단테는 백 당에 속해있었다.

단테 나이 35세가 되던 1300년, 승승장구하던 그의 인생이 무너져 내렸다. 교황청으로부터 피렌체의 독립을 원하던 그가 흑 당의 승리로 추방되었다. 흑 당의 탐욕이 쿠데타를 일으켰고, 그로 인해 그의 비참한 망명 생활이 시작됐다. 그가 그런 아픔과 분노 중에도 신앙과 윤리 문제에 깊이 침잠했다. 궐석 재판을 통해 사형선고를 받은 단테가 방랑 생활을 하면서도 베아트리체를 잊지 않고 사랑했다. 사악한 악의 무리가 가는 길이 아닌 예수와 바울이 걸었던 진리의 길을 고뇌하며 따르려 했다. 영원히 조국으로 돌아오지 못하고 고난의 길을 걷다가 라벤나에서 56세에 영면했다.

정치적인 힘으로 세상을 변화시킬 수 없음을 깨달은 그가 죄중에 있는 인간은 십자가에 못 박혀 돌아가신 예수 그리스도의 사랑을 통해서만 구원받을 수 있음을 알았고, 그 구원의 길잡이로서 베아트리체를 선택하므로 그녀는 단테의 여인을 넘어 만인의 연인이 되었다. 베아트리체는 단테의 삶의 원동력이었고 시적 영감의 샘이었다. 그녀는 단테의 정신세계를 지배했고, 그녀를 통해 그의 마음이 정화되었으며, 설렘으로 삶을 새롭게 각성했다. 베아트리체는 단테의 사랑이었고 노래였고 기쁨이었고 행복이었다.

결국 단테는 이 《신곡》을 통해 이루지 못한 베아트리체와의 진실하고 영원한 사랑을 시간과 공간을 초월한 전 우주적인 사랑으로 승화시켰으며, 모든 인류에게는 인간이 어디에서 와서 어디로 가며, 무엇을 하며 어떻게 살아야 되는지를 궁구하게 만들었다.

이 작품의 원래 제목은 《La Commedia》희극이었다. 지옥에서 시작해 천국으로 끝이 나므로 붙여진 이름이었다. 그러나 후세에 이 글의 고귀함과 아름다움, 웅대함과 전우주적 초월성에 매

료된 복카치오가 이 희극에 신적神的이라는 뜻의 Divina를 붙이므로 제목이 La Divina Commedia《신곡》가 되었다.

《신곡》은 지옥, 연옥, 천국 3편으로 구성되어 있고, 각 편이 33곡으로 되어 모두 99곡으로 짜여 있으며, 여기에 서곡을 추가하므로 100곡이 되었다. 여기서 100은 그 당시 가장 완전한 수로 인정받던 숫자였고, 33은 삼위일체 교리에 입각한 것으로 단테의 신앙이 반영된 것으로 짐작할 수 있다. 또 이 작품은 3연 체의 11음절로 되어 있으며 총 1만 4천 2백 33행으로 엮어져 있다.

헬레니즘은 그리스 로마 사상과 오리엔트 문화가 융합되어 이루어졌다. 인본주의를 지향하며 이성에 바탕을 둔 사고를 통해 학문과 과학이 발전했다. 영적인 것을 부정하며 지적인 만족을 위해 궁극적 본질을 탐구했다. 헤브라이즘은 히브리 민족의 종교와 사상으로 여호와를 숭배했다. 광야에서 유목하며 살아갈 때 하늘의 음성과 계시가 있었다. 인간은 여호와의 피조물이며 그의 소유된 백성이었다. 단테는 《신곡》을 통해 헬레니즘과 헤브라이즘을 엮어 종교 개혁과 르네상스를 이끌었다.

고대 로마에서는 시민계급을 6등급으로 나누어 최상급을 클라시쿠스classicus라 칭했는데, 이 말에서 클래식classic이란 말이 유래되었다. 클라시쿠스classicus는 '함대'라는 의미를 가진 '클라시스classis'에서 파생했는데, 로마가 위기 상황일 때 가난한 자 프롤레타리아proletaria는 자식proles을 전쟁터로 보내고, 부자들은 나라에 군함을 기부함으로 국가에 기여했다. 오늘날 이 클라시쿠스classicus가 클래식classic이란 말로 변해 사람이 심리적 위기 상황을 경험할 때 극복할 수 있도록 힘을 주는 '고전古典'이란 말로 사용된다.

시대를 초월한 고전 중의 고전인 《신곡》을 학자들이 읽는데 그들 인생에서 30년을 소비한다는 말이 있다. 모든 이의 입에서 입으로 회자膾炙되면서도 막상 접한 사람은 극히 드물다.

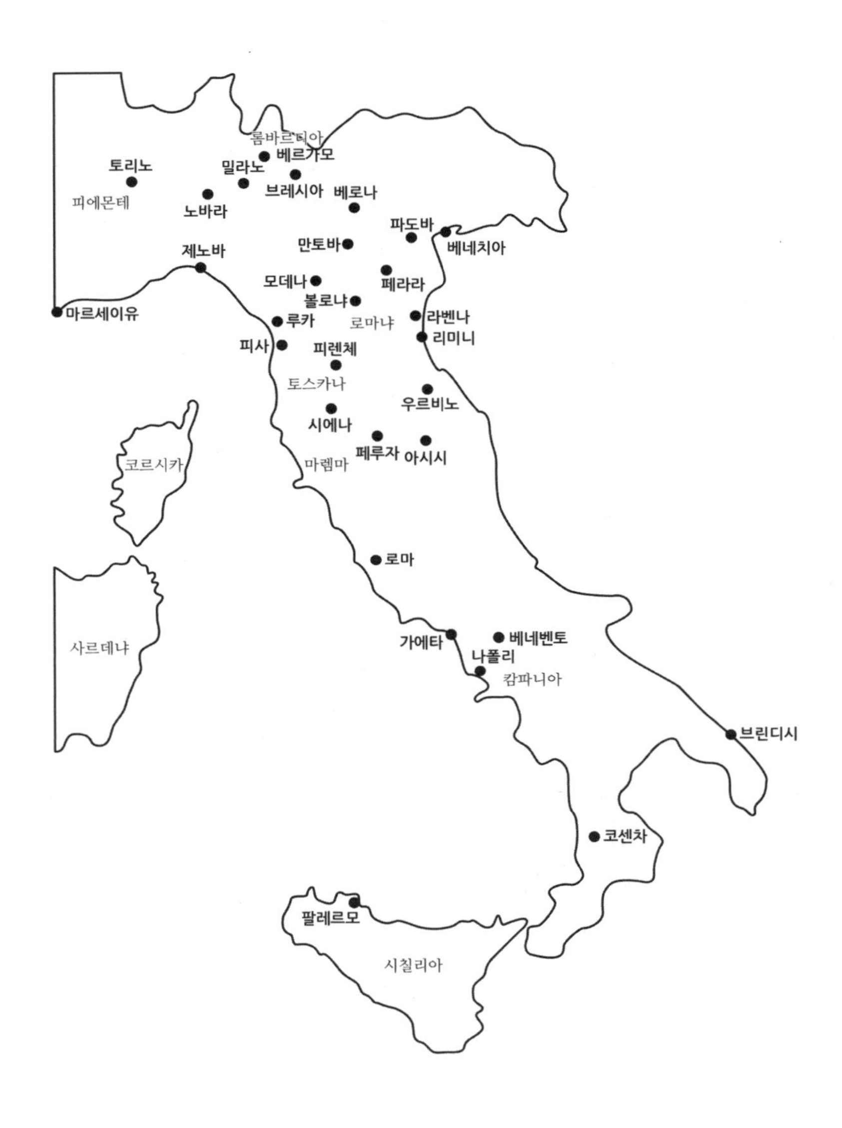
롬바르디아
토리노
밀라노
베르가모
피에몬테
노바라
브레시아
베로나
파도바
베네치아
만토바
제노바
모데나
페라라
볼로냐
마르세이유
루카
로마냐
라벤나
리미니
피사
피렌체
토스카나
우르비노
시에나
페루자
아시시
코르시카
마렘마
로마
사르데냐
가에타
베네벤토
나폴리
캄파니아
브린디시
코센차
팔레르모
시칠리아

◎ 이탈리아 지도

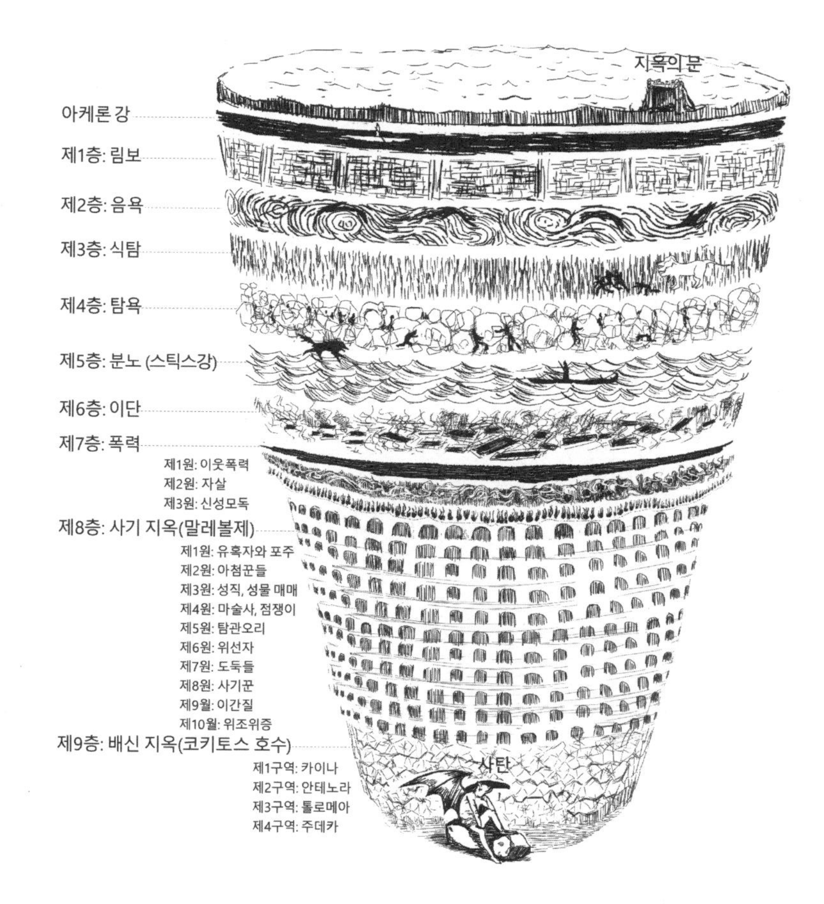
지옥의 문
아케론 강
제1층: 림보
제2층: 음욕
제3층: 식탐
제4층: 탐욕
제5층: 분노 (스틱스강)
제6층: 이단
제7층: 폭력
제1원: 이웃폭력
제2원: 자살
제3원: 신성모독
제8층: 사기 지옥(말레볼제)
제1원: 유혹자와 포주
제2원: 아첨꾼들
제3원: 성직, 성물 매매
제4원: 마술사, 점쟁이
제5원: 탐관오리
제6원: 위선자
제7원: 도둑들
제8원: 사기꾼
제9월: 이간질
제10월: 위조위증
제9층: 배신 지옥(코키토스 호수)
사탄
제1구역: 카이나
제2구역: 안테노라
제3구역: 톨로메아
제4구역: 주데카

◎ 지옥의 구조

◎ **피렌체**

르네상스 문명의 발상지 이탈리아 피렌체다. 이곳에서 단테와 레오나르도 다빈치, 미켈란젤로, 갈릴레이, 마키아벨리, 보카치오, 룻시니 등이 출생했고 활동하였다.

◎ **단테 생가**

피렌체의 군문 귀족 집안에서 태어난 단테는 그의 이름대로 어린 시절부터 많은 아픔을 겪었다. 5살이던 해 어머니가 죽고, 18세 때 재혼한 아버지마저 세상을 떠났다. 단테가 피렌체에서 추방된 후 단테 집안의 재산을 불같은 성격의 필리포 아르젠티가 불하 받았다. 흑당에 속해있어 단테 가문과 늘 대적했다. (8곡)

◎ 라벤나의 성 프란체스코 성당의 단테 묘

정치적 분쟁으로 피렌체에서 추방된 단테가 망명 생활을 하다 라벤나에서 생을 마쳤다. 훗날 피렌체가 단테를 기리기 위해 그의 무덤을 만들었으나 라벤나는 그의 시신을 돌려주지 않았다.

◎ **보카치오**

《신곡》의 원래 이름은 《La Commedia》(희극)이었다. 그런데 《데카메론》을 쓴 보카치오(1313~1375)가 그 제목 앞에 Divina(신성)란 말을 붙임으로 《La Divina Commedia》(신곡)가 되었다. (16곡)

목 차

| 1권 |

지옥으로의 편력(遍歷)

제1곡

단테와 베르길리우스와의 만남

1300년 3월 25일 부활주간 목요일 밤부터 26일 아침까지다.
단테가 인생 칠십의 반을 살며 깊은 산 속에서 헤매고 있다. 그의 영혼이 깊은 잠에 빠져 윤리적으로 방탕하며 죄악의 단꿈을 꾸면서 살았다. 그가 길을 잃고 방황하던 자신의 모습을 여기에 적고 있다.
단테가 하늘의 뜻을 따라 존경하던 스승 베르길리우스를 만나 그로부터 지옥과 연옥과 천국으로의 편력遍歷을 권면받는다.

1　우리네 인생 칠십의 반을 살며
　고비를 만난 나는 바른길에서 멀어져
　어두운 골짜기를 헤매고 있었다.

4 아, 험하고 가혹했던 숲을 헤쳐 나온
지난날들을 생각하노라면
나는 지금도 몸서리를 치도다.

7 죽음보다 더 고통스러운 일이었지만
내가 깨달은 선善을 말하려
거기에서 본 것들을 여기에 적노니,

10 내가 어떻게 그길로 들어섰는지를
다 말할 수는 없지만 나는 그때
무던히도 깊은 잠에 취해 살았다.

13 나를 공포에 떨게 하던
사망의 음침한 골짜기를 지나서
어느 언덕에 다다랐을 때,

16 내가 눈을 들어 하늘을 우러르며
인생들을 밝은 길로 인도하는
별빛에 휘감긴 봉우리를 보았더라.

19 눈물 골짜기를 지나며 나를 절망케 하고
내 마음에 파문을 일으키던 두려움이
그제야 잠잠해지는 듯했다.

22 재난을 만나 바다를 헤엄쳐 나온 뱃사공이
가쁜 숨을 몰아쉬며
넘실거리는 파도를 다시 보듯이,

25 아직도 도망치듯 망설이던 내 영혼이
산 자를 한 번도 살려 보낸 적이 없다는
그 길로 다시 돌이켰다.

28 내가 지친 몸을 잠시 쉬게 하고는
뒷다리가 뻣뻣해질 때까지 버티며
황량한 비탈길을 향해

31 발걸음을 내디뎠을 때,
갑자기 점박이 가죽의 표범 한 마리가
내 앞에 나타났다.

34 그 짐승이 내 면전을 떠나지 않으며
내 가는 길을 무던히도 가로막아
내가 몇 번이나 돌아섰는데,

37 그때가 태초에 하나님의 사랑이
해와 달과 아름다운 별들을 운행하던
성금요일 새벽이었다.

40 태양이 별들과 함께 솟아오르는
춘분의 절기를 예비하신 하늘의 섭리로
내가 사나운 짐승으로부터 벗어나기를

43 간절히 바랐으나,
다시 굶주린 사자가 내 곁으로 다가오며
나는 더한 두려움에 사로잡혔다.

46 허기져 난폭해진 그놈이 입을 벌린 채
미친 듯이 나를 향해 내닫는 바람에
산천초목도 다 떠는 것 같더라.

49 여기에 이미 수많은 영혼들을 산 채로
집어삼켰을 것 같은 암늑대가 나타났는데,
오히려 말라빠진 모양이었다.

52 나는 그놈들을 보는 것만으로도
두려움에 사로잡혔고 공포에 질려
산꼭대기로 향하는 희망을 버렸다.

55 미친 듯이 재물을 모은 자가
재산을 모두 잃을 처지가 되면
돈 생각에 사로잡혀 괴로워하듯,

58 그 맹수들이 나를 몸부림치게 했다.
그놈들이 한 발 한 발 접근해 오며
빛이 없는 어둠 속으로 나를 내몰아

61 내가 점점 낮은 곳으로 밀려났는데,
뜻밖에 내 앞에 나타난 자가 있었나니
그는 오랜 침묵으로 목이 잠긴 상태였다.

64 내가 황무한 그곳에서 그자를 향해 소리치길,
"그대는 사람인가 그림자인가?
그대가 누구이든 나를 살려주오."

67 그가 말하길, "나는 지금은 사람이 아니나
옛날엔 사람이었노라. 내 부모는 롬바르디아 출신이었고
고향은 모두 만토바였도다.

70 말년의 카이사르 시대에 태어난 나는
망령된 여러 신들이 만연한 가운데
어진 아우구스투스의 통치하에서 살았노라.

73 나는 오만했던 트로이 신전이 타버린 뒤에
그곳을 떠난, 안키세스의 정의로운 아들
아이네이아스를 노래한 시인이로다.

76 그런데 너는 어인 일로 이런 고통 속에 있느냐?
어찌하여 온갖 기쁨의 시작이요 근원인
저 환희의 산에 오르지 않는가?"

79 내가 망설이면서 대답하길,
"아, 그렇군요. 당신은 달변의 혀로
강물 같은 이야기를 쏟아내던 베르길리우스!

82 오, 모든 시인들의 자랑이며 빛이시여!
당신의 오랜 연구와 값진 사랑이
저로 거듭거듭 당신의 시를 독파하게 하였나이다.

85 당신은 저의 스승이요 제 인생의 인도자십니다.
저에게 명성을 안겨다 준 저의 고운 붓끝은
오로지 당신으로 말미암았나이다.

88 이제 당신은 제 발걸음을 돌이키게 한
저 짐승들을 보십시오. 저의 힘줄과 살을
소름 돋게 하는 저 악에서 구해 주소서."

91 그가 눈시울을 붉히며 대답하길,
"네가 이 숲을 벗어나고 싶거들랑
다른 길로 가야 하리니,

94 너를 고통스럽게 하는 저 짐승들은
누구든지 자기 길을 가지 못하게 하고
막을 뿐만 아니라 죽이기까지 하노라.

97 저놈들은 간교하고 사악해서
탐욕스러운 욕망이 채워진 적이 없으며
먹고 나서 더 배고파하느니라.

100 저 짐승들과 비슷한 놈들이 많이 있나니,
저놈들은 사냥개가 나타나서
저들을 죽이기까지는 더 많아지리라.

103 그 사냥개는 흙과 쇠가 아닌
오직 지혜와 사랑과 덕을 먹고 사노니,
그의 나라는 영원과 영원 사이니라.

106 또 그 사냥개는 새색시 카밀라와 에우리알로와
투르누스와 니소스가 피 흘려 죽어가며 건설한
이탈리아를 구원할 것이며,

109 그는 모든 곳에서 지옥 왕 루시퍼가
그의 첫 질투로 세상에 내보낸
저 늑대를 사냥해서 다시 그곳에 처넣으리라.

112 그리하여 나는 너를 위해 네 길잡이가
되기로 작정했나니, 내가 너를
이곳으로부터 영원한 나라로 이끌리라.

115 너는 그 길에서 절망하는 소리를 들으며,
두 번째 죽음을 절규하며
지옥 형벌을 받는 망령들을 보게 될 것이고,

118 또 언젠가 복 받은 영혼들과
함께할 것을 믿으며 불 속에서
죄를 씻는 자들을 만나리라.

121 또한 네가 축복받은 영혼들에게로 오를 때
나는 너를 아름다운 여인에게 맡겨
그분으로 인도케 하리니,

124 나는 영세를 받지 못해
천국을 다스리시는 지존자至尊者로부터
그곳에 드는 복을 얻지 못했노라.

127 그분이 명령을 내리시고 다스리시는
모든 곳이 다 그의 나라이며 그의 보좌이니
오, 복되도다. 그곳에 들어간 자들이여!"

130 내가 말하길, "시인이시여,
당신이 모르셨던 주의 이름으로 간청하노니
이 얽매임으로부터 저를 구원해 주시고,

133 당신이 말씀하신 곳으로 인도하여
성 베드로의 문을 보게 하소서.
거기에서 슬피 우는 영혼들을 만나게 하옵소서."

137 그리고는 그가 일어섰고 내가 그의 뒤를 따랐다.

• 1~30

35세의 단테가 도시국가 피렌체의 최고의 집정관이 되었다.

그가 인생의 바른길을 잃고 험하고 어두운 숲속에서 헤매고 있다.

영혼이 잠을 자며 도덕적으로 방황하며 죄악의 단꿈을 꾸며 살았다.

단테가 육신의 정욕과 안목의 정욕과 이생의 자랑으로 세상에서 곤고했다.

마음을 조이며 절망하고 있을 때 그에게 빛이 비쳤다.

사망의 음침한 골짜기에서 인생을 새롭게 각성케 하는 음성이 들렸다.

어둠의 골짜기로 미끄러지지 않기 위해 다리에 힘을 주었다.

언덕은 하나님의 자비가 함께하는 밝고 빛나는 장소다.

• 31~63

단테가 조국 피렌체를 등지며 길을 잃고 헤매고 있다.

영혼의 깊은 잠을 자며 선과 악 사이에서 오리무중이다.

어두운 숲을 벗어나 밝은 언덕으로 나아가고자 한다.

그러나 빛을 향해 나아가는 것을 가로막는 세 짐승이 나타났다.

육신의 정욕과 관능의 향락을 상징하는 표범과

교만과 폭력을 상징하는 사자와 탐욕을 대표하는 암늑대다.

하늘의 축복을 향해 출발하고자 하나 죄의 유혹을 피할 수 없다.

죄에 함몰된 인간이 스스로 나올 수 없어 하늘의 도움이 필요하다.

• 64~105

고대 로마의 위대한 시인 베르길리우스BC 70~BC 19가 나타난다.
그는 지성과 철학의 상징이며 위대한 문체의 창시자다.
단테가 그의 작품《아이네이아스》를 탐독하며 그를 인생의 스승 삼았다.
그가 단테를 이끌어 죽은 자들의 세계로 인도하는 길잡이가 된다.
단테가 세상에 창궐한 악을 도말하고 사랑과 지혜와 덕을 재건하여 세상을 회복시킬 수 있는 존재를 간절히 갈망한다.

• 106~137

아이네이아스는 그리스 신화 속에 등장하는 인물로 안키세스와 여신 아프로디테 사이에서 태어났다. 그가 로마 건국 신화에서 로마의 조상으로 등장한다. 에우리알로와 투르누스와 니소스는 아이네이아스를 도와 싸우다 전사한 인물들이다.
인간 영혼이 육신을 떠나는 것이 첫 번째 죽음이고, 두 번째 죽음은 지옥에 들어가는 것인데 그곳에 가면 인간의 혼이 고통을 견딜 수 없다.
"그 날에는 사람들이 죽기를 구하여도 얻지 못하고 죽고 싶으나 죽음이 저희를 피하리로다." 계9:6 "사망과 음부도 불 못에 던져지니 이것은 둘째 사망 곧 불 못이라. 누구든지 생명책에 기록되지 못한 자는 불 못에 던져지더라." 계20:14, 15
시인 베르길리우스는 인간 이성과 지성의 상징이다.

로마의 건국을 노래한 《아이네이아스》의 저자로 단테가 그를 흠모하였다.
그가 최고의 지성을 지니고서도 그것을 신앙으로 승화시키지 못했다.
그는 예수 이전에 태어났으므로 그분을 믿는 믿음을 갖지 못했다.
율법 아래 살며 결국 율법을 다 지키지 못해 천국에 오를 수 없었다.
그가 해박한 지식과 통찰력으로 지옥과 연옥을 인도하겠다고 말한다.
천국은 영원한 진리를 상징하는 베아트리체가 인도할 것이라 한다.
단테가 천국에 오르기 위한 연옥의 베드로 문을 보고 싶다 말한다.

제2곡

영계로의 편력을 망설이는 단테

1300년 3월 26일 부활주간 성 금요일 저녁이다.
지옥을 향해 출발한 단테가 자신이 이 여행에 합당한지를 의심하자, 베르길리우스가 자신이 림보로부터 이곳에 온 연유를 설명하며 단테를 구원하기 위한 베아트리체의 눈물을 이야기한다. 단테가 각성하며 다시 힘을 낸다.

1 날이 저물어 붉은 노을이
지상의 생명들에게 고달픈 일상에서 벗어나
안식을 권면하고 있는데, 오직 나만이

4 순례의 길을 걸으며 고통과의 전쟁을 감행하려
마음의 준비를 하고 있었나니,
나는 틀림없는 기억을 여기에 모두 적노라.

7 오, 시신詩神 뮤즈여! 지체 높은 지성이여!
이제 나를 도와 거기에서 본 것들을 기록하여
그대 도움을 드러내게 하여라.

10 내가 묻기를, "저를 인도하는 시인이여.
이 몸이 이 고귀한 발걸음에 합당한지를
가늠하여 보소서.

13 실비우스의 아버지 아이네이아스가
부친을 만나려 영원한 나라에 갔다고
당신 책에 기록되어 있나이다.

16 그리하여 지성을 지닌 자들이 그가 누구였고
무슨 일을 했는지 그의 공적을 헤아리며,
하늘이 왜 그에게 그런 은총을 허락했는지를 궁구하고는

19 결국 부당하게 여기지 아니했나니,
이는 그가 최고의 하늘로부터 영광스런 로마와
제국의 아비로 택함을 받은 자였기 때문이었나이다.

22 그러나 제가 분명한 진실을 말하노니,
이 로마든 이 제국이든 결국은 베드로의 후계자가
좌정하신 저 거룩한 성지를 위해 건설된 나라였나이다.

25 그는 당신이 노래한 영원한 하늘을 여행하며
아버지 안키세스에게 자신의 운명을 듣고는
승리를 확신하며 로마가 성지가 될 것을 짐작했나이다.

28 그 뒤에 하나님 택함을 받은 바울도 그곳에 갔는데,
이는 구원이 믿음으로 말미암는 진리를
가져오기 위함이었나이다.

31 그런데 아이네이아스도 아니고 바울도 아닌 제가
어찌 그곳엘 가며 누가 그것을 허락하셨나이까?
제 생각에도 남이 보기에도 저는 그런 그릇이 못 되옵니다.

34 그리하여 제가 그곳에 가는 것이
죄스러운 일이 아닐지 두렵사오니
현자賢者여, 철없는 자를 헤아려 주소서."

37 무슨 일을 하려 하다가
문득 다른 생각이 떠올라 뜻을 바꿔
시작한 일에서 몸을 빼는 사람처럼

40 내가 어두운 산기슭에서 그러했나니,
처음 출발할 때 그토록 서둘렀던 일에서
미련을 버리려 했노라.

43 마음이 너그러운 그이가 이르기를,
"내가 네 말을 들으니
너는 지금 겁에 질려있도다.

46 자기 그림자를 보고 놀라는 짐승처럼
사람은 두려움으로 몸을 사리게 되고
의도한 거룩한 길에서 멀어지게 되노라.

49 내가 여기에 왜 왔는지,
또 너를 측은히 여기며 마음 아파하던 분들을 말해
너를 망설임에서 돌이키게 하리라.

52 내가 림보Limbo의 영혼들 중에 있었는데,
복되고 아름다운 여인이 나를 부르기로
내가 대답하고 그분의 분부를 기다렸노라.

55 그분이 별처럼 반짝이는 눈으로
나를 보며 천사와 같은 음성으로
이르기를,

58 “오, 만토바의 고귀한 영혼이여!
지금도 이어지는 그대 명성이여!
역사가 지속되는 한 잊히지 않을 그대여!

61 불행히도 나의 벗이
황량한 산기슭에서 길을 헤매다
두려움 가운데 믿음에서 멀어졌다오.

64 내가 천상에서 들으니 그가 길을 잃고
갈 길 몰라 한다는데, 내가 그를 도우려 하나
너무 늦지 않았는지 염려가 되오.

67 이제 그대는 어서 가서
그대의 고귀한 가르침으로 그를 구하여
내게 기쁨이 되어주오.

70 그대를 보내는 나는 베아트리체라오.
그대가 가고자 하는 곳으로부터 내가 왔나니,
하나님 사랑이 나로 말하게 한다오.

73 내가 주의 앞으로 나아갈 때
그대 공로를 거듭거듭 밝히리다.”
그분이 말을 마치며 내가 입을 열었노라.

76 “오, 거룩한 여인이여! 당신의 사랑으로
인생이 가장 작은 궤도를 지닌 저 세상을
벗어날 수 있겠나이다.

79 벌써 복종했어도 늦을 것만 같은
당신 말씀이 복되어 제 마음을 사로잡으니
더 이상 말하지 않아도 되겠나이다.

82 다만 당신이 감격하는 저 높은 곳으로부터
이 험한 곳에까지 내려오는 것을
어찌 꺼려하지 않으셨나이까?”

85 그분이 대답하길, “그대가 이처럼
알고자 하니 내가 왜 이곳에 오는 것을
망설이지 않았는지를 말하리다.

88 우리가 두려워해야 할 것은
남에게 해를 끼치는 힘을 갖는 것이고,
그 외의 것들은 무서워할 필요가 없다오.

91 나는 하나님의 자비로 태어난 자로서
그대들 아픔이 나를 상관하지 못하며
타는 지옥도 나를 불태우지 못한다오.

94 그런데 하늘에 계시는 성모께서
그대가 만날 자의 불행을 슬퍼하시며
하늘의 준엄한 심판을 피하게 하려 하셨나니,

97 마리아께서 루치아를 불러 이르시길,
"그대를 흠모하는 자가 도움을 갈망하노니
내 그를 그대에게 부탁하오."

100 모든 악과 원수가 되시는 루치아께서 일어나
내가 있는 자리 곧 라헬이 곁에 있는
내 자리로 오시어 말하길,

103 "하나님께서 사랑하는 베아트리체여!
그대를 몹시 따르는 자가 저 험한 곳으로부터
헤쳐 나올 수 있도록 도와주오.

106 그자의 울음소리가 들리나니,
바다조차 감당할 수 없는 죄악의 물결 속에서
그를 삼키려는 죽음의 파고波高가 보인다오."

109 세상에서 자신의 이익에 민감하고
해害를 피하기에 민첩한 자라도
스스로를 도와 죄로부터 나올 자는 없다오.

112 그대를 명예롭게 하고 그대 말을 듣는 자들을
기쁘게 한 그 가르침을 내가 믿기에
내 복된 자리를 떠나 이곳에 온 것이오."

115 이 말을 하고 나서 그분이
눈물에 젖은 눈동자를 반짝이며
나를 바라보므로 내가 서두르게 되었노라.

118 그래서 내가 너에게 왔고
네가 향하던 산의 지름길을 앗아간
그 맹수들 앞에서 너를 구했노라.

121 그런데 너는 왜 이 길을 망설이는가.
강한 열정과 도전하는 마음을 갖지 못하고
두려움에 사로잡혀 겁을 먹느냐.

124 축복받은 하늘 궁전의 세 여인이
네 편을 들며 너를 위해 기도하고 있고,
나 또한 너에게 행복을 약속하지 않는가."

127 밤 추위에 오므라든 꽃이
아침 해가 햇살을 비출 때에
고개를 들고 꽃망울을 터뜨리듯이,

130 강한 용기가 가슴을 파도치게 하므로
내가 피로에 지친 몸을 일으키며
저 해방된 시인처럼 입을 열었다.

133 "오, 저를 구하려는 베아트리체의 사랑이여!
그분 말에 이내 순종한 당신도
참으로 친절하시나이다.

136 당신 말씀으로 제가 여인을 바라보며
새로운 세계를 향한 열망의 돛을
하늘 높이 올리나이다.

139 이제 가시지요. 우리 뜻이 하나가 되었나이다.
당신은 저의 길잡이고 주인이며 스승이십니다."
이렇게 말하고는 내가 그를 따라나섰고,

142 열정을 품고 험난한 여행을 시작하니라.

• **1~36**

교황청이 있는 로마의 창건자인 아이네이아스와 그리스도의 복음을 세상에 전한 바울에게만 주어진 사후 세계의 여행이 단테에게도 허락된다.

베르길리우스BC 70~BC 19는 그의 저서 《아이네이아스》에서 아이네이아스가 그의 아버지 안키세스를 만나기 위해 명계冥界에 내려간 적이 있다고 적었다.

바울도 고린도 교회로 보내는 편지에서 천국으로의 편력遍歷을 말했다. "내가 그리스도 안에 있는 한 사람을 아노니 십 사년 전에 그가 셋째 하늘에 이끌려 간 자라. 그가 몸 안에 있었는지 몸 밖에 있었는지 나는 모르거니와 하나님은 아시느니라." 고전12:2 "그가 낙원으로 이끌려 가서 말할 수 없는 말을 들었으나 사람이 가히 이르지 못할 말이로다." 고전12:4

• **37~69**

베아트리체가 낙망에 빠진 단테를 구원하려고 한다.

그녀가 림보Limbo로 내려가 베르길리우스를 만나 단테를 부탁한다.

림보는 영세를 받지 못한 어린 영혼들과 그리스도 이전에 살았던 수많은 사람들 중 선한 일을 행했던 자들이 머무는 곳이다.

마리아의 자비로 단테가 베르길리우스와 함께 순례를 시작한다.

그러나 단테가 바울과 아이네이아스가 다녀온 영계로의 여행을 망설인다.

베르길리우스가 단테를 향한 베아트리체의 사랑을 들려준다.

• 70~114

천상의 베아트리체를 통해 단테의 영혼이 새로워진다.
단테의 마음속 그녀는 영원한 구원의 상징이고 하나님 사랑의 그림자다.
그녀를 그리워하며 인류를 짝사랑하시는 하나님의 심정을 깨닫는다.
그 간절한 사랑이 인류의 구원을 갈망하는 노래를 부르게 한다.
단테가 성모 마리아를 통해 하나님의 인류를 향한 자비를 드러내고,
그가 흠모했던 순교한 성녀聖女 루치아로 하나님 은혜를 이야기한다.

• 115~142

베아트리체가 낙망하고 있는 단테를 생각하며 눈물 흘렸다는 말을 듣는다.
햇볕을 받아 다시 피어나는 꽃처럼 단테가 힘과 용기를 회복한다.
단테가 죽음 이후의 세계에 대한 강렬한 호기심을 갖는다.
오직 아이네이아스와 바울만이 경험한 영적 세계로의 여행을 시작한다.
베르길리우스를 스승 삼고 지옥과 연옥의 세계를 향한다.
하나님의 섭리로 인한 이 여행은 단테 한 개인에 한정된 일이 아니다.
모든 인류의 영혼 구원을 바라는 목적하에 의도된 여정이다.

제3곡

차지도 덥지도 않은 태만의 죄

1300년 3월 26일 부활주간 성 금요일 밤이다.

단테와 베르길리우스가 지옥문 앞에 다다른다. 착한 이에게 상을 주고 악한 자를 벌하는 것이 하나님의 정의다. 지옥의 여러 권역 앞에 선하지도 않고 악하지도 않고, 차지도 덥지도 아니한 자들이 희망이 없어 다른 운명을 부러워하며 고통을 겪는다. 두 시인이 망령들을 지옥으로 인도하는 아케론 강가에 이른다.

1 “나를 거쳐 고통스러운 마을로 가고,
나를 통해 영원한 슬픔 속으로 떨어져
저주받은 자들 곁으로 가도다.

4 하늘의 정의가 지존하신 창조주를 움직여
전능하신 힘과 한량없는 지혜와
태초의 사랑으로 나를 이루셨도다.

7 나보다 먼저 창조된 것은 영원한 것 외엔
아무것도 없나니, 나는 끝까지 남아있으리라.
여기 들어오는 자는 모든 희망을 버릴지어다."

10 지옥문 위에 검게 쓰인 글자를 보고는
내가 무서워 떨면서,
"스승이시여, 저 말들이 무섭습니다." 했더니

13 그가 이르기를,
"여기에서는 모든 불신을 버려야 하고
두려움을 갖지 말아야 하도다.

16 내가 말한 지옥 입구에 왔나니,
이제 절대 진리이신 하나님을 믿는 복을
버린 자들을 보게 되리라."

19 그가 밝은 표정으로 손을 잡아주어
내가 힘을 얻고는
더 깊은 곳으로 향했다.

22 우리가 별도 보이지 않는 어둠 속을 지나는데
갑자기 울부짖는 소리가 메아리치며
내게 두려움이 엄습해 왔나니,

25 무리들이 각자 자기들 언어로
고함을 지르고 악을 쓰며
서로를 치면서 부르짖는 괴성이

28 대혼란을 야기하고 있었는데,
마치 회오리바람이 불 때의 모래알같이
혼돈이 어두운 하늘을 장악하고 있더라.

31 심한 공포가 몰려와 내가 묻기를,
"스승이시여, 제가 듣는 이 소리는 무엇이며
고통당하는 저들은 누군지요?"

34 그가 말하길, "여기 이 가엾은 무리는
평생 자랑할 것도 부끄러워할 것도 없는
태만한 삶을 산 자들이로다.

37 하나님께 저항하지도 않고 순종하지도 않으며
자신만을 위해 산 자들로서, 여기에 루시퍼가
하나님을 등질 때 중립에 섰던 천사들도 있노라.

40 하늘은 순수를 보존하려 저들을 쫓아냈고
지옥도 저들을 꺼려했나니, 그곳에 있는 자들이
저들로 인해 우쭐댈까 염려했도다."

43 내가 묻기를, "저들이 지옥의 안도 아니고
밖도 아닌 여기에서 무슨 이유로
저렇게 슬피 울고 있나이까?" 그가 대답하길,

46 "저들은 죽음의 희망조차 없는 자들로서
빛이 사라진 이 어둠을 절망하며
다른 운명에 질투를 보내고 있노라.

49 세상 사람들도 저들을 망각하고
천국의 자비와 지옥의 정의도 저들을 거부했나니
우리도 저들을 지나치는 것이 좋으리라."

52 우리가 가는 길에 깃발이 날렸으나
그것이 너무 빨리 지나가
내가 제대로 볼 수는 없었지만

55 펄럭이는 기를 따라 수많은 망령들이
길게 늘어서 있었는데, 죽음이 저렇게도 많은
생명을 앗아간 사실이 믿기지가 않았다.

58 그들 중 몇몇을 내가 알아볼 수 있었는데,
부끄럽게도 중도에 사퇴하여 파문을 일으킨
목자장의 그림자가 거기에 있었다.

61 그를 통해 이 행렬은 하나님께도,
또 그분 원수에게도 미움을 산 자들이라는
스승의 말이 이해가 되더라.

64 일생을 살며 차지도 덥지도 아니하여
한 번도 제대로 살아본 적이 없는 자들이
벌거벗은 채 왕파리와 벌떼에게 물리고 있었고,

67 또 벌레들이 그들 얼굴을 물어뜯어
흐르는 피가 눈물과 범벅이가 되어
파리와 벌들의 다리를 적시고 있었다.

70 그때 멀리 강가 언덕에 길게 늘어선
무리가 흐릿하게 보여 내가 묻기를,
"스승이시여, 저들은 누군지요?

73 희미한 불빛으로 앞이 잘 보이지도 않는데
무엇 때문에 저렇게 서둘러
강을 건너려 하나이까?"

76 그가 이르기를, "우리들이
슬픈 아케론 강가에 이를 때
네가 그 이유를 알게 되리라."

79 내가 그를 귀찮게 하지 않나 하여
잠잠히 고개를 숙이고는
강가에 이를 때까지 침묵하고 있었는데,

82 갑자기 백발의 노인이 나타나
노를 저으며 우리를 향해 소리치길,
"사악한 자들아, 화가 있으리로다.

85 너희들은 하늘을 볼 희망을 버릴지니,
나는 너희들을 불가마와 얼음으로 된
어둠의 언덕으로 끌고 가려 왔노라.

88 그런데 거기 살아있는 자여.
죽은 자들 곁에서 떠나가라."
그러나 내가 돌아서지 않자

91 그가 다시 말하길, "너는 다른 포구를 통해
다른 언덕으로 가야 하리니
네가 타야 할 가벼운 배가 오리라."

94 길잡이가 그에게 외치길,
“카론이여, 성내지 마라. 저 높은 곳에서
마련하신 일이니 상관하지 마라.”

97 그러자 눈 가장자리에 불 테를 두른
텁석부리 뱃사공 얼굴이
잠잠해지더라.

100 거기에 있는 지친 영혼들이
무자비하게 호통을 치는 카론의 말에
일그러진 얼굴로 이를 갈면서

103 하나님과 자기 조상들과 모든 인류와
자기를 씨 뿌려 태어나게 한
시간과 장소를 저주하고는,

106 저들이 통곡을 하며 하나님 앞에서
두려움 없이 산 자들을 기다리는
저주의 언덕으로 올라갔다.

109 악마 카론이 이글거리는 눈을 부릅뜨고
호통을 치면서 그들을 불러 모으고는
늑장 부리는 자들을 노로 후려치자,

112 가을날 앙상한 나뭇가지에서
바람에 날려 한 잎 두 잎
떨어지는 나뭇잎처럼,

115 아담으로 인해 저주를 받은 망령들이
자기를 부르는 소리에 응하는 새와 같이
언덕에서 강으로 몸을 날리더라.

118 무리들이 검은 강을 가로질러
강 저편에 도달하기도 전에
또 다른 망령들이 이 언덕으로 모여드는데,

121 스승이 친절하게 말하길,
"아들아, 하나님의 노여움 가운데
죽은 영혼들이 다 이곳으로 오도다.

124 저들이 서둘러 강을 건너려 하는 것은
하나님의 정의가 저들을
두려움으로 몰아세우기 때문이로다.

127 선한 자들은 이 길을 가지 않노니
카론이 너를 꾸짖을지라도
그놈 말에 유념치 말라."

130 스승이 말할 때 갑자기 캄캄한 세상이
요동을 쳐 내가 얼마나 놀랐는지
지금 생각해도 가슴이 온통 땀에 젖는도다.

133 눈물을 이기지 못하는 대지가
바람을 일으켰고 붉은 번개가 치면서
내 마음이 그 섬광에 짓눌려

136 내가 잠에 취한 사람처럼 그 자리에 쓰러졌다.

- **1~39**

지옥은 땅 밑에 거대하게 형성된 지하 세계다.
단테가 목격한 지옥문 꼭대기에 무서운 글이 적혀있다.
정의는 착한 이에게 상을 주고 악한 자를 벌하는 하나님의 속성이다.
하나님께서는 정의를 실현하고자 지옥을 만드셨다.
지옥의 문보다 먼저 창조된 것은 천사로서 영원히 존재한다.
지옥의 입구에서 무기력하고 태만한 자들이 고통을 당한다.
"네가 이같이 미지근하여 덥지도 아니하고 차지도 아니하니 내 입에서 너를 토하여 내치리라." 계3:16

- **40~78**

이곳은 지옥의 안도 아니고 밖도 아니다.
이곳에 있는 자들은 선하게 살지도 않고 악하게 살지도 않았다.
자신만을 위해 산 자들이 희망이 없어 다른 운명을 부러워한다.
그 속에 교황 첼레스티노 5세의 모습이 보이는데, 그는 1294년에 즉위했으나 재위 5개월 만에 사임하여 그 후임으로 보니파키우스 8세1294~1303 재위가 교황이 된다.
단테가 보니파키우스 8세로 인해 반역자로 몰려 피렌체에서 쫓겨났다.
영혼들이 하나님의 노여움에 통곡하며 벌레들과 마귀의 채찍에 시달린다.
부르짖는 소리가 회오리바람에 날리는 모래알과 같다.

• 79~108

카론은 그리스 신화에 나오는 뱃사공으로 죽은 자를 저승으로 이끈다.
망령들로 아케론 강과 스틱스 강을 포함한 5개 강을 건너게 한다.
그곳에서 만난 영혼들이 자기들의 슬픈 운명을 한탄한다.
하나님을 원망하고 조상과 부모와 태어난 시간과 장소를 저주한다.
"욥이 입을 열어 자기의 생일을 저주를 하니라." 욥3:1
"나의 난 날이 멸망하였더라면, 남아를 배었다 하던 그 밤도 그리하였더라면, 유암幽暗과 사망의 그늘이 그날을 자기 것이라 주장하였더라면," 욥3:3, 4
"내 생일이 저주를 받았더라면, 나의 어머니가 나를 생산하던 날이 복이 없었더라면," 렘20:14

• 109~136

카론은 망령들을 지옥으로 인도하는 자다.
그가 지옥으로 흐르는 슬픔의 강인 아케론의 뱃사공 노릇을 한다.
하나님의 섭리로 단테가 카론의 배를 타고 강을 건너 지옥으로 내려간다.
세상이 진동하며 바람이 불고 섬광이 번뜩이며 단테가 실신한다.

제4곡

첫 번째 지옥인 림보

단테가 스승의 인도로 첫 번째 지옥인 림보에 도착한다. 그리스도 이전에 살았던 덕망 있는 자들과 세례를 받지 못하고 죽은 어린 영혼들이 여기에 있다. 단테가 이곳에서 소크라테스와 플라톤, 아리스토텔레스와 호메로스를 만난다. 그들이 아무 희망이 없는 열망 속에서 소일消日한다.

1　　천둥소리에 놀라 잠에서 깨어
　　억지로 눈을 뜨는 사람처럼
　　내가 넘어진 자리에서 일어났다.

4 잠에 취한 게슴츠레한 눈으로
사방을 둘러보며 이곳이 어디인지를 확인하려
두루 살폈는데,

7 결국 알게 된 것은
내가 지금 통곡의 우레를 모아둔
나락의 가장자리에 있다는 사실이었다.

10 내가 밑을 살피려 했으나
깊숙이 깔린 칠흑 같은 안개로
아무것도 볼 수가 없었는데,

13 스승이 겁에 질린 모습으로 말하길,
"자, 이제 저 아래 하나님을 볼 수 없는
장님들의 세계로 가보자."

17 내가 그의 안색을 살피며 묻기를,
"힘겨울 때 위로가 되신 스승께서 두려워하시니
어찌 제가 따를 수 있겠나이까?"

20 그가 대답하길, "내가 무서워하는 것이 아니고
저 아래에 있는 자들의 눈물의 고뇌가
내 얼굴에 연민을 색칠했기 때문이로다.

23 먼 길이 우리를 재촉하니 어서 가자."
그가 이렇게 말하고는 앞장을 섰고
우리가 어둠을 뚫고 지옥의 첫 번째 권역으로 들어갔다.

26 거기에선 아무런 소리가 들리지 않았고
다만 허공을 향해 쏟아내는
영겁의 한숨이 가득했는데,

29 어린아이들과 여인들과
수많은 자들이 육체의 고통이 아닌
심중에 쌓인 회한悔恨을 토해내고 있더라.

32 친절한 스승이 이르기를,
"너는 저들이 누군지 궁금하지 않느냐?
내가 미리 말하노니

35 저들 중에는 가치 있는 삶을 살았지만
세례를 받지 못해 구원을 얻지 못한
자들도 있고,

38 어떤 영혼들은 그리스도 이전에 살아
그분을 알지 못한 자들로서
나 역시 그들과 한가지로다.

41 다른 잘못 때문이 아닌
그런 이유로 저주를 받아서
희망이 없는 열망 속에 거하노라."

44 이 말로 인해 내 안에 커다란 슬픔이 밀려왔나니,
이는 인류 역사에 위대한 족적을 남긴 자들이
여기에 억류되었음이었다.

47 "스승이시여, 말씀하여 주소서.
죄를 이겨낼 믿음을 가르쳐주옵소서."
내가 절망을 떨치는 신앙을 확증하고 싶었다.

50 "자신의 공로로든 남의 도움을 받아서든
여기를 벗어난 자들이 있었나이까?"
스승이 내 마음을 알아차리고 이르기를,

53 "내가 여기에 온 지 얼마 되지 않아
승리의 면류관을 쓰시고
권능으로 오신 이를 보았노라.

58 그분은 최초의 아담과 그의 아들 아벨과 노아와
여호와로부터 율법을 받고 순종한 모세를
이곳으로부터 이끌어 냈노라.

61 또 믿음의 조상 아브라함과 다윗 왕,
이스라엘인 야곱과 그의 아버지 이삭과 그의 자손들,
그리고 야곱이 정성을 들인 라헬을 여기에서 구해내셨고

64 선택받은 수많은 영혼들을 복되게 하셨도다.
그러나 그들 이전에는 어느 누구도
이곳에서 건짐을 받지 못했노라."

67 스승이 말하는 동안에도
우리는 걸음을 멈추지 않고
빽빽한 숲처럼 늘어선 영혼들 곁을 지나갔다.

70 내가 정신을 잃어 쓰러졌던 계곡으로부터
그리 멀지 않은 곳에서 이 어둠의 세계의 반을
불 밝히는 빛을 보았는데,

73 그 불빛이 조금 떨어져 있었음에도
그곳에 있는 존귀한 무리들을 볼 수 있게 했고
또 여기까지도 밝게 하였다.

76 "오, 학문과 예술의 빛나는 업적을
이루신 스승이시여! 다른 무리와 구별되고
명예롭게 보이는 저들은 누군지요?"

79 내 물음에 그가 대답하길,
"세상에서 명성이 자자했던 자들이
여기에서도 두드러진 이름이 되었도다."

82 그때 들려오는 소리가 있기를,
"가장 존귀한 시인을 높여라.
이곳을 떠났던 넋이 다시 돌아오도다."

85 주위가 잠잠해지며 우리를 향해
커다란 그림자 넷이 다가왔는데,
그들 표정은 그다지 슬프지도 기쁘지도 않았다.

88 선한 스승이 이르기를,
"셋 앞에서 손에 칼을 들고
왕자처럼 다가오는 이를 주목하라.

91 저자가 최고의 시인 호메로스다.
그다음이 로마의 풍자시인 호라티우스이고
그 뒤가 오비디우스와 루카누스로다.

94 저들 모두는 시인으로 불리는 것을
흡족히 여기노니, 저들이 나를 맞이하여
노래하며 기뻐하도다."

97 시인들 위를 독수리처럼 날아오르며
가장 고귀한 노래를 불렀던 호메로스에게
아름다운 자들이 모여들었다.

100 그들이 잠시 이야기를 나누고는
나를 향해 눈짓을 하며 인사를 건넸고
스승도 미소를 지었다.

103 그리하여 그들이 나에게 큰 영광을 부여하며
나로 그들 반열[班列]에 서게 했는데,
내가 위대한 무리 중 여섯째가 되었다.

106 내가 빛을 향해 나아갈 때
지금까지 말하는 것을 허락했던 스승이
이젠 내게 침묵을 권면하더라.

109 우리가 웅장한 성에 도착했는데,
일곱 겹의 성곽으로 둘러싸인 그곳을
냇물이 휘감아 흐르고 있었다.

112 내가 성현들과 함께
내를 굳은 땅처럼 밟고 건너서 성문 안으로 들어가
파란 잔디밭에 이르러 앞을 보니,

115 진지하고 위엄 있는 모습으로
느린 걸음을 걷는 자들이
거기에서 담소를 나누고 있었다.

118 우리가 그곳의 모든 것들이
잘 보이도록 볕이 들고
앞이 탁 트인 언덕으로 올라가

121 사방을 두루두루 살폈는데,
내가 알고 있던 위대한 자들이 거기에 있어
내 가슴이 뭉클했다.

124 트로이를 건설한 다르다노스를 낳은
엘렉트라가 그곳에 있었고, 헥토르와 아이네이아스와
독수리 눈매를 가진 카이사르도 보였다.

127 또 거기에 카밀라와 펜테실레이가 있었고,
그 옆에는 아이네이아스 아내였던 라비니아가
부친 라티누스 왕과 함께 앉아있었다.

130 거만했던 로마의 마지막 왕 타르퀴니우스를 몰아낸
부루투스와 루크레티아, 율리아와 마르키아와 코르넬리아를
내가 거기에서 보았고, 한구석에는 살라딘이 있었다.

133 내가 두 눈을 부릅뜨고 눈썹을 치켜 올려 바라본 곳에
모든 현인들의 스승인 아리스토텔레스를 중심으로
그 일족一族이 모여있었는데,

136 모두가 그에게 찬사를 보내며
우러르고 있었고 소크라테스와 플라톤이
그 곁에 앉아있더라.

139 천하 만물을 우연의 산물로 주장했던
데모크리토스와 아낙시고라스, 탈레스와 엠페도클레스,
헤라클레이토스와 제논과 디오게네스를 내가 보았고,

142 또 식물의 특성을 잘 분류했던 디오스코리데스와
오르페우스, 키케로와 리노스와 네로의 스승이었던
도덕가 세네카도 거기에 있었다.

145 기하학의 아버지 유클리드와 천동설을 주장한
프톨레마이오스, 과학적 치료법의 창시자인 히포크라테스와
아비체나와 갈레노스, 주석가 아베로에스를 내가 보았다.

148 그러나 본 자들을 다 적을 수 없음은
해야 할 말들이 나를 재촉하여 나아가게 하므로
내가 침묵하게 되도다.

151 이제 여섯 시인들이 둘로 나뉘며
지혜로운 스승이 나를 새로운 길로 이끌어
우리가 림보를 떠나 두 번째 지옥으로 향했는데,

154 어느덧 우리가 빛이 없는 어둠 속에 와있었다.

• 1~42

단테가 아케론 강을 건너 도착한 곳이 제1 지옥이다.
지옥 중 가장 높은 곳에 위치한 곳이며 림보Limbo라 불린다.
그리스도 이전에 살았던 덕망 있는 자들이 오는 곳이며,
세례를 받지 못하고 죽은 어린 영혼들도 거기에 모여있다.
하나님의 영광을 보고 싶으나 이 욕망은 영원히 이루어지지 않는다.
거기에 소크라테스BC 470~399와 플라톤BC 428~348과
아리스토텔레스BC 384~322가 있다.

• 43~93

이곳은 그리스도 이전에 선하게 살았던 자들이 있는 곳이다.
림보는 가톨릭에서 전승되는 개념으로 지옥의 곁에 있는 특별한 장소다.
영세를 받지 못한 어린아이들과 그리스도 이전의 덕망 있는 자들이 머문다.
이곳 영혼들은 죄 때문이 아니라 예수를 알지 못해 구원받지 못했다.
단테가 이곳에 있다가 천국으로 간 자가 있느냐고 묻는다.
예수가 부활할 때 림보의 영혼들을 선별하여 천국으로 올리셨다 말한다.
또한 이곳에 고대 문학의 선구자로서 호전적好戰的인 작품인 《일리아드》와 《오디세이아》의 저자인 그리스의 호메로스BC 8세기경와 네로를 암살하려 모의하다 실패하여 자결한 시인 루카누스AD 39~65가 있

다고 말한다.
호메로스가 칼을 들고 있는 것은 그의 작품 내용이 호전적이기 때문이다.
베르길리우스는 BC 19년에 죽었고 예수님은 AD 33년에 돌아가셨다.

- **94~151**

단테가 스승의 안내를 받으며 7개의 문을 지난다.
단테가 그곳에 7개의 문을 설정한 것은 중세에 일곱 가지의 자유 학문을 뜻한다고 주장하는 자들이 있다. 7개의 자유 학문은 문법과 논리학, 수사학, 산술학과 기하학, 천문학과 음악이다.
단테가 이 림보에서 고대 그리스 철학자 아리스토텔레스를 보게 된다.
단테는 그를 철학자 중 철학자라 생각했으며 그의 학문에 정통했다.
그리스 철인들 중 데모크리토스BC 460년경~370년경는 우주는 원자의 우연한 결합으로 이루어졌고, 탈레스BC 640~546는 만물의 근원을 물이라 말했다. 헤라클레이토스BC 540년경~480년경는 만물의 근원이 불이며, 그 불로 인하여 만물은 끊임없이 변한다고 주장하였다.
단테와 베르길리우스가 림보를 떠나 빛이 없는 두 번째 지옥으로 들어간다.

제5곡

욕망의 멍에에 종노릇한 자들

지옥의 두 번째 입구를 지옥의 재판관인 미노스가 지키고 있다. 이 곳에서 애욕에 사로잡혔던 자들이 회오리바람에 시달리며 고통을 당한다. 단테가 프란체스카와 파울로의 슬픈 사랑 이야기를 들으며 눈시울을 적신다.

1　우리가 두 번째 지옥으로 향하는데
좁은 통로를 통해 터져 나오는 울부짖음이
허공을 메아리치고 있었다.

4　그곳 입구를 지키는 미노스가

망령들을 심문하여 죄를 밝혀내고는
그들 보낼 곳을 정하고 있더라.

7　그러니까 죄를 지은 자가
미노스 앞에서 죄과를 자백하면
재판관인 그가

10　망령들이 가야 할 처소를 판단해
지옥의 층수層數만큼을
자기 꼬리로 죄인들을 휘감는 것이었다.

13　미노스 앞에 있는 수많은 망령들이
차례대로 죄를 고백하고는
그에 합당한 벌을 받고 떨어지는데,

16　미노스가 나를 보자마자
자기의 소임을 망각하고는 대뜸 소리치길,
"오, 고통스런 처소로 들어온 자여!

19　누구를 믿고 거침없이 오는가?
들어오는 문이 넓다고 속아서는 안 되노라."
그러자 길잡이가 말하길, "왜 소란을 피우느냐?

22 하늘이 정한 길을 막지 못하나니,
뜻하신 바를 이루시는 저 높으신 권능께서
결정하신 일이니 묻지 말라."

25 그때부터 내가 처절한 신음소리를
듣게 되었는데, 그 통곡이
내 귓가를 사정없이 매질했다.

28 빛이 침묵하는 그 길은
맞바람이 불 때마다 몰아치는 폭풍으로
바다와 같이 울부짖는 곳이었고,

31 다함이 없는 매서운 바람이
죄인들을 몰아세우며 후려쳐
그들을 더욱 괴롭게 하는 데였다.

34 망령들이 무너진 벼랑에 이르러서는
신세를 한탄하며 비명을 지르고
눈물로 하나님의 권능을 저주했는데,

37 내가 알았노라. 이 통한의 곳에선
이성이 욕망의 멍에에 종노릇하여
간음한 자들이 벌 받고 있다는 것을.

40 추운 계절에 찌르레기들이 무리 지어
하늘 가득히 날아가듯이
매서운 폭풍이 이쪽에서 저쪽으로,

43 또 아래에서 위로 죄인들을
내몰고 있었는데, 휴식은커녕
벌이 감해지는 어떤 희망도 보이지 않았다.

46 슬픈 노래를 부르며
하늘에 긴 선을 그으며 날아가는 기러기처럼
소리를 지르며 폭풍에 몰려가는

49 무리가 있어 내가 묻기를,
"스승이시여, 검은 바람에
휩쓸리는 저들은 누군가요?"

52 그가 대답하길, "저 무리 중
맨 앞에 있는 자는 언어가 다른 여러 나라를
통치했던 아시리아의 황후였노라.

55 저 여인이 간음하여 여기에 왔나니,
자신이 저지른 잘못을 정당화하기 위해
욕구 충족을 합법화했도다.

58 그녀 이름이 세미라미스인데,
남편 니노스 왕이 죽자 권력을 장악하여
지금 술탄이 지배하는 곳까지 다스렸노라.

61 그 옆 망령은 사랑 때문에 목숨을 잃은 자로
죽은 남편 시카이우스를 배신하고 아이네이아스를 사랑했던
카르타고의 여왕 디도이고, 그 뒤가 음란했던 클레오파트라니라.

64 저기 헬레네를 보아라. 그녀 때문에 고통스러운
전쟁의 시간을 보냈노라. 보라 저 위대한 아킬레스를!
그는 사랑 때문에 끝까지 싸웠도다.

67 보라, 파리스를 그리고 트리스탄을!"
스승이 망령들을 보며 사랑 때문에 목숨을 버린
수많은 이름들을 불렀다.

70 길잡이가 말하는 영웅호걸들과
여인들을 보며 내 마음속에서
연민의 정이 북받쳐 올라

73 스승에게 부탁하길, "시인이시여,
바람결에 날리듯 가볍게 떠도는
저들을 만나고 싶나이다."

76 그가 이르기를,
"저 영혼들이 가까이 다가올 때
네가 사랑의 이름으로 청하면 응하리라."

79 바람이 그들을 우리를 향해 내몰 때
내가 외치기를, "오, 지친 영혼들이여!
하늘이 거절하지 않으면 우리에게로 오라."

82 나의 간절한 바람에
날개를 활짝 펴고 허공을 가르며
보금자리를 향하는 비둘기처럼

85 저들이 디도의 무리를 떠나서
검은 하늘을 지나 우리에게 왔는데,
내 외침이 그렇게도 힘이 있었다.

88 "세상을 피로 물들인 자들을 찾아
이 어두운 하늘을 지나는
오, 인자하고 친절한 살아있는 자여!

91 만일 우주의 임금이 자비를 베풀어
우리의 악한 죄를 불쌍히 여기신다면
그분께 그대 평화를 빌고 싶소.

94 그대가 듣고자 하는 바를
바람이 잠잠해진 동안에
내가 말하리다.

97 내가 태어나 자란 곳은
포강이 그 지류들과 함께
지중해로 흐르는 바닷가였소.

100 천연天然하였던 나에게 사랑의 불길이 타올라
아름다운 내 모습이 그이를 사로잡아
나는 몸을 앗기었고, 그 일이 나를 괴롭힌다오.

103 누구에게도 사랑을 허락하지 않던 내 가슴이
그이에 대한 열렬한 사랑으로 차올랐고,
지금도 내가 그 사랑을 잊지 못한다오.

106 결국 사랑은 우리를 죽음으로 내몰았소.
우리 생명을 앗아간 자를 지금 카인이 기다린 다오."
그녀가 자기의 슬픈 사랑을 이렇게 들려주었다.

109 내가 괴로운 넋의 말을 듣고는
너무 아파서 고개를 숙이고 있노라니
위대한 시인이 이르기를, "무엇을 생각하느냐?"

112 내가 말하길, "아! 얼마나 달콤하고
열렬한 사랑이었기에 저들을
이 고통스러운 나락으로 떨어뜨렸나이까?

115 오, 프란체스카여!
그대의 기구한 운명이
나를 한없이 눈물짓게 한다오.

118 그대 나에게 말해주오.
무엇이 그대를 불같은 욕망으로
치닫게 했는지를?"

121 그녀가 말하길, "가장 비참할 때에
가장 행복했던 시간을 돌이키는 것보다
더 큰 고통은 없나니, 그대 스승도 잘 아는 바라오.

124 그러나 그대가 우리 사랑을 이렇게 알고 싶어 하기에
울면서 말하는 나의 연인 파울로처럼
나도 그리하리다.

127 어느 날 우리는 왕비 귀네비어를 사랑하는
원탁의 기사 랜슬롯의 이야기를 읽고 있었는데,
집에 우리 둘만 있어 거리낄 것이 없었다오.

130 책을 보며 얼굴이 점점 달아올라
붉어진 눈을 여러 번 마주쳤고,
그리하다 서로가 사로잡혀 버린 대목을 만났소.

133 두 사람이 못 견디게 갈망하는 사랑으로
입맞춤하는 장면을 읽게 되었을 때
나로부터 좀 떨어져 있어야 할 저 파울로가

136 몸을 부들부들 떨면서 내게 입을 맞추었다오.
우리는 그날 갈레오토가 쓴 책을
더 이상 읽을 수가 없었소."

139 프란체스카가 말하는 동안 곁에 있던 파울로는
계속 울고 있었고, 그 모습을 지켜보는 나는
그가 너무 가여워서 넋을 잃고는

142 죽은 사람처럼 바닥에 쓰러지고 말았다.

• 1~39

단테가 죄를 지은 망령들을 본격적으로 대면하기 시작한다.

쉼 없는 폭풍이 영혼들을 몰아세워 회오리치며 후려친다.

제우스와 에우로페 사이에서 태어난 정의의 미노스가 지옥의 재판관이다.

미노스가 지옥으로 인도하는 문은 넓다고 말한다.

"좁은 문으로 들어가라. 멸망으로 인도하는 문은 크고 그 길이 넓어 그리로 들어가는 자가 많고, 생명으로 인도하는 문은 좁고 길이 협착하여 찾는 이가 적음이라." 마7:13, 14

빛이 침묵하는 지옥에 온 자들이 고통을 당하면서도 하나님을 모독한다.

"사람들이 크게 태움에 태워진지라. 이 재앙들을 행하는 권세를 가지신 하나님의 이름을 비방하며 또 회개하지 아니하고 주께 영광을 돌리지 아니하더라." 계16:9

• 40~87

두 번째 지옥에 애욕을 즐기던 디도와 클레오파트라가 있다.

남편을 잃은 디도가 음란을 충족시키는 행위를 합법화시켰다.

클레오파트라가 부왕이 죽자 오빠의 아내가 되어 나라를 통치한다.

카이사르BC 100~44가 이집트를 침략했을 때 그녀와 동침하여 아이를 갖는다. 카이사르가 죽고 안토니우스BC 82~30가 집권하며

클레오파트라가 그의 정부情婦가 된다.

트로이 왕자 파리스가 스파르타의 공주 헬레네를 납치한다.
이 여인 때문에 10년 동안 10만의 대군이 동원되는 전쟁이 일어났다.
아킬레스가 트로이 전쟁에서 헥토르를 죽이고 그 무덤에서 눈물을 흘리는 트로이 공주 폴릭세네의 아름다운 모습을 보고 청혼한다.
아킬레스가 아폴론의 팀블레 신전에서 그녀와 결혼하려 했으나 신상神像 뒤에 숨어있던 파리스의 화살에 발뒤꿈치를 맞고 죽는다.
트리스탄이 숙모를 사랑하다가 숙부인 마르크에게 살해당한다.
달콤한 사랑에 대한 열망이 인간을 고통 속으로 이끈다.

• **88~142**

프란체스카는 라벤나 군주의 딸이었다.
라벤나와 리미니는 오랫동안 불화하여 중재자를 통해 화해하였고, 이 일을 굳게 하려 프란체스카를 리미니 군주의 장자에게 시집보내기로 한다. 그러나 장자가 장애자였기 때문에 꾀를 내어 미남인 동생 파울로를 내세워 결혼식을 올렸고, 이후 그녀는 기구한 자신의 운명을 원망하며 파울로를 사모한다. 남편이 집을 비운 사이에 두 사람이 사랑을 나누었고, 이 일을 하인이 그녀 남편에게 고하므로 두 사람이 죽임을 당한다. 프란체스카의 남편 잔초토는 단테가 신곡을 쓸 때 살아있었으므로 동생 아벨을 살해한 카인이 있는 지옥이 그를 기다린다고 말했다.
단테의 스승인 베르길리우스는 림보에서 구원의 희망이 없는 삶을 살았기에 세상에서 누렸던 행복을 돌아보는 것이 얼마나 아픈 것인지를 안다고 하였다.

제6곡

탐욕의 삶을 산 자들

세 번째 지옥에서는 탐욕의 삶을 산 자들이 눈비와 우박에 시달리면서 괴물 체르베르소에게 고통을 당한다. 이곳에서 단테는 치악코를 통해 탐욕과 탐심에 사로잡힌 피렌체가 장차 불화하며 정쟁에 휘말려 서로 분열되고 피를 흘리게 될 것을 알게 된다.

1 형수와 시동생의 비극 앞에서
연민에 짓눌려 답답했던 내 가슴이
다시 회복이 되었고,

4 내가 정신을 차리고 돌아보는 곳마다

벌 받는 수많은 망령들이
여러 모양으로 나타나더라.

7 어느덧 우리가 영겁의 비가 내리는
세 번째 지옥에 와있었는데, 이 비의 성질과
법칙은 영원히 변할 것 같지가 않았다.

10 굵은 우박과 더러운 구정물이
눈비와 뒤섞여 휘몰아치며
역겨운 냄새가 진동했는데,

13 거기에서 세 개의 목구멍을 가진 체르베로스가
잔인하고 섬뜩한 모습으로 죄인들을 향해
개처럼 짖어대고 있었다.

16 붉은 눈과 더러운 수염과 잔뜩 부풀어 오른
배를 가진 그놈이 날카로운 손톱으로
지나가는 망령들을 찢고 있었고,

19 또 거센 빗줄기가 개처럼 울부짖는 죄인들을 후려쳐
가엾은 자들이 옆구리를 보호하려
몸을 비틀고 있었다.

22 커다란 벌레 체르베로스가 우리를 보며
입을 벌려 날카로운 송곳니를 드러내고는
온몸을 바르르 떨고 있었는데,

25 길잡이가 손에 흙을 가득 담아
우리를 삼킬 것 같은
그 벌레의 아가리에 처넣었다.

28 그러자 굶주림에 몸부림치며 울던 개가
먹이를 입에 물고는 삼킬 것에 몰두하여
잠잠해지는 것처럼,

31 망령들을 귀머거리로 만들 심사로
짖어대던 그 더러운 악마의 주둥이가
그렇게 닫혀버렸다.

34 우리가 사납게 내리는 비에 시달리는
망령들 사이를 지나면서
내가 허깨비 하나를 밟았는데,

37 젖은 땅에서 뒹굴고 있던 그가
벌떡 일어나
내 앞으로 나아오며 말하길,

40 “이곳을 지나가는 자여.
그대는 나를 알아볼 수 있겠는가?
내가 죽기 전에 그대를 보았다오.”

43 내가 말하길, “나는 그대를
본 것 같지가 않소. 그대 시달리는 모습이
내 기억을 앗아갔나 보오.

46 그대는 누구며 무슨 일로
이 슬픈 곳에서 이보다 더 힘겨운 벌은
없을 것 같은 괴로움에 시달리느뇨?”

49 그가 이르기를, “흑당과 백당의 갈등이
자루가 넘칠 만큼 비등한 피렌체에서
그래도 나는 평온한 삶을 살았소.

52 그런데 내가 이 혹독한 비에 시달리는 것은
내 목구멍을 위한 탐욕 때문이었소.
나는 세상에서 돼지라는 뜻의 치악코라 불렸다오.

55 슬픈 영혼은 나 혼자만이 아니오.
여기 있는 모두가 다
나와 같은 죄로 형벌을 받고 있다오.”

58 내가 말하길, “치악코여, 그대 고통이
나를 짓눌러 눈물짓게 한다오.
그대가 이것에 대해 알거든 대답해 주오.

61 분열된 피렌체는 어떻게 될 것이며,
또 그 도시에 정의로운 자들이 있다면
어찌하여 그런 불화를 겪게 되는지?”

64 그가 말하길, “지루한 시비 끝에 모두가
피를 흘릴 것이오. 숲에서 나온 백당이
다른 편을 크게 상하게 할 것이고,

67 이후 삼 년이 지나가기 전에
백당이 무너질 것이라오.
다시 흑당이 일어나 도시를 장악하리니,

70 그들은 상대가 발버둥 치며 울부짖을지라도
무섭게 짓누르며 고개를 높이 쳐들고
오랫동안 군림할 것이오.

73 도시에 의로운 자가 둘이 있다지만
그들이 서로 불화하여 오만과 시기와
탐욕의 불꽃을 더 타오르게 하리다.”

76 그가 나로 눈물짓게 하여
내가 다시 입을 열었다.
"나에게 더 많은 것을 말하여 궁금증을 풀어주오.

79 명성을 떨치던 파리나타와 테기아이오,
훌륭하던 야코포 루스티쿠치와 아리고와
모스카 등, 좋은 일에 재주가 많았던 자들이

82 지금은 어디에 있는지 말해주오.
하늘이 반기는지 아니면 지옥이 저들을
괴롭게 하는지 궁금해 견딜 수가 없소."

85 그가 말하길, "그들이 저 아래 검은 혼들과
함께 있소. 죄악이 저들을 그곳에 처박아 놓았나니,
그대가 곧 볼 수 있으리다.

88 이후 그대가 저 감미로운 세상으로 돌아가거든
사람들 기억 속에서 나를 일깨워 주오.
나는 더 이상 할 말이 없소."

91 나를 보던 그의 눈이 흐릿해지며
이내 고개를 숙이더니
흙탕물로 앞을 보지 못하는 자들 곁에 쓰러지더라.

94 길잡이가 말하길,
"저들은 천사들의 나팔소리가 울려 퍼지는
최후의 날이 오기까지 여기에 처박혀 있으리니,

97 그날에 자기들의 슬픈 무덤을 찾아가
다시 형체를 회복하여
영원히 울려 퍼지는 소리를 듣게 되리라."

100 우리가 휘몰아치는 빗속에서
다가오는 내세를 이야기하면서
망령들이 뒤섞인 길을 걸으며

103 내가 다시 묻기를, " 저들 고통이
최후 심판 이후에 더 심하게 될 것인지
아니면 그 반대일지가 궁금하나이다."

106 스승이 말하길, "네가 아는 바의
지식으로 돌아갈지니, 육체의 부활을 통해
받을 복과 형벌은 더해질 것이로다.

109 저주받은 자들이 완전 속으로
들어가는 것은 불가능하며, 영과 육이 결합하는
그때도 지금보다 더 나을 것이 없노라."

112 내가 여기에서 언급하지 않은 많은 것들을
스승과 이야기하며 굽은 길을 돌아
어느덧 내리막길로 접어들었고,

115 내가 거기에서 엄청난 적 플루톤을 만났다.

• 1~33

3원의 지옥에서는 탐욕과 탐심을 가졌던 자들이 고통을 당한다.
죄인들이 굵은 우박과 더러운 비와 눈에 허덕인다.
개처럼 생긴 괴물 체르베로스가 울부짖는 망령들을 찢어놓는다.
이 괴물은 머리와 목구멍이 셋이고 꼬리는 뱀이며 목의 둘레에 뱀 머리를 달고 있고, 커다란 배와 날카로운 손톱을 가지고 있다.

• 34~84

지옥의 망령들이 살아있는 사람과 같은 모습으로 단테를 대한다.
모습은 보이지만 헛것인 혼들이 영원히 쏟아지는 비와 우박과 진흙 속에 처박혀 고통을 당하는데, 그들 중에 세상을 탐욕스럽게 산 치악코가 있다.
단테는 이 망령들이 미래를 예견하는 능력이 있다고 알고 있기에 묻는다.
조국 피렌체의 앞날에 대한 궁금증을 그에게 질문한다.
피렌체는 권력에 대한 탐욕과 시기로 점철된 지루한 쟁투 끝에 서로 죽고 죽이는 고통스러운 세월을 보낼 것이라고 말한다.

• 85~115

지옥의 영혼들은 세상 사람들이 자신을 기억하는 것을 큰 위로로 삼는다.

주님의 재림을 통해 최후의 심판이 임하면 믿는 자들을 구원하신다.
“저가 큰 나팔소리와 함께 천사들을 보내리니 저희가 그 택하신 자들을 하늘 이 끝에서 저 끝까지 사방에서 모으리라.” 마:24,31
그러나 주님이 구름을 타고 오실 때 주를 모르는 자들은 통곡한다.
천사들의 나팔소리와 함께 주님이 재림하실 때 받을 심판을 언급한다.
“내가 만국을 모아 데리고 여호사밧 골짜기에 내려가서 내 백성 곧 내 기업 된 이스라엘을 위하여 거기서 그들을 국문鞫問하리니, 이는 그들이 이스라엘을 열국 중에 흩고 나의 땅을 나누었음이라. 욜3:2
하나님이 그의 백성을 구원하실 때 이방 족속은 여호와가 판결하시는 곳인 여호사밧 골짜기에서 그들을 신문하신다고 말한다.
단테가 아리스토텔레스(BC 384~322와 어거스틴AD 353~430의 이론을 빌어 육신의 부활의 날에 선행과 악행의 결과에 따라 그 보응이 깊어질 것이라 말한다.

제7곡

인색함과 낭비벽으로 산 자들

단테가 네 번째 지옥 입구에 도착하여 물질에 대한 탐욕의 상징인 괴물 플루톤을 만난다. 그리스 신화 속 부富의 신神인 그를 보면서 단테가 인간의 대원수라고 외친다. 하늘의 뜻에 따라 부여된 재물을 잘못 이해하여 돈의 노예로 살며 낭비를 일삼던 자들과 인색하게 산 자들이 서로 외면하면서 저주를 퍼부으며 벌을 받는다. 두 시인이 다섯 번째 지옥인 스틱스 강가에 이르러 세상에서 분을 이기지 못해 벌 받는 망령들을 만난다.

1　“파페 사탄, 파페 사탄 알렙페!”
　플루톤이 쉰 목소리로 이렇게 소리치자

모든 것을 헤아리시는 현자賢者께서

4 나를 도우려 말하길,
"겁내지 마라. 저놈이 아무리 강하다 한들
절벽을 내려가는 우리를 막을 수 없노라."

7 그리고는 분기가 가득한 플루톤을 향해 외치길,
"입을 닥쳐라, 탐욕이 가득한 저주받을 늑대야.
분노와 함께 너는 영원히 불타 죽으리라.

10 우리가 저 깊은 곳으로 가야 하리니,
이는 천사장 미카엘로 루시퍼의 오만한 폭력에
복수하게 한 하늘의 뜻이니라."

13 그러자 돛대가 부러지며
부풀어 오른 돛폭이 내려앉듯이
사나운 맹수가 바닥에 고꾸라졌다.

16 그리하여 우리는 온 우주의 죄악을
감싸 안은 가슴 아픈 언덕을 지나서
네 번째 지옥으로 내려갔다.

19 오, 하늘의 정의여! 이 무서운 고통과 형벌을

예비하신 자가 누구십니까?
인간의 무엇이 인간을 이렇게 망쳐놓았나이까?

22 거슬러 밀려오는 파도와 부딪쳐 난파하는
저 카릿디 해협의 소용돌이처럼
그곳 영혼들이 그렇게 부서졌나니,

25 내가 거기에서 수많은 망령들을 보았는데,
그들이 두 부류로 나뉘어 울부짖으면서
가슴으로 무거운 짐을 떠밀더라.

28 그리고는 서로를 향해 윽박지르기를,
"기껏 돈을 긁어모아 이 모양으로 사냐."
"낭비해서 탈탈 털려 요 꼴이냐."

31 이렇게 그들이 상대를 모욕하고는
양쪽으로부터 반대편을 향해
원을 그리며 빙 돌고 나서는,

34 한복판에서 다시 만나 서로 겨루다가
뒤돌아서는데, 내가 그 모습을 보면서
역겨워 속이 뒤집히는 것 같았다.

37 내가 묻기를 "스승이시여. 저 많은 무리는 누군지요?
저기 왼쪽의 머리를 빡빡 깎은 자들은
성직자 같나이다."

40 스승이 말하길, "저들 중에는
마음이 뒤틀려 인색하게 산 자들도 있고,
또 낭비하는 일에 절제하지 못한 자들도 있노라.

43 인색함과 낭비로 죄지은 자들이
서로를 갈라놓는 지점에 이를 때마다
목청을 높여 소리치나니,

46 머리카락이 없는 저 무리 중에
지나치게 탐욕을 부린 목자장과
추기경들의 모습도 보이도다."

49 내가 말하길, "스승이시여,
저 더럽혀진 영혼들 중에 몇몇은
저도 분명히 알 수 있겠나이다."

52 길잡이가 말하길,
"네가 헛된 생각을 하고 있도다.
무분별한 삶이 저들 모양을 바꾸어 놓았나니,

55 저들은 영원히 서로 머리를 부딪치리라.
부활의 날에 인색하게 살던 자들은 잡은 것을 꼭 쥐고,
낭비한 자들은 머리를 풀고 무덤에서 일어나리라.

58 저들은 잘못 사용하고 잘못 간직하여
천국을 잃고 이런 고통 속에 빠졌나니,
내가 그 이유를 말하리라.

61 인생들이 운명에 맡겨진 재물 때문에
서로 아귀다툼을 하고 있는데,
그러나 돈이라고 하는 것이 얼마나 허망한 것이냐.

64 지금 저 달 아래에 있고 또 지금까지 있었던
모든 황금이 이 지쳐있는 영혼들에게
무슨 위로와 휴식을 줄 수 있겠느냐."

67 내가 묻기를, "스승이시여,
제게 말씀하신 이 운명이라고 하는 것이 무엇이기에
세상 재화를 그 손에 쥐고 있나이까?"

70 그가 이르기를, "어리석도다.
무지함이 인간을 해치는도다.
내가 하는 말에 귀를 기울이라.

73 하나님의 지혜가 여러 하늘을 만드시고
그것들을 운행하는 천사들을 마련하시고는
그들로 각 부분에 빛을 비추게 했노라.

76 세상 부귀영화도 이처럼 인도하시나니,
그 길잡이를 내세워 세상 재물을
다스리게 하도다.

79 이 운명의 여신이 때때로
사람의 뜻을 초월하여 이 백성에게서 저 백성에게로,
이 핏줄에서 저 핏줄로 재화를 옮겨놓는데,

82 숲속의 뱀과 같이 알 수 없는
이 여신의 판단에 따라
한 백성이 흥하면 다른 백성은 쇠하게 되노라.

85 인간의 지식은 이에 맞설 수 없노니,
천사들이 천체의 운행을 담당하는 것과 같이
이 여신이 세상 재물을 헤아려 다스리노라.

88 여신의 변신은 쉴 사이가 없나니,
필요성이 그녀를 민감하게 자극하여
인간사에 부침浮沈이 빈번하게 찾아오도다.

91 그런데 이 여신을 칭송해야 할 인간들이
오히려 욕하고 저주하며
그녀를 십자가에 못 박으며 비웃는도다.

94 그러나 이 여신은 사람들의 이런 처사에
개의치 않고 첫 피조물인 천사들과 더불어
부여된 세계를 지배하며 즐거워하도다.

97 자, 이제 더 큰 고통이 우릴 기다리노라.
우리가 떠날 때 빛나던 별들이 사라져
더 이상 머물 수 없도다."

100 우리가 네 번째 지옥을 지나 언덕을 오르는데,
부글부글 끓는 개울물이 역류하여
다시 구렁으로 흘러가더라.

103 거무스레한 물줄기를 따라서
우리가 낯설고 절망스러운 곳으로
내려가는데,

106 슬픔을 안고 흘러가는 시내가
기슭에 닿는 거기에
스틱스라는 이름의 늪이 버티고 있었다.

109 내가 그곳을 자세히 살피는데,
늪 한가운데 진흙을 뒤집어쓴 망령들이
벌거벗은 채 성난 얼굴로 뒹굴고 있었고,

112 그들이 손과 발로 서로를 치고 때리며
머리와 가슴으로 밀치기도 하고
이빨로 물어뜯기도 하며 난투극을 벌였다.

115 어진 스승이 이르기를, "아들아,
분노를 이기지 못한 자들의 모습을 보아라.
그리고 네가 이 장면을 잊지 말지니,

118 물 밑에 있는 자들의 한숨 소리로
물거품이 부글부글 끓어오르는 것을
어디에서나 볼 수 있으리라.

121 진흙에 박힌 자들이 외치나니,
'맑은 하늘과 영롱한 햇살이 비치는 중에도
마음속 불안과 분노로 고통스러웠는데,

124 또다시 이 암울한 수렁에 빠졌도다!'
저들이 분명하게 말하지도 못하면서
목구멍으로 그르렁거리는 도다."

127 우리가 진흙을 삼키는 무리를 떠나
마른 언덕과 축축한 구덩이 사이에 있는
아치형의 더러운 늪을 돌아

130 마침내 높은 탑 아래에 도착했다.

• 1~48

4번째 지옥에 물질에 대한 탐욕의 상징인 괴물 플루톤이 있다.
'파페'는 플루톤의 울부짖음이라 하고 사탄을 부르는 소리라고도 한다.
하나님의 천사장 미카엘이 그의 천사들과 함께 하나님을 대적한 루시퍼와 그를 추종한 천사들과 하늘에서 싸워 그들을 땅에 떨어뜨렸다.
"하늘에 전쟁이 있으니 미카엘과 그의 사자들이 용과 더불어 싸울새 용과 그의 사자들도 싸우나 이기지 못하여 다시 하늘에서 그들이 있을 곳을 얻지 못한지라. 큰 용이 내쫓기니 옛 뱀 곧 마귀라고도 하고 사탄이라고도 하며 온 천하를 꾀는 자라. 그가 땅으로 내쫓기니 그의 사자들도 그와 함께 내쫓기니라. 계12:7~9
단테가 그리스 신화 속의 부富의 신神인 플루톤을 인간의 대원수라 말한다. 돈이 인간에게 고뇌를 야기하는 원천이라 생각했기 때문이다.
수전노와 낭비벽이 심했던 자들이 세상에서처럼 서로 차갑게 외면한다.
자신들이 모았던 무거운 재물을 굴리며 서로를 쳐다보며 욕한다.
그중에는 탐욕에 사로잡혔던 교황과 추기경들의 모습이 보인다.
영혼들이 흙탕물 속에서 성난 얼굴을 하며 서로 비난한다.

• 49~96

운명의 여신이 세상 재물을 주관하며 그것을 인간에게 분배한다.
이 여신이 하나님의 뜻을 따라서 재화를 이 사람에게서 저 사람에게로, 이 민족에게서 저 민족에게로 이동시킨다. 그러나 하늘의 뜻을 따라서 부여된 이 재물을 잘못 이해하여 돈의 노예로 살면 인간은 자신의 본연의 모습을 잃어버리게 되고 서로 반목하며 살게 된다. 인간 본연의 분별력이나 따스한 마음을 잃어버린 추한 존재가 된다.
낭비가 심했던 자들을 "머리카락까지 다 털어먹었다."라고 하는 이탈리아 속담을 단테가 언급한다.

• 97~130

두 시인이 5번째 지옥인 스틱스 강가에 이른다.
화를 이기지 못한 영혼들이 진흙탕 속에 묻혀 신세를 한탄한다.
그들이 세상에선 분노의 안개에 갇혀 살았고 죽어선 흙탕물 속에 묻혀있다.
그들이 아름다운 세상에 살면서 분노에 넘어져 슬픈 운명이 되었다.

제8곡

분노에 사로잡혀 산 자들

죄인들이 살아서는 분노의 안개에 묻혀 지내다가 죽어서 진흙탕 속에서 서로 다투며 살아간다. 거기서 단테가 자기 집안과 원수로 살던 필리포 아르젠티를 만난다. 성격이 불과 같던 그가 피렌체에서 추방당한 단테의 재산을 불하받아 차지한다. 그가 이곳에서 난도질을 당한다. 두 시인이 디스성 입구에 도착하나 루시퍼를 추종하여 이 지옥으로 떨어진 검은 천사들이 단테를 보고 분노한다. 디스Dis는 루시퍼의 이름으로 지옥의 6원부터 9원까지를 이렇게 명명한다.

1　　사실대로 말하면
　　내가 높은 성루 아래에 도착하기 훨씬 전에

탑의 꼭대기를 주목하고 있었는데,

4 이는 거기에서 두 개의 불꽃이 빛나고 있었고
또 아득한 곳으로부터 불빛 하나가
연방 신호를 보냈기 때문이었다.

7 내가 지혜의 바다이신 스승께 묻기를,
"저 두 불꽃이 무슨 말을 하며 하나는 무어라
대답을 하나이까? 또 신호를 보내는 자는 누구입니까?"

10 스승이 말하길, "이 늪의 안개가
시야를 가리지 않는다면 네가 원하는 것을
저 흐린 물결 위에서 보리라."

13 그때 우리에게로 달려오는 배가 있었는데,
시위를 떠난 화살이 제아무리 빠르다 해도
그렇게 날래지는 못하겠더라.

16 쏜살처럼 나는 배 위의 사공이
우리를 향해 소리치길,
"못된 자들아, 왜 이곳에 왔느냐?"

19 스승이 대답하길, "플레기아스야,

왜 쓸데없이 소리를 치느냐. 네가 할 일은
우리로 저 진흙탕을 건너게 하는 일이로다."

22 마치 자기에게 행해진 속임수를 알고는
불같이 화를 내는 사람처럼
그가 펄쩍 뛰었다.

25 길잡이가 먼저 타면서
나에게 뒤따르라 하여 내가 올랐는데,
배가 짐을 실은 듯 내려앉았다.

28 우리를 태운 배가
다른 영혼들을 실은 여느 때보다
더 깊이 물살을 가르고 앞으로 나아가며

31 죽음의 물결 위를 달려가는데,
진흙을 뒤집어쓴 자가 불쑥 일어나 외치길,
"네가 왜 때가 이르기도 전에 여기에 왔느냐?"

34 내가 대답하길, "내가 오기는 했어도 머물지 않노라.
그런데 험상궂은 너는 누구냐?"
그가 대답하길, "울고 있는 나인 것을 네가 보도다."

37　내가 말하길, “이 저주받은 망령아!
너는 영원한 통곡 속에 갇혀있으리니,
네 모습이 비참해도 내가 너를 알아볼 수 있겠노라.”

40　그가 손을 내밀어 배에 오르려 할 때
속셈을 알아차린 스승이 그를 밀치며 소리치길,
“개같이 짖어대는 저 무리에게로 가라.”

43　스승이 나를 감싸며 말하길,
“불의에 분노할 줄 아는 자여.
너를 낳은 여인이 복이 있도다.

46　저놈은 세상을 안하무인으로 살았고,
그의 기억 속에 아무런 선행이 없기에
여기에서 험하게 지내노라.

49　세상에서 위대하다 하는 자들이
머지않아 이 진흙탕에서 돼지처럼 뒹굴며
야비한 기억을 되새길 자들이 얼마나 많겠느냐?”

52　내가 말하길, “스승이시여,
우리가 이 호수를 건너기 전에
저놈이 거꾸로 처박히는 것을 보고자 하나이다.”

55 길잡이가 말하길, "우리가 저 언덕에 이르기 전에
너의 소원이 이루어지리니,
네가 그렇게 열망하는 것이 마땅하도다."

58 그 말이 끝나자마자 진흙투성이가 된 무리들이
그놈을 갈기갈기 찢는 모습을 내가 본 고로
나는 지금도 하나님께 감사하노라.

61 거기 있던 자들이 "필리포 아르젠티에게로!"라고 소리치자
사악한 피렌체 망령이 괴성을 지르며
제 이빨로 자기 몸통을 물어뜯었다.

64 내가 그놈을 거기에 두고 떠나면서
그를 생각하지 않으려 했으나 그의 울부짖음이 들려와
마음을 다잡기 위해 앞만 보았다.

67 나의 착한 스승이 이르기를,
"아들아, 죄 짐을 진 망령들이 마귀에게 시달리는
디스Dis가 가까워지는도다."

70 내가 말하길, "스승이시여,
저 골짜기 위에 지금 막 불구덩이에서
나온 것 같은 회교 사원이 보이나이다.

73 스승이 이르기를, "저곳을 휘어 감는
영원한 불길이 저 아래 지옥 전체를
붉게 물들이는 도다."

76 우리가 마침내 아무런 위로가 없는 도시를 둘러싼
해자垓字와 같은 웅덩이에 도착했는데
그 성벽이 쇠로 된 것 같았다.

79 우리가 한 바퀴를 돌고 나서
모퉁이에 이르렀을 때 사공이 외치길,
"이제 내려라. 여기가 디스의 입구로다."

82 하늘로부터 쫓겨난 수많은 천사들이
문 위에서 노기 어린 음성으로 소리치길,
"살아서 죽은 자의 왕국을 활보하는

85 저놈이 대체 누구란 말이냐?"
그러자 지혜로운 스승이 그들에게
은밀히 말하고 싶다는 의사를 표하자

88 그놈들이 노여워하며 말하길,
"그대는 홀로 들어오라. 그러나 이곳에
겁 없이 들어온 저놈은 나가야 하리니

91 온 길을 뒤돌아 가야 하리라.
길은 스스로 찾아갈 것이며 이 어둠의 세계를
안내한 그대만 여기 머물러라."

94 독자들이여, 생각해 보라. 내가 그런
저주의 말을 들었을 때 얼마나 낙심했겠는가.
내가 다시는 세상에 돌아오지 못할 줄 알았다.

97 내가 말하길, "오, 사랑하는 길잡이여!
당신은 제게 닥친 위경 속에서 일곱 번도 더
안전하게 지켜주셨나이다.

100 이제 이토록 지치고 낙망한 저를
버리지 마시고 더 나아갈 수 없다면
차라리 돌아가길 원합니다."

103 여기까지 나를 인도한 길잡이가 말하길,
"놀라지 말라. 길은 하나님께서 인도하시나니,
우리는 결코 방해를 받지 않으리라.

106 너는 여기서 기다리라. 너의 초라한 영혼을 보듬고
새롭게 각성하여 희망을 머금어라.
너를 결코 버려두지 아니하리라."

109 길잡이가 나를 남기고 떠났고,
나는 홀로 남아서 두려움 가운데
그가 올 것인지 아니 올 것인지를 염려했다.

112 나는 스승이 그들과 무슨 말을 했는지
알 수 없었으나 저들이 잠깐 길잡이와
이야기를 나누고는 서둘러 들어갔다.

115 그리고는 그 원수들이 스승의 면전에서
육중한 문을 닫아버리므로
그가 발걸음을 돌이켜 내게로 오는데,

118 그의 시선은 땅을 향했고 눈썹엔 용맹이 사라졌더라.
그런 그가 한숨을 내쉬며 외치길,
"어느 누가 나로 저 고통의 집 출입을 금한단 말이냐!"

121 그리고는 내게 이르기를, "너는 내가
화를 내도 놀라지 말라. 우리 앞에 어떠한
장애물이 있어도 다 물리치리니,

124 저 원수들의 방해는 새로운 것이 아니로다.
주께서 성인聖人들을 구하려 림보에 가셨을 때에도
그곳 빗장이 부러졌노라.

127 너는 이미 그 지옥문에 새겨진 글을 보았노라.
벌써 그리로부터 인도자 없이
우리가 지나온 길을 따라 오는 자가 있나니,

130 그로 말미암아 저 도시가 열리리라.

• 1~51

두 시인이 스틱스 강가를 걷는데 아득히 먼 곳에서 높은 탑이 나타난다.
그 꼭대기에서 두 개의 불꽃이 반짝이고 이어 또 하나의 불꽃이 빛난다.
위험한 일에 직면했을 때 군대에서 사용하는 봉화와 같은 신호다.
쏜살처럼 빠르게 배를 타고 오는 자는 자신의 딸 코로니스가 아폴론에게 욕을 당하자 분을 참지 못하고 신을 경멸하며 델포이 신전에 불을 지른 플레기아스다.
그가 여기에 떨어져 신을 모독하고 이단에 빠진 죄인들을 지옥에 넘긴다.
자기가 처리해야 할 망령이 도착한 것으로 알고는 두 시인에게 달려온다.
큰소리치는 그를 베르길리우스가 제압하고 함께 쪽배를 타고 흙탕물 위를 달린다. 단테가 배 위에 오르자 육신의 무게로 배가 내려앉는다.
진흙을 뒤집어쓴 망령이 산 채로 죽은 자의 땅에 온 단테에게 호통을 친다.
부끄러운 자기 정체를 숨기려 이름을 밝히지 않지만 단테가 알아본다.

• 52~93

필리포 아르젠티는 피렌체의 귀족으로 아디마리 가문의 사람이다. 흑당에 속해있어 단테의 가문과 늘 대적했으며, 단테가 피렌체에서 추방된 후 단테 집안의 재산을 불같은 성격의 그가 불하를 받는다.
5번째 지옥은 교만하게 살며 분노에 익숙한 자들이 모여있는 곳이다.
세상을 긴장하게 만들고 선한 일을 행하지 않은 자들이다.
그자가 진흙탕 속에서 난도질당하는 모습을 단테가 본다.
저주받은 영혼들이 악마들과 타오르는 불길에 휩싸인다.
루시퍼를 추종해 지옥에 온 천사들이 살아있는 단테를 보며 분노한다.
디스Dis는 루시퍼의 이름으로, 지옥의 6원부터 9원까지를 이렇게 명명한다.

• 94~130

두 시인이 디스성의 입구에 도달하여 성안으로 들어가려고 한다.
그러나 림보에 있는 성현들을 구원하기 위해 그 문으로 들어가려는 그리스도에게마저 저항했던 악마들이 단테의 앞길을 가로막는다.
용기를 잃은 베르길리우스의 모습을 보며 단테가 낙망하지만, 그가 단테를 위로하며 하늘의 사자가 길을 열 것을 말해준다.
베르길리우스가 지옥문에 적혀있는 글을 단테로 다시 기억하게 한다.

제9곡

이단에 빠져 산 자들

여섯 번째 지옥의 입구인 디스 성 꼭대기에 세 여신 푸리에가 나타난다. 몸에 뱀을 칭칭 감고 있는데, 복수란 이름의 티시포네와 불안이란 이름의 알렉토와 질투란 이름의 메가에라가 자학을 하면서 두 시인을 위협한다. 단테가 천사의 도움으로 마귀를 물리치고 문 안으로 들어가 불로 달구어진 무덤에서 신음하고 있는 이교도들을 만난다.

1 돌아오는 스승을 보며
내가 겁에 질려 얼굴이 창백해지자
그가 마음속 분노를 억제하며

4　무엇인가를 귀담아들으려 했는데,
이는 검은 하늘과 짙은 안개로 인해
한 치 앞을 내다볼 수 없기 때문이었다.

7　“어찌 되었든 이 싸움은 이겨야 하는데,
만약 그렇지 못하면…… 그가 도움을 준다 했는데,
오기로 한 자는 어찌 이리 더딘고.”

10　길잡이 말이 앞뒤가 뒤틀리는 것 같았는데,
이는 그에게 도움을 주기로 약속한 자가
아니 오기에 그러는 것 같았다.

13　그가 말을 다 맺지 못하므로
내가 상상을 하며 두려움에 사로잡혔는데,
말하는 그보다 지켜보는 내가 더 심했으리라.

16　“고통스러운 이 웅덩이 속으로
아무런 희망이 없는 저 림보로부터
어느 누가 내려온단 말입니까?”

19　내 물음에 길잡이가 대답하길,
“그곳 영혼들 중에 우리가 있는 이곳으로
오는 경우는 거의 없는 일이로다.

22 그러나 내가 아주 오래전에 이 길을 다녀갔나니,
이는 테살리아의 무녀 에리톤이 저승에서
죽은 망령 하나를 불러내는 요술 때문이었노라.

25 내가 육신을 벗은 지 얼마 되지 않아
그 무녀는 가롯 유다가 있는 아홉 번째 지옥에서
영혼을 건져내려 나를 저 디스Dis로 들어가게 했노라.

28 내가 갔던 데는 가장 어두운 곳이었고
모든 것을 운동하게 만드는 원동천으로부터 가장 멀었도다.
내가 이 길을 잘 아노니 너는 염려하지 마라.

31 썩은 냄새가 진동하는 저 도시는
분노를 모르는 자들이 갈 수 있는 곳이 아니기에
우리가 저 원수들과 한바탕 싸워야 하노라."

34 그가 말을 계속했지만 나는 무슨 뜻인지를
알아듣지 못하고 다만 높이 솟은 탑의
붉은 꼭대기만을 주시하고 있었다.

37 그런데 그곳에서 홀연히
세 푸리에가 불쑥 솟아올랐는데,
피에 젖은 그들 허리는

40 새파란 물뱀으로 묶여 있었고
머리털처럼 자라난 새끼 뱀과 뿔난 독사들이
관자놀이를 칭칭 감고 있었다.

43 영원히 통곡하는 페르세포네의 시녀들인
세 푸리에를 잘 아는 길잡이가 이르기를,
"독기가 서린 저들을 보아라.

46 왼쪽에 있는 자가 메가에라이고
오른편에서 울고 있는 놈이 알렉토다.
티시포네가 한가운데 있도다."

49 저들이 자기 손톱으로 가슴을 헤집고
손바닥으로 제 몸을 치며 소리 질러
내가 시인에게 다가섰는데,

52 "메두사여 이리 오라. 저놈을 돌로 만들리라.
테세우스를 지옥에서 내보낸 것이 분하도다."
저들이 나를 내려다보며 이렇게 외쳤다.

55 "너는 뒤로 돌아서 눈을 감으라.
메두사의 머리 고르곤이 나타날 때
네가 그것을 보면 세상으로 돌아가지 못하리라."

58 스승이 이렇게 말하고는
나를 믿지 못하고 자기 손바닥으로
내 눈을 덮어 감겨주었다.

61 오, 건강한 지성을 가진 독자들이여!
내 시의 너울veil 속에 감추어진
그윽하고 오묘한 뜻을 헤아리며 읽을 지로다.

64 그때 흐릿한 물결을 거슬러
성의 양쪽 기슭을 흔들며
공포심을 자극하는 소용돌이가 일어났는데,

67 그 모습이 마치 열을 품어내는 증기에서
거침없이 솟구치는 바람 같았고,
또 숲의 나무를 찢고 넘어뜨려

70 멀리까지 날려버리고는
먼지를 일으켜 양들과 목동을
도망치게 만드는 폭풍과도 같았다.

73 스승이 내 눈에서 두 손을 풀며 말하길,
"짙은 안개로 가려진 그 너머가
이제 보이도다."

76 그곳 망령들이 독사 앞에 있는 개구리처럼
물속으로 뛰어들어 사라졌다가
다시 뭍으로 떼를 지어 올라왔다.

79 그때 스틱스 강을 건넜음에도
물에 젖지 않은 천사가 나타나며
천도 넘는 죄인들이 혼비백산했나니,

82 망령들이 손을 내저으며
얼굴 앞의 자욱한 수증기를 걷어내는데,
그 일이 그들을 지치게 하더라.

85 내가 그 천사가 하늘이 보낸 자임을
알아차리고는 스승을 보았는데,
그가 나에게 절하라 했다.

88 아, 얼마나 분노에 찬 모습이었던가!
그가 디스Dis 대문으로 나아가 지팡이를 대자
아무런 저항도 없이 문이 열렸다.

91 그가 무시무시한 문턱 위에 올라 소리치길
"오, 하늘에서 추방된 쓰레기들아!
너희들 교만이 어디에서 온 것이냐?

94 무슨 이유로 저 위대한 의지에 발길질을 하는가?
지존자의 의도는 변개할 수 없노니
너희들 고통만 몇 곱절 더하게 되었도다.

97 하늘 뜻에 저항한들 무슨 유익이 있겠느냐?
너희가 아는바 지옥의 수문장 케르베로스의
턱주가리와 목덜미 털이 그래서 다 뽑혔노라."

100 천사가 그렇게 외치고는
자신이 왔던 길로 돌아가는데,
그의 얼굴을 보니

103 하늘을 향한 열망이 가득했다.
우리는 그가 남긴 말을 위안으로 삼고는
디스를 향해 나아가

106 거침없이 그 안으로 들어섰고,
나는 거대한 성벽에 갇혀있는
망령들의 모습을 보고 싶었다.

109 그래서 안으로 들어가 사방을 살폈는데,
양쪽 넓은 공간엔 지독한 형벌로 인한
통곡 소리가 들끓고 있었다.

112 지중해로 향하는 론 강이 흐르는 아를리 마을의
그리스도인의 무덤처럼, 물결치는 해류로
이탈리아를 씻어내는 콰로나르 바다 가까이에 있는

115 풀라의 사방을 뒤덮은 로마인의 묘지와도 같이
그곳도 온통 무덤뿐이었는데,
그 모습이 더욱 고달프고 애처롭게 보였다.

118 무덤 사이에서 불꽃이 피어올라
관이 쇠처럼 뜨겁게 달궈지고 있었는데,
어떤 장인匠人도 그보다 불을 잘 다룰 수는 없겠더라.

121 무덤 뚜껑이 열려있었고
거기에서 흘러나오는 슬픈 노래는
분명 고통스럽게 벌 받는 목소리였다.

124 내가 묻기를, "스승이시여,
저 영혼들이 누구이기에 관 속에 갇혀
저토록 아픔을 겪나이까?

127 스승이 말하길, "이곳에서는 이교異教의
우두머리들이 추종자들과 함께 고통을 당하노라.
무덤 속에 더 많은 무리가 있나니,

130 서로 비슷한 자들끼리 묻혀있는데도
어떤 무덤은 더 뜨겁고 어떤 것은 덜하도다."
이 말을 하고는 길잡이가 오른쪽으로 돌아서며

133 우리가 무덤과 높은 벽 사이를 지나갔다.

• 1~48

단테와 베르길리우스가 제6원의 입구인 디스 성벽에 도달한다.
근심스러운 길잡이의 표정을 바라보는 단테가 두려움에 사로잡힌다.
그러나 스승은 이미 한 번 다녀간 길이기에 안심하라고 말한다.
자신이 테살리아 무녀의 요술로 림보를 떠나서 이 지옥에 있는
한 병사의 영혼을 불러내기 위해 다녀갔던 길이라 말한다.
디스 성 꼭대기에서 그리스 신화 속의 세 여신 푸리에가 나타난다.
세 푸리에는 마왕 플루톤의 아내 페르세포네의 시녀들이다.
이들은 온몸에 뱀을 칭칭 감은 자들로 복수란 이름의 티시포네와
불안이란 이름의 알렉토와 질투란 이름의 메가에라다.

• 49~99

세 푸리에가 자학을 하며 두 시인을 위협하면서 단테를 돌멩이로
만들어 달라고 메두사에게 간청한다. 메두사는 그리스 신화에 나오
는 괴물로 머리털이 있어야 할 곳에 새끼 뱀을 갖고 있으며, 그의
머리를 보는 자는 바로 돌로 변한다.
베르길리우스가 단테의 두 눈을 자기 손으로 감싼다. 공포에 빠져
있는 단테의 마음이 돌처럼 굳어지는 것을 막으려 한다. 하늘의 도
움인 천사가 이르기 전에 인간 지성의 상징인 베르길리우스가 단테
를 두려움으로부터 보호하려 손바닥으로 눈을 감긴 것이다.
구원은 인간의 지성이 아닌 천사를 통한 하나님의 도움으로 가능
하다.

스틱스 강에 광풍이 일며 더러운 강 물결이 파도치며 먼지가 날린다.
마귀들이 하늘의 사자에게 속수무책으로 아무런 저항을 하지 못한다.
하나님의 천사가 나타나 디스의 성벽 문을 연다.
헤라클레스가 하늘의 명령으로 테세우스를 구하기 위해 지옥에 갔을 때 수문장이었던 케르베로스가 저항하므로 그의 목을 쇠사슬로 묶어 지옥문 밖으로 끌어내므로 그의 턱과 목에 털이 다 뽑힌 것을 말하고 있다.

• 100~133

하늘의 천사가 나타나 채찍을 휘두르고 호통을 치며 마귀를 무찌른다.
장애물이 사라지며 단테가 호기심으로 눈앞에 펼쳐진 장면을 본다.
무덤의 뚜껑이 다 열려있고 통곡 소리가 흘러나온다.
이교도들이 불에 달구어진 무덤에서 신음을 하며 고통을 당한다.
창조주를 등지고 그릇된 빛을 받아 그리스도를 박해한 자들이다.
이교에 대한 믿음의 정도에 따라서 불의 강도가 달라진다.

제10곡

이교를 신봉한 자들

여섯 번째 지옥에는 영혼의 불멸을 부인한 철학자 에피쿠로스와 그의 추종자들이 머물고 있다. 이곳에서 단테는 육체의 쾌락을 최고의 선이라고 주장한 파리나타를 만난다. 단테 집안과 서로 대립했던 그를 통해 단테가 피렌체에서 추방될 운명인 것을 알게 된다. 두 시인이 일곱 번째 지옥으로 향한다.

1　고통스러운 탄식이 흘러나오는
　디스Dis 성벽을 따라서
　우리가 으슥한 곳을 지나고 있었다.

4 “창조주를 등진 이 불경스러운 곳으로
저를 인도하는 힘이시여!
말씀하사 저의 갈망을 채워주소서.

7 당신은 이 무덤 속에 있는 자들을
볼 수 있나이까? 무덤이 열려있는데
지키는 자가 없나이다.”

10 스승이 대답하길, “최후의 심판 날에
저들이 여호사밧에서 버려둔 몸을 입고
이리로 돌아올 때 이 무덤은 영원히 닫히리라.

13 여기에 에피쿠로스와 그의 추종자들이
갇혀있노니, 그들은 육체가 죽을 때
영혼도 함께 사라진다고 믿었노라.

16 네가 지금 물은 것과
또 알고 싶은 것들을
이제 곧 보게 되리라.”

19 “인자하신 아버지여, 저는 말을 적게
하고자 하나 스승님은 여느 때처럼
저의 호기심을 다 채워주시나이다.”

22 “오, 토스카나 사람이여!
산 채로 불의 나라를 지나면서 담대히 말하는 자여!
여기에 잠깐 머물러라.

25 너의 고유한 말투가 내가 태어난
조국을 생각나게 하노니, 아마도 너는
거기에서 큰 핍박을 받은 것이로다.”

28 갑자기 무덤에서 이 말이 흘러나와
내가 깜짝 놀라 길잡이 곁으로
다가섰는데

31 스승이 말하길, “저기 꼿꼿하게
서있는 파리나타를 볼지니,
너는 허리로부터 그 위를 볼 수 있으리라.”

34 이 말을 듣고 내가 그를 향했는데,
그가 지옥을 비웃기라도 하듯
가슴을 쫙 펴고 머리를 번쩍 들고 있었다.

37 길잡이가 나를 무덤 가까이로
이끌면서 이르기를,
“너는 말을 조심하라.”

40 내가 그놈 곁으로 가까이 가자
그가 나를 얕잡아보는 표정으로 묻기를,
"너의 조상이 누구더냐?"

43 내가 그의 말을 듣고 싶어
나에 대해 다 털어놓으니
그가 눈썹을 치켜올리면서 말하길,

46 "네 부친과 조부는 내 조상과 나의 파벌에 대해
무던히도 반대 입장을 표명했노라.
그리하여 나는 그들을 두 번 무찔렀도다."

49 내가 말하길, "내 조상들이 쫓겨나긴 했어도
다시 조국으로 돌아왔지만
너희 족속은 다시 돌아오는 기술이 없었노라."

52 그때 파리나타 곁에 있던
망령 하나가 무릎을 일으키며
머리를 불쑥 내밀었다.

55 그는 내가 누구와 함께 있는지를
궁금해하며 주위를 둘러보다가는
의문이 사라진 뒤에

58　울면서 묻기를, “그대의 탁월한 지성으로
이 눈먼 감옥을 지나고 있다면 그대 친구인
내 아들은 그대 곁에 있지 않고 어디에 있느뇨?”

61　내가 대답하길, “내가 나의 의지로
여기에 온 것이 아니고 저분이 인도하고 있지요.
당신 아들 천재 구이도는 저분을 업신여겼을 것입니다.”

64　그의 목소리와 그가 받는 형벌의 양상이
나로 그의 이름을 분명하게 기억나게 했으므로
내 대답은 명백했다.

67　그러자 갑자기 그의 몸이 뻣뻣해지며 소리치길,
“아니, ‘여겼을 것’이라니, 그러면 그가 살아있지 아니한가?
부드러운 햇살이 그의 얼굴을 비치지 않는단 말인가?”

70　내가 머뭇거리면서 아무런 대답을 하지 못하자
그가 그 자리에 거꾸러지며
다시 일어나지 못하더라.

73　그러나 처음 내 걸음을 멈추게 했던
파리나타는 변치 않는 모습으로
꼿꼿하게 서있다가는

76 다시 내게 말하길, "나의 후손들이
고국으로 다시 돌아오는 기술을 익히지 못한 것이
이 무덤보다 더 나를 괴롭게 하도다.

79 그러나 이곳을 지배하는 디아나의 얼굴이 쉰 번
불타오르기 전에 너도 고향으로 돌아가는 기술이
얼마나 어려운지를 알게 되리라.

82 다시 감미로운 세상으로 돌아가는 네가
왜 백성들이 이런저런 법을 만들어
우리 혈족에게만 그렇게 냉혹했는지 말해다오."

85 내가 대답하길, "아르비아 강물을 붉게 물들인 전투에서
네가 속한 기벨리니의 잔인한 학살이 피렌체로
성전聖殿에서 그런 맹세를 하게 했도다."

88 그가 한숨을 쉬고 머리를 흔들며 말하길,
"그 전쟁터엔 나 혼자만 있었던 것이 아니고
또 내가 남들처럼 날뛴 것도 아니었노라.

91 오히려 후한을 없애려 피렌체를 파괴하여
다시는 일어서지 못하게 하려는 기벨리니의 계획을
막기 위해 내가 홀로 고군분투했도다."

94 내가 그에게 말하길, "그대 후손들도
다시 평화를 찾게 될 것이오.
이제 내 궁금증을 풀어주오.

97 내가 제대로 이해를 했는지 모르겠다만
그대들은 현재 일에는 어둡지마는
미래는 내다볼 수 있다 하지 않던가?"

100 그가 대답하길, "삼라만상을 통치하는 자가
빛을 비춰줄 동안 우리는 노안이 된 듯
앞은 보지 못하고 멀리 있는 것만 보도다.

103 그래서 무슨 일이 가까이 다가오면
우리 지식은 모두 헛되이 사라져
인간사에 대해 아무것도 알지 못하노라.

106 또 미래의 문이 닫히고 영겁의 문이 열리는
최후의 심판 때부터는 죄인들의 지식이
다 소멸되는 것을 보게 되리라."

109 그때 내 마음속에 걸리는 것이 있어 말하길,
"넘어져 있는 저 카발칸티에게 전해주오.
그의 아들 구이도는 아직 살아있다고.

112 내가 그의 물음에 대답을 하지 못한 것은
그대가 내게 건넨 말로
내가 혼란에 빠져있었기 때문이라고."

115 길잡이가 나를 부르는지라
내가 서둘러 그에게 묻기를,
"그대와 함께 있는 자들이 누군지 말해주오."

118 그가 대답하길, "이 안에 수많은 자들이 있는데,
그들 중에 프리드리히 2세가 누워 있고
추기경 우발디니도 있으나 나머지는 말하지 않겠노라."

121 그가 이렇게 말하고는 숨어버렸고,
내가 시인을 향해 발길을 돌리면서도
그의 말이 잊히지가 않더라.

124 함께 가던 스승이 묻기를,
"네가 어찌 마음을 잡지 못하느냐?"
내가 쓴웃음으로 답하자 그가 이르기를,

127 "너에 관한 언짢은 예언을 기억하고
내가 하는 말을 마음에 간직하여라."
그리고는 그가 손을 들어 위를 가리키며 말하길,

130 “아름다운 미소로 너를 지켜보는
베아트리체 앞에 설 때에
네 인생이 복 받은 것을 알리라.”

133 그리고는 그가 왼쪽으로 발길을 돌리며
우리가 성벽을 지나서 골짜기로 이어지는
길을 따라가는데,

136 아래에서 올라오는 냄새가 몹시도 역겨웠다.

• 1~51

6번째 지옥에서는 이교도들이 불에 그슬린 관 속에서 고통을 당한다.
최후 심판의 날에 하나님이 예루살렘 곁 여호사밧 골짜기에서 심판하신다.
그때 모든 영혼들은 다시 육신을 입고 하나님의 심판대 앞에 선다.
"내가 만국을 모아 데리고 여호사밧 골짜기에 내려가서 내 백성 곧 기업 된 이스라엘을 위하여 거기서 그들을 국문鞫問하리니 이는 그들이 이스라엘을 열국 중에 흩고 나의 땅을 나누었음이며" 요엘3:2
지옥의 6원에는 영혼의 불멸을 부인한 철학자 에피쿠로스와 그의 추종자들이 있다. 영혼이 원자와 함께 분해되며 육체의 쾌락이 최고의 선善이라 주장하던 자들이다.
단테가 그곳에서 피렌체 우베르티 집안의 사람이며 기벨리니 당의 수령이고 하나님을 부인하던 에피쿠로스학파의 파리나타를 만난다.
그가 속한 기벨리니에게 궬피 당원이었던 단테의 선조들이 두 번이나 쫓겼다.
그러나 그 뒤 단테의 궬피 당에 의해 기벨리니 당이 피렌체에서 쫓겨나고 파리나타의 우베르티 집안은 피렌체로 다시는 돌아오지 못했다.

• 52~108

단테가 지옥에서 허덕이는 망령들과 대화를 나눈다.
단테의 친구 구이도의 아버지 카발칸티가 나타나 단테를 알아본다.

단테도 에피쿠로스학파였던 그의 목소리와 벌 받는 모습을 통해 그를 알아본다. 단테가 말을 과거 형태로 말하자 그가 자신의 아들이 죽은 것으로 착각한다. 단테의 친구 구이도는 베르길리우스의 내세관과 종교관을 부정하던 자다.
마왕 플루톤의 아내 페르세포네와 달의 신 디아나는 동일한 인물로 그녀의 얼굴이 "쉰 번 불탄다."는 말은 50개월을 가리키며, 단테가 앞으로 50개월 전에 피렌체에서 추방된다는 것을 파리나타가 예언한다.
이곳에 있는 망령들은 과거와 미래는 알 수 있지만 현재 일은 모른다. 이 지옥에선 새로 이곳으로 떨어지는 망령들을 통해 현재 일을 듣는다.
미래의 문이 닫히는 최후의 심판이 있는 날에 영원한 세계가 열린다. 그날 과거와 현재와 미래의 모든 지식과 지성이 다 사라진다.

• 109~136

이곳 여섯 번째 지옥에 로마 황제였던 프리드리히 2세가 있다.
그는 에피쿠로스학파에 속했던 자였기에 여기에 온 것이다.
기벨리니 당에 속했던 우발디니 추기경도 쾌락주의에 물든 자다.
단테가 이후 50개월 전에 피렌체를 떠나게 된다는 예언으로 불안해 한다.
길잡이가 천상에서 단테의 길을 예비하는 베아트리체를 기억하게 한다.
두 시인이 지옥의 6원을 지나 7원으로 향한다.

제11곡

폭력을 행사한 자들

일곱 번째 지옥에는 세 개의 둘레가 있다. 첫째 둘레에서는 이웃에게 폭력을 행사한 자들이 벌 받고 있고, 둘째 둘레에는 자살한 자들이 고통을 당하고 있다. 셋째 둘레에는 하나님과 자연을 모독한 남색한 자들과 고리대금업자들이 있는데, 하나님이 화인火印을 찍어 그들을 벌하고 있다.

1　우리가 날카로운 바위들로 둘러싸인
　언덕의 가장자리에 도착했는데,
　일곱 번째 지옥 망령들이 그 아래에 있었다.

4 그곳에서 우리는 골짜기가 품어내는 악취를
견딜 수 없어 주변에 있는 커다란
무덤 뒤로 피했는데,

7 뜻밖에도 거기에 이런 푯말이 있었다.
"포티누스로 인해 바른길에서 멀어진
교황 아나스타시오를 내가 보호하노라."

10 스승이 말하길, "이 지독한 냄새에
익숙해질 때까지 서두르지 말고
천천히 내려가는 것이 좋겠다."

13 내가 대답하길, "그러면 시간을 헛되이
보내지 않는 방법을 찾아야 되겠나이다."
그러자 그가 이르기를,

16 "저 커다란 바위 속의
하부 지옥엔 세 개의 권역이
자리를 잡고 있노라.

19 그곳에 저주받은 영혼들이 가득한데,
네가 보기만 해도 그 망령들이 왜 그리고 어떻게
거기에 묶여있는지를 알 수 있으리라.

22　하늘의 증오를 부르는
모든 악덕의 끝은 불의不義이고,
불의의 끝은 폭력과 사기로다.

25　그런데 폭력과 사기 중 후자는 만물의 영장인
인간만이 행하는 죄이기에 하나님이 더욱 싫어하여
그들을 여덟 번째 지옥에 가두었도다.

28　이 아래 일곱 번째 지옥엔 폭력을 행사한 자들이
갇혀있는데, 폭력의 대상이 세 부류이기에
그 둘레가 셋으로 나뉘었노라.

31　폭력은 하나님과 이웃과 자신에게 행해지는 것이기에
네가 이해할 수 있도록
그 대상과 그들 소유물을 들어 설명하겠노라.

34　사람들은 폭력으로 타인을 죽이고
상처를 입히며 또 그들 재산을
약탈하고 불사르며 파괴하기도 하나니,

37　그렇게 행동한 살인자와 중상모략자와
불한당과 강도가 첫 번째 둘레에서
행한 대로 보응을 받노라.

40 또 인간은 스스로를 해치기도 하고
자기 재물에 화를 입히기도 하기에
이런 자들이 둘째 둘레에서 후회를 하도다.

43 그리하여 자신을 멸하거나
노름을 하여 자기 살림을 탕진한 자들이
거기에서 슬퍼하며 울고 있노라.

46 셋째 둘레에는 부정不淨한 마음으로
하나님의 본성과 덕성을 업신여겨
그분께 욕하고 폭력을 부린 자들이 있노니,

49 남색男色하던 소돔 사람들과 고리채가 성행하던
카오르사 백성들과 하나님을 깔보며 막말을 퍼부은 자들이
화인火印을 맞으며 고통을 당하노라.

52 내가 앞에서 말한바 사람이 양심을 속이고
사기를 치는 기만欺瞞은 자기를 믿지 않는 자나
혹은 자기를 신뢰하는 자에게 행할 수 있는데,

55 이런 행패는 천성이 부여한 사랑의 매듭을
끊는 행위이기에 여덟 번째와
아홉 번째 지옥이 이런 자들을 기다리고 있노라.

58　그래서 여덟 번째 지옥엔 위선자와 아첨한 자와 홀린 자,
속인 자와 도둑과 성물을 매매한 자,
포주抱主와 사기꾼 등이 둥지를 틀고 있도다.

61　특히 자기를 믿어준 친밀한 자에 대한 속임은
하늘이 허락한 사랑과 각별한 인연이 부여한
신뢰를 파괴한 행위이기에

64　이런 배신자들이 지옥 왕 루시퍼가 있는
아홉 번째 지옥에서
고통으로 잠들지 못하고 있노라."

67　내가 말하기를, "스승이시여! 당신 말씀은
너무도 분명하여 저로 지옥의 심연과
그 속을 다 헤아릴 수 있도록 하나이다.

70　그런데 앞에서 보았던 바람에 쓸려가는 자들,
비를 맞는 자들, 진흙탕 속을 뒹구는 자들,
사나운 말로 서로 다투는 망령들에게

73　하나님이 분노를 내리실 때에
저들이 이 불타는 디스Dis에서처럼 마귀에게 벌 받지 않고
왜 자기들끼리 다투며 서로에게 폭력을 가했나이까?"

76 스승이 대답하길, “너는 어찌 이렇게
평정심을 잃어버리느뇨.
네 마음이 어느 곳을 향하느냐?

79 너는 윤리학에서 말하는바
하늘이 원치 않는 세 가지가 방종과 사악함과
미쳐 날뛰는 수심獸心인 것을 알지 못하느냐?

82 그러나 방종放縱이라 하는 것은
사악한 것과 짐승 같은 마음을 갖는 것보다는
하나님을 덜 노엽게 하노라.

85 이제 네가 내 말을 이해하고
이 디스Dis 밖에서 벌 받고 있던 망령들이
어떤 자들이었는지를 생각하면

88 그들이 왜 이 악한 무리와 분리되어 있는지,
또 그들에게 벌을 내리시는 하나님의 복수가
왜 덜했는지를 이해할 수 있으리라.”

91 “오, 저의 부족함을 고쳐주시는 해님이시여!
당신께서 제 의문을 풀어주시어 만족하오니,
차라리 아는 것보다 의심하는 것이 더 낫나이다.

94 이제 다시 한번만 이전으로 돌아가시어
고리대금이 하나님의 성덕聖德을 더럽힌다는
말을 설명해 주소서."

97 "철학은 그것을 깨우치려는 자에게
자연이 신의 지성과 재주로부터
어떻게 제 진로를 잡아나가는지를

100 어느 한 대목에서만 가르치지 않노라.
또 네가 물리학을 공부하다 보면
몇 장을 넘기지 않고서도

103 마치 제자가 스승을 닮는 것과 같이
인간의 재주가 자연을 따르고 있음을 알게 되도다.
그래서 사람의 재주는 신의 손자니라.

106 성경 창세기를 살펴도
인간이 자연과 신의 재주를 본받아
살아가며 발전해 가는 것을 알 수 있노라.

109 그런데 고리대금업자들은
자연의 순리를 추종해야 하는 인간의 본분을 저버리고
다른 것에 소망을 둔 것이니라.

112 자 이제 그만 가자꾸나.
물고기자리가 지평선 위에서 반짝이고
북두성은 서북쪽 하늘에 자리를 잡았도다.

115 내려갈 낭떠러지 길이 아득하기만 하구나."

• 1~51

두 시인이 지독한 냄새를 피하려 무덤 뒤로 피한다.
냄새에 익숙해지는 동안 스승이 하부 지옥의 구조를 설명한다.
7원은 세 개의 둘레로 되어있는데 첫째 둘레에는 이웃에게 폭력을 행사한 자들이 있고, 둘째 둘레에는 자신에게 폭력을 가한 자살한 자들이 있다.
셋째 둘레는 하나님께 분노를 표출한 자들이 있는 곳이다.
피조물 중 하나님의 형상을 닮은 인간만이 하나님을 배신한다.
만물 중 유일한 영적 존재인 인간이 자유의지를 악용하였다.
하나님을 떠난 인생들이 자기 소견에 옳은 대로 살아간다.
절제하지 못하며 하나님과 자신과 이웃에게 폭력을 행사한다.
이런 자들이 죽어 이 골짜기에서 독한 악취에 시달리고 있다.
이교도인 자를 변호하던 데살로니카 주교 포티누스를 옹호한 교황 아나스타시오의 무덤이 악취가 진동하는 이곳에 있다.
카오르사는 고리대금업이 흥행하던 프랑스의 남부 도시다.
단테는 고리대금업을 하나님 은혜에 대한 폭력이라 생각했다.

• 52~93

8원에는 양심을 저버리고 인간의 신뢰를 무너뜨린 영혼들이 있다.
위선자들과 간음한 자들, 도둑들과 고성죄沽聖罪를 범한 자들이다.
단테가 스승에게 부절제의 죄인들이 이 하부 지옥에서 벌을 받지 않는 것에 대해 질문하자 그가 아리스토텔레스의 〈윤리학〉에 입각해서 설명을 한다. 하늘로부터 벌 받는 죄인들 중 부절제한 자들이 하나님으로부터 질책을 덜 받아 하부 지옥인 디스 성의 밖에서 벌을 받고 있다고 말한다.

• **94~115**

단테가 스승에게 왜 고리채 업이 하나님의 성덕을 더럽히느냐 묻는다.
베르길리우스가 자연 현상은 바로 신의 마음과 행위라 말한다.
인간의 재주는 자연을 따르는 것이고, 자연은 신으로부터 나왔다.
그러므로 인간의 재주는 신의 손자라고 말한다.
사람이 하나님의 마음과 재주를 따라서 살아야 하고, 하나님 창조하신 자연을 모방하여 예술을 발전시켜야 하는데, 고리대금업자들은 하나님의 재주인 자연의 순리를 무시한 것이라고 말한다. 결국 고리대금업자들은 하나님의 뜻과 섭리를 배반하고 자기만 배부른 길로 나아간 것이다.

제12곡

폭력을 행사한 자들

두 시인이 일곱 번째 지옥에 도착하면서 괴물 미노타우로스를 만난다. 그가 세상에서 폭력을 행사한 자들이 벌 받고 있는 곳을 지키고 있다. 이웃에게 포악하고 재물을 약탈했던 자들이 가슴까지 끓는 피 속에 잠겨있다. 죄인들 중에 피의 강물에서 나오는 자가 있으면 반인반마伴人半馬인 켄타우로스가 활을 쏘며 위협한다.

1　가파른 언덕을 내려와 도착한 곳에
괴물 같은 놈이 버티고 있어
내가 고개를 돌릴 수밖에 없었다.

4 혹 지진 때문인지 아니면 받치는 기둥이
무너져 그런 것인지, 마치 아디제 강이
도시 트렌토의 옆구리를 후벼 파서 산사태가 났을 때

7 산꼭대기로부터 굴러떨어진 바위가
그곳을 오르는 자들에게
디딤돌을 마련해 준 것 같이

10 그 낭떠러지 내리막길도 그러했는데,
허물어진 절벽의 가장자리에서
가짜 암소의 배 속에서 잉태된

13 크레타의 치욕이 우리를 가로막더라.
그놈이 우리를 보면서 분노가 치미는 듯
자기 몸을 물어뜯고 있었는데,

16 현자賢者께서 그를 향해 소리치길,
"네놈은 너를 죽게 한 아테네의 테세우스가
이 사람이라고 착각하는 것이 아니냐?

19 물러가거라 이놈아. 여기에 있는 이자는
네 누이의 가르침으로 이곳에 온 것이 아니라
벌 받는 죄인들을 살피려 왔노라."

22　마치 치명적인 상처를 입은 황소가
빨리 도망칠 줄은 모르고
제자리에서 이리저리 날뛰는 것처럼

25　그 미노타우로스가 그러했는데,
눈치 빠른 스승이 말하길,
"저놈이 저러는 동안 우리는 내려가자."

28　그리하여 우리가 돌무더기를 걸어서
아래로 향했는데, 돌들이 익숙하지 않은
내 무게로 인해 움직거렸다.

31　내가 이런저런 상념에 잠겨있을 때
길잡이가 말하길, "너는 저 야수野獸가
지키는 곳을 자세히 보아라.

34　지난번 내가 여기에 왔을 땐
저 바위들이
깨지지 않았었노라.

37　내 판단이 옳다면 지옥 왕 루시퍼로부터
림보에 있는 영혼들을 구하려
그리스도께서 골고다에 오르신 그때에

40 이 계곡이 요동쳤을 것인데,
이따금씩 미움이 태초의 조화를 파괴하여
세상을 혼란에 빠뜨리므로

43 새로운 창조가 야기되고, 사랑이 이를 통합하여
우주적 일치가 구축된다는 어느 현자賢者의 이론대로
이 오래된 바위들이 이렇게 굴렀다고 내 믿노라.

46 이제 너는 저 계곡을 보아라.
저곳에선 폭력으로 남을 해친 자들이
끓는 피에 삶아지고 있도다.

49 아, 눈먼 탐욕이여! 어리석은 분노여!
짧은 생을 사는 우리네 인생을 그렇게 망쳐놓고는
이젠 영원한 고통 속으로 밀어 넣었도다."

52 내가 거기에서 활처럼 둥글게 휜
거대한 웅덩이를 보았는데
그것이 일곱 번째 지옥 둘레를 감싸고 있었다.

55 그곳 절벽의 끝과 웅덩이 사이를
활을 들고 달리는 켄타우로스의 모습이
마치 세상에서 본 사냥꾼과 같았다.

58 저들이 우리가 내려오는 것을 보고는
멈칫거리다가 그들 중 셋이 활을 들고
우리 쪽으로 달려오면서

61 한 놈이 외치길, "절벽을 타고
내려오는 자들아. 무슨 죄로 여기에 왔느냐.
말하지 않으면 활을 쏘겠노라."

64 스승이 대답하길, "내가 가까이 가서
케이론에게 말하리라.
너희의 조급한 심보가 너희를 망쳤도다.

67 이렇게 말한 스승이 나를 툭 치며 이르기를,
"저게 넷소스다. 아름다운 데이아네이라 때문에
죽은 자이고, 또한 자기가 그 원수를 갚았노라.

70 한가운데 깊은 상념에 잠긴 놈이
아킬레우스를 가르친 케이론이고
화를 내는 놈은 폴로스다.

73 저들은 수천씩 무리 지어 영역을 돌면서
웅덩이를 벗어나는 망령들에게
활을 쏘아대노라."

76 우리가 날쌘 그들에게 가까이 가자
케이론이 화살을 꺼내 우리를 겨누면서
화살 끝으로 자기 턱을 뒤로 젖히고는

79 커다랗게 벌린 입으로 외치길,
“너희들은 저 뒤에 있는 놈이 밟는 것마다
움직이는 것이 보이느냐?

82 죽은 놈의 발은 저런 법이 없도다.”
말과 사람의 형체를 가진 그놈과
가까이에 있던 내 길잡이가 말하길,

85 “정말 이자는 살아있는 사람이라.
내가 어둠의 계곡을 이자에게 보여야 하리니
이 사람은 사명으로 여기에 왔노라.

88 할렐루야를 노래하는 곳에서 온 여인이
이 고귀한 임무를 내게 맡겼나니, 이자는 폭력을 쓴
강도가 아니며 나 또한 도적의 혼이 아니로다.

91 그러므로 우리를 이 험한 길로 인도하신
하늘의 거룩하신 분의 이름으로 청하노니,
너희들 중 하나로

94 우리 길잡이가 되게 하여
공중을 날 수 없는 이자를 등에 업고
우리로 저 피의 강물을 건너게 하라."

97 케이론이 오른쪽으로 돌아서며
넷소스에게 말하길, "돌아가 저들을 안내하라.
다른 놈들이 달려들거든 떨쳐버리라."

100 우리가 그의 호위를 받으며 언덕을 넘어
시뻘겋게 끓는 피에 삶아지는
죄인들 곁으로 가니라.

103 눈썹까지 잠긴 망령들이 보이자
켄타우로스가 말하길, "저들은 폭군들로
피를 흘리게 하고 약탈을 일삼던 자들이다.

106 저들이 무자비한 벌을 받으며 통곡 하나니,
여기에 알렉산더가 있고
시칠리아를 고통스럽게 만든 디오니시우스도 있도다.

107 저기 새카만 머리털에 낯짝만 보이는 놈이
황제 사위이면서 포학했던 에촐리노이고,
금발의 저놈은 에스티의 난폭했던 오핏초다.

110 저는 의붓자식에게 죽임을 당했노라."
내가 시인을 향했을 때 그가 이르기를,
"이제 이놈이 너의 첫째 길잡이이고 나는 둘째니라."

113 가다가 켄타우로스가 망령들 앞에 섰는데,
죄인들이 끓는 피의 강물에
목만 내밀고 있었다.

116 첫째 길잡이가 홀로 있는 자를 가리키며 말하길,
"저놈은 황금 잔에 담겨 템스 강의 다리 위에 바쳐진 심장을
하나님 품인 성전에서 가른 놈이로다."

119 또 가다가 붉은 핏물 밖으로
머리와 가슴을 드러낸 망령들이 있었는데,
그들 중에 내가 아는 자들도 보였다.

122 피의 강물이 점점 낮아져
발목만을 익히는 곳에 이르렀는데,
우리가 거기에서 구렁을 건널 수 있었다.

125 켄타우로스가 말하길,
"이쪽에서 점점 낮아지는 강물이
저쪽에선 바닥이 깊어지는데,

128 이것으로 폭군들이 죄의 정도에 따라
깊이가 다른 곳에서 벌 받고 있음을
알 수 있노라.

131 세상에서 정의의 채찍 노릇을 한
흉노족 왕 아틸라와 에피루스의 왕 피로스와
해적 섹투스를 여기에서 징벌하고 있고,

134 또 하늘의 정의는 길에서 싸움을 일삼던
해적 리니에르 다 코르네토와 도둑 리니에르 파초를
끓는 열기로 삶아 영원히 눈물짓게 하도다."

137 이 말을 하고는 그가 돌아서더라.

- **1~51**

두 시인이 7원에 도착해서 만난 것이 미노타우로스다.

오비디우스의 《변신》에 나오는 괴물로 바다의 신 포세이돈이 크레타 왕 미노스에게 제물로 사용하라 준 황소를 살려두자, 포세이돈이 왕비 파시파이를 이 황소와 사랑에 빠지게 만든다. 왕비가 나무로 속이 텅 빈 암소를 만들고, 자기가 그 안으로 들어가 황소와 정을 통해서 반인반수半人半獸의 미노타우로스를 낳았다.

미노스 왕이 미노타우로스를 미궁에 가두고 해마다 젊은 남녀 각 7인을 그에게 제물로 바친다. 아테네의 군주 테세우스가 미노스의 딸 아리아드네가 준 실을 가지고 7인과 함께 미궁에 들어가 미노타우로스를 죽이고 그 실을 이용하여 빠져나온다.

이 괴물이 세상에서 폭력을 행사한 죄인들이 벌 받는 7원을 지키고 있다.

예수께서 십자가에서 못 박혀 돌아가시므로 림보에 있는 수많은 영혼들을 구원하실 때 지옥의 암석이 흔들리고 무너진다.

"예수께서 다시 크게 소리 지르시고 영혼이 떠나시다. 이에 성소 휘장이 위로부터 찢어져 둘이 되고 땅이 진동하여 바위가 터지고 무덤들이 열리며 자던 성도의 몸이 많이 일어나되. 마27:50~52 단테는 여기에서 엠페도클레스의 이론을 이 글에 도입하고 있다. 즉 우주는 사랑과 미움의 화합에 의하여 질서가 유지되는 것으로, 어느 한 쪽이 우월하면 혼돈이 일어난다고 말한다.

• 52~99

끓는 피의 강물이 지옥의 일곱 번째 권역을 에워싸고 있다.
반인반마半人半馬의 괴물인 켄타우로스들이 활로 무장하여 달려든다. 그들 중 데이아네이라를 사랑하여 죽은 넷소스와 아킬레우스를 가르쳤던 케이론과 술에 취해 난폭하게 굴다 죽은 폴로스가 두 시인에게 활을 겨눈다. 케이론이 활을 쏘려다가 단테가 살아 움직이는 것을 본다.
베르길리우스가 하나님의 고귀한 뜻으로 살아있는 단테가 이 지옥을 여행하고 있음을 켄타우로스들에게 알리고 그들에게 안내를 부탁한다.
넷소스가 헤라클레스를 업고 에베노 강을 건넌 다음, 다시 돌아와 그의 아름다운 아내 데이아네이라를 업고 도망치다가 독화살을 맞고 죽는다. 넷소스가 죽으면서 그녀에게 남편이 다른 여인을 사랑하거든 자기 피가 묻은 옷을 입히면 사랑을 돌이킨다고 말한다. 이후 헤라클레스가 이올레와 눈이 맞자 데이아네이라가 남편에게 그 옷을 입히자 그가 고통스럽게 죽으므로 넷소스가 원수를 갚는다. 오비디우스의 《변신》

• 100~139

괴물 켄타우로스가 포악한 자들을 향해 화살을 날린다.
이웃에게 폭력을 가한 영혼들이 끓는 피 속에서 벌을 받고 있다.
인간에게 포악했던 자들과 물질을 약탈했던 자들이 모여있다.

죄의 정도에 따라서 살인자들은 눈썹까지 끓는 피에 잠겨있고,
남에게 상처를 주거나 약탈을 일삼은 자들은 가슴까지 잠겼다.
그곳에 폭력으로 수많은 사람을 죽게 한 알렉산더 대왕이 있다.
아버지의 원수를 갚기 위해 구이도 디 몬포르테가 성당에서 미사를 드리는 영국의 왕족 헨리를 살해했고, 그의 심장이 템스 강의 다리 위에 바쳐졌다.

제13곡

자신과 자기 소유물에 폭력을 가한 죄

두 시인이 일곱 번째 지옥의 두 번째 둘레에 도착한다. 이곳에서는 자신과 자기 소유물에 대해 폭력을 입힌 자들이 벌 받고 있다. 자기 몸에 폭력을 가한 자살한 자들이 나무로 변하고, 소유한 물질로 노름을 한 자들이 개에게 쫓기며 물린다. 자살한 자들이 영혼까지 소멸되기를 열망한다.

1　넷소스가 강 건너편에 이르기도 전에
우리는 길의 흔적을 찾아볼 수 없는
숲을 만나게 되었다.

4　어두운 색의 나뭇가지들은
굽어서 매듭이 많았으며 거기에
열매는 없고 독이 가득한 가시들뿐이었는데,

7　체치나 강과 코르네토 강 주변의
비옥한 땅을 증오하는 야생 동물일지라도
이렇게 거칠고 칙칙한 숲에서는 살지 못하겠더라.

10　그런데 거기에 둥지를 튼 괴물 새가 있었나니,
그놈이 바로 트로이 사람들을
스트로파데스 섬에서 쫓아낸 하르피이아였다.

13　그 새가 살기가 감도는 그곳에 있었는데,
목과 얼굴은 사람 같았지만
날카로운 발톱을 가졌고 배에는 털이 수북했다.

16　어진 스승이 말하길,
"이제 우리가 일곱 번째 지옥의
두 번째 둘레에 왔노라.

19　우리가 무시무시한 모래밭으로 가기까지
여기에 있으리니, 네가 주위를 돌아보면
믿을 수 없는 것들을 보리라."

22 내가 사방에서 나는 울음소리를 들으면서도
우는 자들을 볼 수가 없어
당황하고 있었는데,

25 스승은 그 소리가 우리를 피해
나무 뒤에 숨어있는 자들이 내는 것이라고
내가 생각하는 줄로 알더라.

28 스승이 이르기를, "네가 이 숲의
나뭇가지 하나를 꺾으면 너의 믿음이
한순간에 무너지리라."

31 그래서 내가 잔가지 하나를 꺾었는데
그 나무가 소리치길,
"왜 나를 찢느냐?"며 화를 냈다.

34 붉은 피가 흐르는 중에
나무가 다시 외치길, "왜 나를 괴롭히느냐?
너는 불쌍히 여기는 마음이 아주 없도다.

37 우리는 사람이었다가 나무가 되었노라.
설령 우리가 뱀의 영혼이었다 해도
네가 자비하여야 했도다."

40 마치 생가지가 불탈 때
반대쪽에서는 진물이 흐르고
바람이라도 불면 피지직 소리가 나는 것처럼,

43 부러진 나뭇가지로부터
피와 말소리가 섞여서 터져 나오며
내가 놀라 그 가지를 떨어뜨렸다.

46 현명하신 스승이 말하길,
"상처 입은 영혼이여! 이 사람이 진작부터
내가 쓴 글을 믿었더라면 좋았을 것을,

49 그랬다면 그대를 해치지 않았을 텐데
이자가 내 말을 이해하지 못해
저지른 잘못이어서 더욱 안타깝도다.

52 이제 그대가 누군지 말하여
이 사람이 돌아갈 세상에서
그대 명예가 회복될 수 있도록 하여라."

55 나무가 말하길, "그대가 달콤한 말로
나를 꼬이니 입을 다물 수 없구려.
내가 말을 할 때 너그럽게 들어주오.

58 나는 프리드리히의 총애를 받아
그분 마음을 움직일 수 있는 열쇠를
두 개씩이나 가지고 섬겼다오.

61 나를 향한 그분의 신임이 두터웠고
내가 영예로운 소임을 충성되게 감당하다가
잠이 부족해 건강을 잃었소.

64 그러나 일찍이 카이사르의 궁정에서도
길을 잃은 적이 없는, 모든 만민의
죽음이요 악인 질투가

67 사람들의 마음을 타오르게 했고
아우구스투스의 마음까지도 불살라 버렸나니,
내 자랑스러운 명예가 한순간 통곡이 되었소.

70 능욕을 당한 내가 불명예의 고통과 한으로부터
벗어나려 스스로 죽음을 선택하므로
의로운 나를 불의하게 만들어 버렸다오.

73 내가 이 나무의 유별난 뿌리를 두고 맹세하노니,
나는 한 번도 내가 섬기던 분께
신의를 저버린 적이 없었다오.

76　그대가 세상으로 돌아가거든 질투 때문에
받은 타격으로 아직도 누워 앓고 있는 나를
위로해 달라 부탁해 주오."

79　시인이 나에게 말하길,
"저자가 침묵하고 있을 때
네가 궁금한 것들을 물어보아라."

82　이에 내가 대답하길, "제가 원하는 바를
당신께서 아시오니 저를 대신해 이르소서.
저는 마음이 아파 말하지 못하겠나이다."

85　그러자 스승이 묻기를, "갇혀있는 영혼이여.
그대가 간절하게 바라는 바를
이 사람이 들어줄 것이니 원하는 것을 말하오.

88　또 영혼들이 어찌하여
나무에 매여 사는지도 알려주고,
이 나무에서 도망친 자가 있는지 말해보오."

91　그러자 그 나무가 세찬 바람을 일으켰는데,
바람 소리가 이내 말로 변하더라.
"내가 아주 짧게 말하리다.

94 자살한 영혼이 몸을 벗어나면
미노스가 그자를
일곱 번째 지옥인 이곳으로 보낸다오.

97 그러면 그가 이 숲에 떨어지는데,
그 넋은 뿌리를 내릴 처소도 없이 떠돌다가
운명이 몰아붙인 곳에서 가라지처럼 움이 튼다오.

100 씨앗에서 실가지가 자라 야생의 나무가 되면
하르피이아가 날아와 잎을 뜯어먹으며
그 나무에 고통의 창을 낸다오.

103 최후의 심판 날에 우리도 다른 영혼들처럼
육신을 입기 위해 여호사밧 골짜기로 가기는 하겠지만,
스스로 몸을 버린 자는 회복할 권리를 잃는다오.

106 그래서 우리도 몸뚱이를 여기까지 끌고 올 것이나
혼은 다시 그 나무에게로 들어가고
버린 육체는 영원히 나뭇가지에 걸쳐있으리다."

109 내가 다른 말을 들을까 하여 귀를 기울이며
그 나무 곁에 있을 때
뜻하지 않은 고함소리가 들렸는데,

112 내가 마치 사냥개에게 쫓기는 멧돼지가
나뭇가지를 부러뜨리며 지르는 괴성을 듣는
사냥꾼과 같았나니,

115 이는 왼쪽에서 온몸을 할퀸 두 놈이
벗은 몸으로 질주하다가 나무에 부딪혀
가지들을 추풍에 낙엽처럼 날리며 소리를 질렀기 때문이었다.

118 앞에서 달리던 자가 “아, 어서 오라 죽음이여!” 하니,
뒤를 따라가던 자가
“라노야, 토포에서 나와 겨룰 때 네 다리는

121 이보다 날래지 못했노라.”
이 말을 하고는 노름을 일삼던 두 놈이
숨이 가빴음인지 함께 덤불 속에 쓰러지더라.

124 저들 뒤엔 숲이 있었고 거기에 검은 암캐들이
가득했는데, 허기진 개들이 사슬에서 풀린
사냥개처럼 내닫고 있었다.

127 개들이 몸을 피하는 두 놈을 향해 달려들어
이빨로 온몸을 물어뜯고는
갈기갈기 찢긴 살점을 입에 물고 달아나는데,

130 길잡이가 내 손을 붙들고
피가 흐르는 상처 때문에 하염없이 울고 있는
나무에게로 나를 이끌었다.

133 그때 숲이 외치길, "자코모 다 산토 안드레아여,
네가 이 숲에 와 숨어서 무슨 유익이 있느냐?
이 숲이 죄 많은 네 인생에 무슨 잘못을 더 했더냐?"

136 스승이 나무 곁에 서서 이르기를,
"그대는 누구이기에 이렇게도 많은 가지 끝으로
피를 흘리며 슬픈 이야기를 쏟아내는가?"

139 자코모가 대답하길,
"내 몸에서 이렇게 많은 가지가 꺾이는 아픔을
구경하러 온 자들이여.

142 저 가지들을 불쌍한 내 나무 곁에 모아주오.
나는 수호신 마르스Mars를 세례 요한으로 바꾼
피렌체 시민이었소. 결국 그 일로

145 마르스는 술수를 부려 그 도시에 보복할 것이오.
만일 샤를마뉴가 그 마르스 상像을
아르노 강에서 건져 다리 위에 세워놓지 않았더라면,

148 고트족의 토틸라가 잿더미로 만든 도시를
다시 일으켜 세운 백성들의 수고가
물거품이 되었을 것이오.

151 내 괴팍한 성격이 내 집을 나의 교수대로 만들었소.”

• **1~51**

7번째 지옥의 두 번째 둘레다.
자살한 영혼들이 매듭이 많은 나뭇가지에 매달려 있다
단테가 나뭇가지를 꺾자 자살한 자의 피가 흐른다.
이런 곳에 둥지를 튼 하르피이아가 있는데, 이 괴물은 사람 얼굴에 새의 몸뚱이를 가지고 있다. 아이네이아스 일행이 스트로파데스 섬에 상륙하여 산양과 암소를 잡아 잔치하려 할 때, 이 새가 날아와 떠들고 배설물로 음식을 더럽히며 "훗날 모진 기갈이 너희들을 사로잡으리라."고 외치며 불길한 예언을 한 신화 속의 새다.
베르길리우스의《아이네이아스》에서는 신들에게 제사를 드리기 위해 암소를 잡고 제단을 가리려 언덕 위의 나무를 꺾으니 그 나무들이 시뻘건 피를 흘리며 "불행한 자를 왜 괴롭게 하는가?"라고 했다.

• **52~108**

두 시인이 신성로마제국의 황제 프리드리히 2세1194~1250의 총애를 받던 피에르 델라 비냐를 만난다. 황제의 돈독한 신임을 받던 그가 주변 사람들의 심한 질투에 시달린다. 황제를 독살하려 했다는 누명을 쓰고 눈알이 뽑히는 형벌과 함께 투옥되고 그다음 해 감옥에서 그가 자살한다.
단테가 나뭇가지를 꺾자 자신에게 폭력을 가한 자들의 피가 흐른다.
최후의 심판 날에 모든 영혼들은 자기 육체를 찾으러 여호사밧 골짜기로 가지만, 스스로 자신의 몸을 훼손한 자들은 하나님 주신 몸을 자기 마음대로 버렸기에 다시 회복할 수가 없다.

• 109~151

자살한 자들이 영혼까지 소멸되기를 갈망한다.
두 시인이 피렌체 시민이었던 자코모 다 산토 안드레아를 만난다.
그는 괴팍한 성격의 소유자로 강물에 동전을 던지기도 하고 불길을 보고자 자기 집에 불을 지르기도 한 자로 낭비가 심한 인물이었다.
이교 시대에 피렌체가 불의 신神 마르스를 수호신으로 삼았으나 그리스도교가 전래된 이후에 세례 요한으로 바뀐 것을 그를 통해 듣는다.
단테가 자살한 영혼을 통해 피렌체가 파멸의 길을 가고 있음을 알게 된다.
피렌체는 6세기경 고트족의 왕 토틸라로 인해 잿더미가 되었다.
불의 신 마르스의 신전이 세례 요한 성당으로 바뀌면서 마르스 상을 아르노 강가의 탑 속에 집어넣었으나 542년 고트족의 토틸라가 다시 마르스 상을 아르노 강에 던져버렸다. 이것을 샤를마뉴 대제742~814가 건져 강의 다리 위에 세워놓았다.

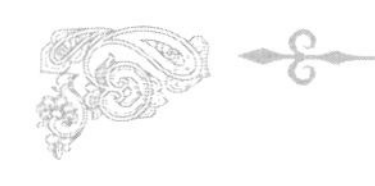

제14곡

하나님에 대한 폭력과 교회의 타락

일곱 번째 지옥의 세 번째 둘레에는 세 부류의 죄인들이 있다. 하나님을 모독한 자들이 하늘을 향해 교만한 시선을 보내고 있고, 하나님과 그분의 재주인 자연에 폭력을 가한 고리대금업자들이 온몸에 땀을 흘리며 앉아있다. 또 순리를 거스른 남색男色한 자들이 불비를 맞으며 서성거리고 있다.

1 내 마음속 고향에 대한 그리움이 사무치며
그에 대한 연민으로 흩어져 있는 가지들을 모아
울고 있는 그에게 돌려주었다.

4 어느덧 우리가 7원의 둘째 둘레와
세 번째 둘레가 갈라지는 곳에 이르렀는데,
거기에 하늘의 정의가 빚어낸 모습이 있더라.

7 그런 장면은 우리가 평생을 살면서도
결코 볼 수 있는 것이 아니었나니,
그곳에 뿌리 뽑힌 나무들이 즐비했고

10 그 주변을 자살한 자들의 숲이
화환처럼 에워싸고 있었는데,
앞에는 피의 강물이 흐르고 있었다.

13 바닥엔 바싹 마른 모래가 가득하여
마치 옛날 폼페이우스 군대를 이끌던
카토 장군의 발에 밟히던 리비아 사막 같았다.

16 오, 하나님의 앙갚음이여!
누구라도 우리 앞에 펼쳐진 이 광경을 목격한다면
그분에 대한 두려움으로 떨리로다.

19 벌거벗은 영혼들이 떼를 지어
서러워하며 슬피 울고 있었는데
그들 자세가 여러 모양이었나니,

22 신을 모독하던 자들은 벌렁 누웠고
고리대금업자들은 웅크리고 앉았으며
남색男色하던 자들은 주위를 서성거렸다.

25 주변을 맴도는 무리가 가장 많았고,
고통스럽게 누운 자들은 적었지만
그들 통곡이 너무 심해 혀가 빠질 지경이었다.

28 백사장엔 바람 없는 알프스에 눈이 내리듯
거대한 불꽃이 천천히 그러나 끊임없이
쏟아져 내리고 있었다.

31 옛날 동방 원정길의 알렉산더가
인도에서 군대 위로 떨어지는 불꽃이
땅에 엉겨 달라붙는 것을 보고는,

34 불기운이 아직 미약할 때에
끄는 것이 좋겠다고 여겨
군사들에게 불타는 바닥을 밟으라 했다는데,

37 여기에선 고통을 주는 영겁의 불꽃이
하늘에서 내려와 불붙은 모래가
부싯돌 위의 불심지처럼 타오르더라.

40 그리하여 한순간도 쉴 새 없는 가엾은 손들이
몸에 달라붙는 불티를 떼어내느라
춤을 추고 있었다.

43 내가 스승에게 묻기를,
"이 도시 입구로부터
무서운 악마들을 물리친 분이시여!

46 저기 누워서 불꽃을 깔보며
눈을 흘기는 자는 누군지요?
이런 불비에도 몸이 익지 않나 봅니다."

49 내가 자기에 대해 말하는 것을
눈치챈 망령이 소리치길,
"나는 살아서나 죽은 지금이나 한 가지로다.

52 제우스가 대장장이 불카누스를
녹초가 되도록 닦달하여 얻어낸 번개로
내 마지막 날에 나를 때려눕혔다마는,

55 또 플레그라 전투에서와 마찬가지로
제우스가 "착한 불카누스여, 도와다오, 도와다오."
외치며 몬지벨로의 시뻘건 풀무에서

58　남은 대장장이들을 지칠 때까지 들볶아서
나를 향해 불화살을 당기게 했을지라도
그는 내게 마음껏 앙갚음하지 못했노라."

61　그때 길잡이가 지금까지 듣지 못했던
큰 소리로 고함치길,
"카파네우스 이놈아. 네가 너의 오만을

64　버리지 않는 한 너는 더 모진 벌을 받으리니,
네가 분노 가운데 고통당하는 것은
너에겐 분노 외에 다른 벌이 없기 때문이로다."

67　길잡이가 나를 보며 이르기를,
"저놈이 테베를 공략하던
일곱 왕 중 하나로 예나 지금이나

70　하나님을 만홀히漫忽, lightly 여기며 무시하도다.
내가 저놈에게 말한 것과 같이
경멸은 저놈 가슴에 잘 어울리는 장식이로다.

73　이제 너는 나를 따라오며
불타는 모래밭에 발을 내딛지 말고
풀숲을 따라 걷도록 하여라."

76 머지않아 우리가 숲 밖으로 흐르는 개천을 만났는데,
내가 거기에서 본 피로 물든 개울을 생각하노라면
나는 지금도 소스라치며 놀라도다.

79 불리카메에서 흘러내리는 온천물이
창녀들을 정숙한 여인들로부터 갈라놓는 것처럼
그 내도 모래밭을 가르며 흘렀는데,

82 개천의 바닥과 양쪽 기슭과 둑이
모두 돌로 되어있어 그곳이 8원과
연결되어 있음을 알게 했다.

85 "그리스도께서 깨신 지옥문을 통해
우리가 이곳으로 들어온 후에
내가 너에게 보여준 것들 중에

88 이 피의 냇물만큼 뚜렷하게
드러난 것은 아무것도 없었나니,
이것이 온갖 불꽃들을 잠재우도다."

91 길잡이가 이 말을 하며 나로
새로운 호기심에 대한 입맛을 돋우었기에
내가 그분께 새로운 양식을 부탁했다.

94 그이가 말하길, "일찍이 바다 한가운데에
크레타라는 섬이
한 임금 아래에서 평온했노라.

97 그곳에 이다Ida라 불리는 산이 있었는데,
옛날에는 거기에서 샘이 솟았고 푸른 숲이 우거져 있었으나
지금은 황폐해져 버렸도다.

100 옛적에 레아가 그곳을 자기 아들 제우스의
안전한 요람으로 택했고, 아이가 울 때마다
그를 감추려고 온갖 소리를 내게 했도다.

103 그 산에 커다란 노인 상像이 있었고
그것이 애굽의 다미아타를 등지고
거울을 대하듯 로마를 향했는데,

106 그의 머리는 순금으로 되어있었으며
팔과 가슴은 은이었고
가랑이까지는 놋으로 되었노라.

109 그 아래는 모두 무쇠였는데,
다만 오른발은 구운 흙으로 되었고,
그는 그 발로 온몸을 버티고 있었노라.

112 그러나 순금으로 된 부분 외에는 모두
금이 갔고, 그 갈라진 틈새로
눈물이 방울져 흘러내려 반석을 뚫었도다.

115 그 물줄기가 모든 바위를 돌아 흐르며
이 계곡을 거쳐 흘러내려 아케론 강과
스틱스 강과 플레제톤을 만들고는,

118 더 내려갈 수 없는 곳에 이르러
코키토스를 이루는데,
이는 네가 앞으로 보게 될 것이로다."

121 내가 묻기를, "이 물길이 인간 세상에서
흘러내린다면 어찌 이 셋째 둘레의
가장자리에서만 우리에게 나타났는지요?"

124 그가 대답하길, "우리가 계속
이 둥근 동굴의 바닥을 향해
왼쪽으로 내려왔다만, 우리는 아직

127 그 둘레를 한 바퀴도 돌지 못했노라.
이제 네 앞에 새로운 것이 나타날지라도
너는 당황하거나 놀라지 말라."

130 내가 묻기를, "스승이시여, 플레제톤과 레테는
어디에 있나이까? 전자는 피눈물로 되었다 했는데
후자에 대해선 아무 말이 없었나이다."

133 그가 대답하길, "좋은 질문이로다.
네가 조금 전 첫째 둘레에서 보았던
끓는 핏물이 너의 질문에 대한 답이로다.

136 이제 너는 이 구렁 밖 연옥에서 레테를 보리니,
회개하여 죄가 사라지는 그때에
영혼들이 몸을 씻는 모습을 거기에서 보리라."

139 이어서 그가 말하길,
"이제 이 숲을 벗어날 때로다.
강둑이 우리에게 길을 만들어 놓았나니,

142 그 위엔 불기운이 다 사라졌도다."

• 1~42

단테가 일곱 번째 지옥의 셋째 둘레에 있다.
모래사장에서 벌거벗은 영혼들이 눈처럼 내리는 불꽃을 맞는다.
하나님을 모독한 자들이 누워서 하늘을 향해 교만한 시선을 보낸다.
하나님과 그분의 재주인 자연에 폭력을 가한 고리대금업자들이
얼굴에 땀을 흘리며 온몸이 젖은 채 앉아있다.
육신의 정욕에 사로잡혀 남색 하던 자들이 불비를 맞으며 서성거
린다.
남색 하던 자들이 가장 많고, 고리대금업자들이 그다음이며, 신을
모독한 자들이 적지만 그들이 가장 고통스러운 벌을 받고 있다.

• 43~84

카파네우스는 그리스의 테베를 공략하던 일곱 임금 중 하나다.
그가 제우스신을 모독하므로 노여움을 사서 번개에 맞아 죽었다.
불카누스는 로마 신화의 불과 대장장이의 신으로 화산을 가리킨다.
카파네우스는 생전에도, 사후에도 하나님에 대한 두려움을 모른다.
그자가 불에 달구어진 모래사장에서 분노를 먹으며 살고 있다.
플레그라는 제우스가 카파네우스를 공격한 골짜기 이름이고, 몬지
벨로는 에트나 화산의 옛 이름이다.
불리카메는 로마 근교의 유황 온천으로 창녀들은 다른 여인들과 함께
목욕을 할 수가 없었으므로 다른 지정된 곳에서 몸을 씻어야 했다.
두 시인이 피로 물든 개울이 죄인들을 갈라놓는 것을 본다.

• **85~142**

신화 속 레아는 크레타의 첫 왕인 사투르누스와 결혼한다.
나라를 평온하게 이끌던 왕이 자식에게 왕권을 빼앗긴다는 예언을 듣고 그때부터 자식이 태어나면 다 잡아먹었다. 제우스가 태어나자 레아가 그를 살리려 이다 산에 머물게 하며, 아이의 울음소리를 숨기려 소음을 낸다.
제우스가 장성하여 아버지를 무너뜨리고 왕이 된다.
이다 산에 큰 노인 상像이 서 있는데 머리는 순금이고 가슴과 팔은 은이며 배와 넓적다리는 놋쇠고 발은 쇠와 진흙으로 되어있다. 이 모습은 단테가 성경 속 다니엘서에 나오는 내용을 차용한 것이다.
"왕이여 왕이 큰 신상神像을 보셨나이다. 그 신상이 왕의 앞에 섰는데 크고 광채가 특심하며 그 모양이 심히 두려우니, 그 우상의 머리는 정금이요 가슴과 팔들은 은이요, 배와 넓적다리는 놋이요, 그 종아리는 철이요, 얼마는 진흙이었나이다." 단2:31~33
단테가 다니엘서를 인용했지만 상징하는 바는 다르다. 순금의 머리는 아담과 이브가 타락하기 이전 시대를 말하며, 이후 역사의 흐름과 더불어 인간이 타락해 가는 모습을 보여주고 있다.
다미아타는 애굽의 파라오 시대를 가리키며, 로마는 그리스도교 시대를 상징한다. 오른발은 교회를 상징하고 왼발은 국가를 표상한다. 오른발인 교회가 살아야 국가가 사는데, 교회가 타락하여 세속에 물들어 정치권력에 개입하고 있다.
이 노인 상像에서 흐르는 눈물이 바위를 뚫고 지옥의 여러 강들로 흐르며 결국 지옥의 바닥에 있는 코키토스로 모여든다.
레테는 죄의 기억을 씻는 망각의 강으로 연옥에 있다.

제15곡

남색한 자들

일곱 번째 지옥의 세 번째 둘레에 자연법에 폭력을 가한 소돔의 무리들이 불비를 맞으며 달음질치고 있다. 단테가 거기서 피렌체의 스승이었던 브루넷토를 만난다. 그는 학문적으로 탁월했지만 신앙적인 삶과 거리가 멀어 그가 여기에서 벌을 받고 있다.

1　우리가 둑을 따라 걷고 있었는데,
　개울에서 김이 올라와 그늘을 만들어
　냇가와 언덕을 불꽃으로부터 보호했다.

4　구이찬테 지방과 부루자 사이의

피암밍가 사람들이 밀려오는 파도가 무서워
바다를 막는 둑을 쌓았듯이,

7 또 브렌타 강변에 사는 파도바 주민들이
날씨가 더워져 키아렌타나 산지의 눈이 녹기 전에
성벽을 만들어 마을을 보호하려 했던 것처럼

10 그 둑도 그런 모양이었는데,
누가 조성했는지 알 수 없었으나
그리 높거나 두텁지는 않았다.

13 내가 숲을 벗어나며 뒤를 돌아보니
우리가 머물렀던 자리는
멀리 아득하게만 보였다.

16 우리가 강둑을 따라 걷다가
그 길을 가는 무리와 마주쳤는데,
그들이 초승달 아래에서 타인을 보듯

19 우리를 보면서
마치 옷 짓는 늙은이가 바늘귀를 꿰듯이
눈을 지그시 감더라.

22 그들 중 하나가 나를 면밀히 보다가
내 옷자락을 부여잡으며 말하길,
"참으로 놀라운 일이로다."

25 그가 팔을 내밀 때
내가 불에 탄 그의 모습을 보았는데,
그슬린 얼굴이었음에도 내 기억이

28 그를 알아볼 수 있게 하여
내가 그를 향해 소리치길,
"브루넷토 선생님, 당신을 여기에서 뵙다니요."

31 그가 이르기를, "아들아.
내가 이 무리를 먼저 보내고 뒤에 처져
잠시 너와 동행하려 하노니 꺼려하지 말라."

34 내가 대답하길, "할 수만 있으면 저도
그리하길 원하는데, 스승의 뜻에 합하면
그러하겠나이다."

37 그가 말하길, "아들아, 여기 있는 자들은
누구든지 가던 길을 멈추면
이후 백 년간 누워서 불비를 맞아야 하노라.

40 그러니 네가 앞장을 서면 내가 뒤따라가리니,
영겁의 벌을 받으며 울고 가는 저들과
다시 만날 수 있으리라."

43 우리가 둑에서 내려왔지만
내가 그와 나란히 걷지 못하고
다소곳이 고개를 숙이고 뒤를 따랐다.

46 그가 묻기를, "어떤 운명과 섭리가 너를
죽기도 전에 이곳으로 인도했느냐?
또 길을 안내하는 저자는 누구더냐?"

49 내가 대답하길,
"인생의 반을 살며 방황하던 제가
어두운 골짜기에서 길을 잃었나이다.

52 다시 세상으로 돌아가려는 저에게
저분이 찾아온 것이 어제 아침이었고
이 길을 통해 저를 인도하나이다."

55 그가 말하길, "세상에서 내가 너를 제대로
본 것이라면, 네가 너의 별을 따라가는 한
너는 반드시 영광스러운 포구에 이르리로다.

58 내가 일찍 죽지 않았던들
너를 향한 하늘의 자비를 보며
네 하는 일에 보탬이 되었으리라.

61 그런데 옛날 피에솔레에서 내려와
아직도 산과 바위에 거하며
야만적으로 사는 악한 무리가

64 너의 선함으로 인해 너와 원수가 되리니,
사실 쓰고 떫은 나무에서 달콤한 무화과가
맺히는 것은 어울리지 않는 일이로다.

67 세상 격언도 저들을 장님이라 부르나니,
저들은 인색함과 질투심과 교만으로 눈이 멀었도다.
너는 그들을 본받지 말고 깨끗하여라.

70 네 운명이 명예롭기에 흑당과 백당 모두가
너를 욕심내 끌어들이려 하겠지만,
꼴은 산양에게서 멀리 있어야 하노라.

73 결국 피에솔레의 짐승들이 서로를 먹잇감으로 삼을 것이지만
그러나 그 거름의 터전에서 모두를 각성케 할
한 그루 나무가 움틀 것이니 너는 그것에 손대지 말라.

76 그것으로부터 로마인들의 거룩한 씨앗이 되살아나리니,
악의 보금자리이던 그 땅에서 싹이 터서
성스러운 나무로 자라나리라."

79 내가 그에게 이르기를, "저의 소망이
온전히 이루어졌던들 선생님께서는
아직도 세상에 머물러 계셨을 것입니다.

82 지금도 제 마음속에 자릴 잡아
저를 못 견디게 하는 것은
스승님의 어버이다운 모습이옵니다.

85 그런 당신이 저에게 영원한 길을 가르쳐 주셨나니,
제가 그것을 얼마나 소중히 여기는지는
제가 사는 동안 기록하는 글에 드러날 것이외다.

88 제가 여기에서 본 것들과 당신께서 말씀하신
제 앞길에 대한 가르침을 다 기록하여 간직하리니,
제가 베아트리체를 만날 때 그녀가 풀어주리다.

91 제가 선생님 앞에서 다짐하건대,
제 양심이 저를 꾸짖지 않는 한
저를 향한 하늘의 섭리를 따르리다.

94 제 운명에 대한 조짐이 새삼스러운 것이 아니고
또 운명이 제멋대로 바퀴를 빙빙 돌려대도
농부는 제 쇠스랑을 내두를 뿐입니다."

97 그때 길잡이가 오른쪽으로 돌아
뒤에 있는 나를 보며 말하길,
"잘 듣는다는 것은 마음에 새기는 것이로다."

100 내가 스승 세르 브루넷토와 걸으며
그와 동행하는 무리 중에
널리 알려진 자가 있는지 물었다.

103 그가 대답하길, "많은 자들이 있지만
간단히 언급하는 것이 좋으리라.
길게 말하기엔 시간이 없도다.

106 여기 있는 자들은 주로 성직자들과 문인들로서
명성이 자자했던 자들이지만
순리를 거슬러 남색男色하는 죄를 범했노라.

109 프리시아누스와 프란체스코 다코르소도
이 무리 속에 있는데,
네가 그들을 보려고 가다 보면

112 교황에 의해 아르노에서 바킬리오네로
좌천돼 악으로 힘줄이 늘어진
안드레아 데 모치 주교도 만나리라.

115 내가 더 말하고 싶지만
저기 모래 위에 연기가 피어올라
내 이야기를 마무리하노라.

118 네가 어울릴 수 없는 자들이 오도다.
나는 너에게 나의 책 《테소르》를 권하노니,
나는 아직도 그 속에서 살고 있노라."

121 그가 무리 속으로 돌아가는데
그 모습이 마치 푸른 잎사귀로 엮은 상을 얻으려고
베로나 들판을 달음질치는 사람 같았고,

124 또 패배한 자가 아닌 승리한 자처럼 보였다.

• 1~42

토요일 새벽녘 단테가 스승과 함께 강둑을 따라 걷는다.
단테가 피렌체의 스승 노릇을 했던 브루넷토를 만난다.
그는 단테와 함께 겔피 당에서 활동한 정치가였다.
수사학에도 능한 시인이었으며 웅변가로 존경받는 인물이었다.
단테가 자신의 원수들과 함께 스승을 지옥에 머무르게 한 것은
그가 학문적으로 탁월했지만 신앙에 반한 삶을 살았기 때문이다.

• 43~78

단테는 조국 피렌체의 멸망의 원인을 피에솔레 사람들에게서 찾는다.
그들이 피렌체로 넘어와 정착하면서 나라의 분열을 초래했다고 보았다.
정치적 소용돌이로 자신이 피렌체에서 추방될 것을 스승에게 듣는다.
부패한 조국을 정화하여 새로운 나라를 건설할 인물을 기대한다.
단테에게 있어서 로마는 성스러운 나라이고 로마인은 선민이다.

• 79~124

단테가 브루넷토에게 진심 어린 존경의 마음을 고백한다.
인간이 이성적이고 윤리적인 삶을 통해서는 구원을 얻을 수 없음을 말한다.
영적 비밀이 하늘에서 베아트리체와의 만남을 통해 밝혀질 것을 기

대한다.
단테가 자신의 추방을 수용하며 자신을 통한 하나님의 영광을 바라본다.
브루넷토가 이 지옥에서 자신과 동행하는 자들을 소개한다.
문법 학자 프리시아누스와 법학을 공부한 프란체스코 다코르소가 그들이다.
안드레아 데 모치는 피렌체의 주교로서 좋지 못한 행실로 좌천된 인물이다.
《테소르》는 브루넷토가 프랑스어로 쓴 백과사전적 저작물이다.
이성에 바탕을 둔 학문과 신학을 통해서는 참 신앙에 도달할 수 없다.

제16곡

순리를 거역한 자들

1300년 3월 27일 부활주간 토요일 새벽이다.

단테가 계속 일곱 번째 지옥의 세 번째 둘레에 있다. 살았을 때에 명성을 날리던 세 영혼을 그가 만난다. 그들 중 야코포 루스티쿠치는 사나운 아내와 결별한 후에 여성을 혐오하게 되며 남색 하는 자가 된다. 피렌체의 현실을 묻는 그들 물음에 단테가 부정적으로 이야기하자 그들이 가슴 아파한다. 단테 앞에 그리스 신화 속 기만欺滿을 상징하는 괴물 게리온이 나타난다. 기만 앞에 선 단테가 스승 명대로 자만自滿의 허리띠를 풀어 절벽 아래로 내던진다.

1　　여덟 번째 지옥으로 떨어지는 물소리가

윙윙거리면서 날아가는 벌떼 소리처럼
들리는 곳에 우리가 이르렀는데,

4 그림자 셋이
불비를 맞으며 걷는 무리들로부터 이탈하여
우리에게로 오면서 외쳤다.

7 "멈추시오! 입은 옷을 보니
그대는 부패한 우리 고장으로부터
온 것이 틀림없소."

10 아! 불에 타 일그러진 상처 위에
새로 생긴 딱지가 자리를 잡은 모습을
돌이키는 것만으로도 지금 나는 괴롭도다.

13 길잡이가 그들이 외치는 소리에
걸음을 멈추며 나에게 이르기를,
"저들에게 예의를 갖추려무나.

16 처참하게 내리는 불꽃이 아니었더라면
네가 먼저 달려가서
저들을 맞이하는 것이 좋았으리라."

19 내가 망설이는 동안
그들이 비탄의 소리를 내며
우리에게 다가와 둥그렇게 원을 그렸다.

22 마치 몸에 기름을 바른 검투사들이
서로를 때리고 찌르기를 시작하기 전에
먼저 공략할 곳을 노리는 것처럼,

25 그들이 빙글빙글 돌면서
시선을 내게로 향했기에
목과 다리 방향이 서로 어긋나 있었다.

28 그들 중 하나가 말하길, "비록 검게 탄 몰골로
무른 모래밭을 걸으며 우리 바람을 말하면
우습게 들리겠지만,

31 그대가 이분들 명성을 듣게 되면 놀랄 것이오.
그런데 그대는 어떻게 살아있는 발로
이곳을 의젓하게 지날 수 있느뇨?

34 보다시피 앞에 있는 이분은
지금은 벌거벗고 다 타버렸지만 세상에선
그대가 상상할 수 없을 만큼이나 지체 높은 분이었소.

37 평생 지혜와 칼로 많은 일을 했던 자로
인자한 구알드라다의 손자이고
이름은 구이도 구에르라이라오.

40 내 뒤에 있는 분은
텍기아오이 알도브란디라오.
세상이 저분 말을 들었어야 했다오.

43 이분들과 함께하는 나는
야코포 루스티쿠치인데,
나를 망친 것은 사나운 내 아내였소."

46 내가 만일 불꽃으로부터 보호를 받을 수 있었다면
나는 그들 속으로 뛰어들었을 것이고
내 스승도 못 본 체했을 것이었다.

49 그러나 내 몸이 타버릴 것 같아
달려가서 그들을 맞이하고 싶은 충동을
버릴 수밖에 없었다.

52 내가 그들에게 말하길, "당신들 처지가
제 마음에 연민을 불러일으키나니,
제가 쉽게 헤어나지 못할 아픔이옵니다.

55 제 스승이 예의를 갖추라고
말했을 때부터 저는 당신들처럼
명예로운 분들을 기대했나이다.

58 저는 당신들과 같은 동향 사람이며
이미 당신들의 자랑스러운 이름과 행실을
들었고 말하며 그리워했나이다.

61 저는 죄의 길을 떠나서
길잡이가 약속한 달콤한 열매를 위해 이 길을 가노니,
저 아래 밑바닥까지 가야 하나이다."

64 그들 중 하나가 말하길, "그대 영혼이
오래오래 육신에 거하길 바라며,
또 그대 명성이 사후에도 면면하길 비오.

67 그런데 우리 조국에 옛날과 같은 예절과 미덕이
지금도 이어지고 있는지,
아니면 다 사라지고 말았는지 궁금하오.

70 얼마 전 여기에 온 굴리엘모 보르시에레가
조국의 실상을 말하여
우리 마음을 흔들어 놓았다오."

73 "새로 이주한 무리와 벼락부자들이
나라 안에 거만과 악독의 씨앗을 뿌려
피렌체가 갈등으로 운 지도 오래되었나이다."

76 내가 고개를 들고 위를 보며 탄식하자,
그것이 내 대답인 줄 알고
셋이 서로를 번갈아 보며 곧이듣더라.

79 그들 중 하나가 말하길, "다른 이의 궁금증을
이렇게 쉽고 명료하게 해결해 주는 그대는
복 있는 사람이오.

82 그러므로 그대가 이 어두운 곳을 떠나
아름다운 별들을 보며 '내가 아주 오래전에
보았노라.'고 힘주어 말할 때

85 우리 이야기를 세상에 들려주오."
이 말을 남기고 그들이 도망쳤는데
새가 날아가는 것처럼 그러했다.

88 내가 '아멘'을 외칠 겨를도 없이
그들이 급하게 사라졌고,
스승도 그곳 떠나는 것을 좋게 여겼다.

91 출발한 지 얼마 되지 않아
폭포소리가 가까이 들리는 곳에 이르렀는데,
서로의 말을 알아들을 수 없었다.

94 아펜니노 산맥의 왼쪽 기슭에서 비롯되어
몬테 베소 산을 따라 동쪽을 향해
흐르는 물줄기가

97 아래에 있는 평야에 도달하기 전인 그 상류에서는
아콰퀘타라고 불리어지다가
포를리에 이르러 그 이름이 사라지는데,

100 그 강물이 실로 천 명을 수용할 수 있는
알프스의 베네딕트 수도원 위에서
폭포를 이루어 떨어지는 것처럼,

103 우리가 도착한 곳에서 핏빛 물줄기가
험준한 벼랑 아래로 쏟아지며 내는 소리가
내 귀를 찢을 듯했다.

106 그때 내가 허리에 두른 끈을 이용해
얼룩무늬를 하고 있는 기만欺瞞의 표범을
잡아보려는 궁리를 하고 있었는데,

109 그것을 눈치챈 길잡이가 내 몸에서
자만自滿의 허리띠를 풀라 분부하여
내가 그것을 둘둘 말아서 그에게 건넸다.

112 그러자 그가 오른쪽으로 돌아서며
낭떠러지에서 조금 떨어져
그 끈을 절벽 아래로 내던졌는데,

115 내가 속으로 생각하길,
'스승의 이상한 눈치로 미루어
분명 예사롭지 않은 일이 일어나리라.'

118 아, 행동만이 아니고 속마음을
꿰뚫어 보는 자와 함께하는 이야말로
항상 삼가야 할 것이로다!

121 그이가 내게 이르기를,
"내가 바라고 네가 기대하는 것이
이제 곧 우리 앞에 펼쳐지리라."

124 세상은 진실을 말해도 거짓으로 받아들여
아무런 잘못이 없어도 욕을 먹을 수 있으므로
사람이 되도록 혀를 삼가야 하리로다.

127 그러나 독자여, 내가 이 희극의 시구를
두고 맹세하노니, 나는 침묵할 수 없노라.
다만 이 노래가 모두에게 공감되길 바라노라.

130 그때 갑자기 어두운 허공에서
아무리 강심장을 가진 자라도
경악할 수밖에 없는 형체가 솟아올랐는데,

133 그 모습이 마치 바다 밑 암초에
얽혀있는 닻줄을 풀려고
바닷속을 잠수하던 자가 한순간

136 다리를 웅크리며 두 팔을 벌려 치솟는 모양과 같더라.

• 1~45

단테와 베르길리우스가 계속 7원의 셋째 둘레에 있다.
단테가 그곳에서 세상에서 명성을 떨치던 자들을 만난다.
단테가 스승으로부터 그들을 소개받으며 정중하게 대한다.
모두들 살아있을 때 귀족으로서 덕성의 표상으로 존경받던 자들이다.
구이도 구에르라는 겔피 당원으로 베네벤토 전투를 승리로 이끈 자다.
텍기아오 알도부란디는 유명한 무인이었는데, 피렌체가 시에나를 공격할 때 그의 말을 듣지 않아 피렌체의 겔피당이 몬타페르티 전투에서 대패한다.
야코포 루스티쿠치는 사나운 아내와 결별한 후에 여성을 혐오하게 되었다.
그러나 이들은 남색 하는 죄에 빠져 지옥에서 벌을 받고 있다.
그들의 비참한 모습을 보며 단테가 가슴 아파한다.

• 46~93

단테가 이들을 포옹하고 싶으나 불길로 인해 접근할 수가 없다.
단테가 하늘의 섭리로 영혼 구원을 위한 여행을 하고 있음을 밝힌다.
그들 중 야코포가 단테의 행운을 빌며 피렌체는 아직도 친절한가를 묻는다.
단테가 이방인의 유입과 갑작스러운 부富로 도시가 부패한 것을 말한다.

• **94~136**

단테 앞에 그리스 신화에 나오는 괴물 게리온이 등장한다.
세 개의 머리와 세 쌍의 팔과 다리를 가지고 있고, 얼굴은 사람이지만 몸은 뱀의 살갗을 지니고 있는 이 짐승은 기만[欺瞞]의 상징이다.
단테가 게리온을 직면하며 마음속에 자만[自滿]의 심리가 동한다.
그러나 이성을 표상하는 베르길리우스의 명령으로 자만의 끈을 버린다.
속이려는 자 앞에서 자만으로 충만한 자는 언제나 그의 밥이다.
《신곡》의 원작품의 이름은 《La Commedia》[희극]이다. 고통스러운 지옥에서 시작해 행복한 천국으로 결말을 맺는 데서 붙여진 이름이다.
그런데《데카메론》을 쓴 보카치오[1313~1375]가 그 제목 앞에 Divina[신성]이란 말을 붙임으로《La Divina Commedia》[신곡]라 불리게 되었다.

제17곡

고리대금업자들

일곱 번째 지옥의 마지막 둘레에서 두 시인이 게리온 곁으로 가서 모래 위의 망령들을 본다. 그들이 불비를 맞으며 가문의 문장紋章이 새겨진 돈주머니를 목에 걸고 앉아있다. 게리온이 독을 품은 전갈처럼 죄인들을 위협하자 그들이 허공을 향해 손을 내저으며 고막을 찢을 듯 소리를 친다. 두 시인이 게리온의 등에 업혀 여덟 번째 지옥으로 내려간다.

1 “보라, 독을 품은 뾰족한 꼬리를 가지고
산을 넘어 성벽과 무기를 부수며
온 세상에 고약한 냄새를 피우는 저 괴물을!”

4　길잡이가 이렇게 외치고는
그놈에게 눈짓을 하여 우리가 있는
제방 근처로 오게 했는데,

7　더럽고 추한 기만欺瞞의 형상이
둑 위에 자기 머리와 가슴을 걸쳐놓고는
꼬리는 끌어당기지 않았다.

10　그가 반듯한 사람의 얼굴을 가져
순하게 보였지만
몸통은 온통 뱀의 형상이었다.

13　또 앞발로부터 겨드랑이까지는 털로 무성했고
등짝과 가슴과 양 옆구리에는
사기의 올무를 감추려는 방패가 그려져 있었는데,

16　타타르와 터어키 사람들도
그런 올과 빛깔은 흉내 내지 못할 것이었고
아라크네도 그렇게는 길쌈하지 못하겠더라.

19　마치 나룻배가 강가를 따라서
몸통의 일부는 물속에 나머지는 뭍에 두는 것처럼,
또 먹성 좋은 독일 사람들 곁에

22 물개가 물고기를 잡으려고 앉아있는 것같이
그 못된 짐승이 모래로 덮인 둑에
자기 꼬리를 숨긴 채로 있었고,

25 온몸을 독으로 무장한 전갈처럼
작살 모양의 꼬리를 비틀면서
허공을 향해 휘두르고 있었다.

28 길잡이가 이르기를,
"이제 저 못된 짐승에게로
가까이 가는 것이 좋겠다."

31 그리하여 우리가 오른쪽으로 내려가서
뜨거운 모래와 불꽃을 피해
길섶으로 열 발자국 정도 걸어가

34 무서운 괴물에게 다가섰는데,
뜻밖에도 구렁에서 멀지 않은 모래밭에
망령들이 웅크리고 있었다.

37 스승이 말하길, "네가 여기에서
본 것들을 네 안에 온전히 담으려거든
저들에게로 가서 그 형편을 살피려무나.

40 너는 말을 아낄지니
네가 돌아오기까지 나는 저놈과 담판해서
저의 강인한 어깨를 빌리도록 하리라."

43 그리하여 내가 일곱 번째 지옥의 가장자리에
터를 잡고 앉아있는
슬픈 망령들에게로 갔다.

46 그들 눈엔 눈물이 흐르고 있었고
그들 손은 뜨거운 모래 위로 빗물처럼 내리는
불꽃을 막으려 춤을 추고 있었는데,

49 그 모습이 여름날 벼룩과 파리와 빈대에게
주둥이와 발목을 물어뜯기는
개의 형상과 조금도 다르지 않았다.

52 고통스러운 불비가 내리는 가운데
내가 저들 모습을 주목했으나
알만한 자는 없었다.

55 그들 목에는 주머니가 매달려 있었고
그것들의 모양과 색깔은 선명했으며
얼굴에는 생기가 돌았다.

58 내가 그들을 자세히 살피다가
노란 주머니에 새겨진 사자 모양의
하늘빛 문양紋樣을 발견했고,

61 또 피와 같은 붉은 색 바탕에
버터보다도 더 하얀 거위를 수놓은 주머니를
가슴에 걸친 자도 있었다.

64 그들 중 하얀색 바탕의 주머니에
살찐 암퇘지 형상을 새겨 넣은 자가 묻기를,
“너는 이 구렁에서 무엇을 찾느냐?

67 이젠 물러가라. 네가 아직 살아있으니
네 이웃인 비탈리아노가 여기 내 왼쪽에
앉게 되리라는 것을 전하라.

70 여기 피렌체인들 속에 나만 파도바 출신인데,
저들이 가끔씩 내 고막이 터지도록
‘독수리 아가리가 셋 달린 주머니를 찬

73 출중한 자여, 어서 오라.’고 외치는도다.”
그가 이렇게 말하고는 입을 삐쭉거리며
코를 핥는 황소처럼 혀를 내밀었다.

76　그때 문득 오래 있지 말라는
스승의 말이 생각나
지친 영혼들을 뒤로하고 나왔는데,

79　이미 사나운 짐승의 등에 올라탄
길잡이가 이르기를,
"너는 굳세고 담대하여라.

82　이제 우리는 이놈을 사다리 삼아
저 아래로 내려가야 하리니,
꼬리가 너를 해치지 못하게 앞에 타거라."

85　학질을 앓는 자가
손톱이 시퍼렇게 멍들 정도가 되면
그늘을 보고도 바들바들 떠는 것처럼,

88　내가 스승 말에 겁을 먹기도 했지만
인자한 주인 앞에서 종이 강해지듯
내가 망설이면서도 한편으론 담대했다.

91　내가 그 괴물의 어깨에 올라타고는
"저를 붙잡아 주소서."라고 말하고 싶었지만
그 말이 입 밖으로 나오지 않았다.

94 그러나 모든 위경危境에서
나를 건져주신 그분이 내가 오르자마자
두 팔로 나를 감싸 안으며 말하길,

97 "게리온아, 이제 가자꾸나. 네가 짊어진
예사롭지 않은 무게를 감안해 다리는 넓게 펴고
내리막은 천천히 가야 하리라."

100 나룻배가 정박하던 곳으로부터
뒷걸음을 치는 것처럼 게리온이 그렇게 그곳을 떠나
마음대로 움직일 수 있는 곳에 이르자,

103 가슴 쪽으로 꼬리를 돌려
뱀장어처럼 쭉 펴고 흔들면서
앞발로는 바람을 움켜 모으더라.

106 일찍이 파에톤이 태양 마차를 몰다가
말들을 제어하지 못해 지구가 탈 지경이 되었을 때보다,
또 녹아내리는 초로 인해 이카로스의

109 날갯죽지가 떨어져 나가는 것을 보며
"네가 잘못된 길을 선택했구나."라고 탄식하는
아비의 음성을 듣던 그때보다,

112 사방이 허공에 둘러싸인 지옥의 심장부에서
모든 것이 사라지고 오직 그 짐승만을 의지하던
그때 그곳이 덜 두렵다고 말하진 못하겠노라.

115 게리온이 천천히 헤엄을 치면서 돌아
아래로 내려가는데, 내가 그런 사정을 알 수 있는
유일한 단서는 얼굴에 스치는 바람뿐이었다.

118 한참을 나는데 오른쪽 아래에서
늪을 따라 흐르는 물소리가 들려와
내가 그곳을 내려다보았다.

121 거기에서 불꽃들의 신음소리가 들려
내가 부들부들 떨면서
두려움에 사로잡혀 있었는데,

124 울부짖음 때문에 위축되었던 내게
시간이 흐르며 보이지 않던 내리막과
소용돌이가 하나씩 눈에 들어왔다.

127 하늘을 떠돌다 새를 잡지 못하고
돌아온 매에게 "아! 벌써 내려오다니!"라고
주인이 소리칠 때에,

130 백 번이나 허공을 돌다 지친 매가
탄식 소리를 들으면서 분해
멀리멀리 달아나는 것처럼,

133 게리온이 깎아지른 절벽의 바닥에
우리를 짐짝처럼 내동댕이치고는
등을 돌리며

137 시위를 떠난 화살같이 그렇게 사라지더라.

- **1~45**

단테와 베르길리우스가 7원의 마지막 둘레에 와있다.
사람의 얼굴과 뱀의 살결과 사자의 발톱을 가진 게리온이 나타난다.
유럽으로 비단을 수출했던 타타르인의 솜씨보다 더 고운 살갗이다.
리디아의 처녀 아라크네가 짠 옷감보다 더 찬란한 피부를 가졌다.
시인이 게리온 곁으로 가고 단테는 모래 위의 망령들을 만난다.

- **46~90**

두 시인이 괴물 곁으로 다가가자 꼬리를 감추며 상체를 내민다.
"전갈과 같은 꼬리와 쏘는 살이 있어 그 꼬리에는 다섯 달 동안 사람들을 해하는 권세가 있더라." 계9:10
의롭고 화려하게 위장한 게리온이 전갈처럼 망령들을 향해 위협한다.
불비와 모래의 열기에 시달리는 영혼들이 허공을 향해 손을 휘젓는다.
돈놀이꾼들이 앉아서 금리를 계산하듯 지옥에서도 그들이 앉아만 있다.
그 모습이 암퇘지와 같고 그들의 목엔 주머니가 매달려 있다.
고막을 찢을 듯 소리치는 자들은 고리대금업자들이다.
노랑 바탕에 사자 형상을 새긴 문양은 잔필리아치 가문이고, 거위 무늬를 새긴 것은 오브리아키 가문이며, 암퇘지를 수놓은 것은 스크로베니 가문이다. 두 시인이 지옥의 수호신을 사닥다리 삼아 지옥의 심장부로 내려간다.

• 91~136

게리온이 두 시인을 태우고 여덟 번째 지옥으로 간다.
단테가 얼굴에 스치는 바람을 통해 아래로 향하는 것을 느낀다.
낭떠러지를 내려가면서 불꽃을 대하며 죄인들의 신음소리를 듣는다.
플레제톤 강물의 무시무시한 소리를 들으며 공포를 느낀다.
태양신 헬리오스의 아들 파에톤이 태양의 수레를 몰고 하늘을 날다가 제우스의 번개로 마차가 불에 탈 때보다, 아비 다이달로스가 밀랍으로 만들어준 날개를 달고 태양 주변을 날다가 날개가 녹아서 추락하며 아비의 탄식을 듣던 이카로스의 심정보다 단테가 더 심한 공포를 느낀다.

제18곡

부녀를 유혹한 자들과 아첨한 자들

두 시인이 말레볼제라 명명命名된 여덟 번째 지옥에 도착한다. 그곳이 주머니처럼 생긴 열 개의 굴로 이루어졌는데, 죄인들이 범한 죄상罪狀에 따라 각각의 구덩이로 나눠진다. 첫 번째 굴엔 부녀를 유혹한 자들이 악마에게 혹독한 매질을 당하고 있고, 두 번째 구덩이엔 아첨한 자들이 배설물 통에 잠겨있다.

1　　우리가 도착한 곳에 말레볼제라 불리는
　　여덟 번째 지옥이 절벽과 같은
　　무쇠 빛깔의 바위에 둘러싸여 있었다.

4　그 살벌한 곳의 한가운데에
아주 넓고 깊숙한 웅덩이가 입을 벌리고 있었는데,
그 모양새는 내 다음에 말하리라.

7　다만 높고 험한 벼랑과 웅덩이 사이에
절벽의 가장자리를 따라서
열 개의 굴이 나란히 자릴 잡고 있었다.

10　또 성을 보호하기 위해
해자垓字가 겹겹이 둘러싸인 것처럼
우리가 있던 곳의 웅덩이가

13　그런 모양이었는데,
성의 문턱으로부터 바깥 언덕 사이에
작은 돌다리가 놓여있었다.

16　그러니까 절벽 아래에서 다리와 같은
암층이 뻗어 나와 못을 가로질러 언덕에 이르러
멈추면서 한데 모이는 형태였다.

19　바로 거기에서 우리가 게리온의 등에서 내려
시인의 인도를 따라
왼쪽으로 이동하며

22 오른쪽 첫 번째 굴을 보았는데,
그곳이 고통받는 자들과
고통을 가하는 자들로 가득했다.

25 죄인들이 벌거벗은 채 두 열을 이루고는
한 줄은 우리와 마주 보며 걷고
다른 줄은 우리와 같은 방향으로 가는데,

28 마치 1300년 성년聖年의 해에
로마인들이 수많은 순례자들로
다리 위를 두 방향으로 지날 수 있도록

31 한 줄은 이마를 베드로 성당을 향하게 하고
반대편은 산을 보게 하여
서로 마주 보며 걷게 한 모양과 같았다.

34 여기저기 널려있는 바위 위에서는
뿔 난 마귀들이 긴 채찍으로
아래 있는 죄인들을 후려치고 있었는데,

37 아, 첫 번째 매질에 저들이 나가떨어지며
발바닥이 얼마나 위로 솟았던가!
어느 누구도 더 이상의 매질이 필요 없었다.

40 내가 그들 중 하나에게
말을 건네기를,
"내 언젠가 그대를 본 듯하오."

43 내가 그와 마주하며
길잡이도 함께 섰고
내가 지체하는 것을 그분이 양해하더라.

46 마귀에게 매 맞은 자가 고개를 숙이며
얼굴을 감추려 했지만 아무 소용이 없었다.
내가 묻기를, "아, 눈이 땅을 향한 자여!

49 그대 모습이 정녕 거짓이 아니라면
그대는 분명 베네디코 카치아네미코라오.
무엇이 그대를 이 고통의 골짜기로 이끌었소?"

52 그가 말하길, "내 마음이 내키지 않지만
그대 부드러운 목소리를 들으니
옛일이 떠오른다오.

55 참으로 부끄러운 일이지만
내가 아름다운 기솔라벨라을 유인하여
후작의 욕망을 채워주었소.

58 여기에 있는 볼로냐 출신은 나만이 아니라오.
오히려 이곳에 있는 숫자가 사베나 강과
레노 강 사이에서 그곳 방언인 시파를 사용하는

61 입술들보다 더 많은 것이 사실이라오.
그대가 이에 대한 증거를 원한다면
그들의 악한 가슴을 돌이켜 보오."

64 그가 말할 때 마귀가 채찍을 휘두르며
외치기를. "꺼져라, 이 뚜쟁이Pimp야!
여기서는 여자로 이익을 챙길 수 없노라."

67 내가 좀 더 걸어서
길잡이와 함께 이른 곳에
언덕으로부터 뻗어 나온 돌다리가 있었다.

70 우리가 어렵지 않게 그것을 건너
자갈길을 통해 오른쪽으로 돌아서
그 영겁의 둘레로부터 나와

73 매 맞은 자들이 지날 수 있도록
마련된 다리에 도착했을 때
스승이 이르기를, "잠깐 멈추어

76 저 불쌍한 자들의 몰골을 보아라.
지금까지는 저들이 우리와 같은 방향으로 갔기에
네가 보지 못했노라."

79 낡은 다리 위로 우리에게 다가오는
무리를 내가 보았는데,
그들도 매를 맞으며 쫓기고 있었다.

82 선한 스승이 묻지도 않은 내게 말하길,
"저기 오는 저 큰 놈을 보아라.
견딜 수 없을 텐데 눈물도 흘리지 않노라.

85 아직도 왕자의 태도를 지니고 있는 저자가
용기와 지혜로 콜키스 사람들의
황금 양털을 빼앗은 이아손이로다.

88 비너스의 농간으로 자신들을 멀리하는 사내들을
잔인하게 죽인 렘노스 섬의 여인들에게로
저 이아손이 건너갔노라.

91 저자가 그곳에서 많은 사내들을 유혹했던
젊은 공주 힙시필레를
추파秋波와 감언이설로 꼬여냈고,

94 아이 밴 그녀를 거기에 두고 떠나서
이런 형벌을 받고 있노니, 그의 두 아이를
낳았던 메데이아의 복수도 함께 이루어진 셈이로다.

97 세상에서 남을 유혹하여 속인 자들이
이아손과 함께 혹독한 이빨에 걸려들어
이 첫 번째 굴에서 씹히고 있노라."

100 우리가 비좁은 길을 통해
벌써 두 번째 언덕에 와있었는데,
거기에 또 다른 무지개 모양의 다리가 있었다.

103 우리가 굴속에서 코를 훌쩍거리며
자기 손으로 자기 몸을 치면서
울부짖는 모습을 볼 수 있었는데,

106 벼랑엔 곰팡이가 피어있었고
밑에서 올라오는 지독한 냄새가
눈과 코를 찔러 죄인들을 고통스럽게 했다.

109 굴의 바닥이 너무 깊어서
둥글게 솟은 다리 위에 올라
내려다보지 않으면 밑을 볼 수 없을 것 같아

112 우리가 그곳으로 가서 아래를 보았는데,
죄인들이 세상 똥통에서 가져온
똥물 속에 잠겨있었다.

115 내가 두리번거리다가 다시 보니
속인俗人인지 성직자인지를 알 수 없는 자가
머리에 똥을 뒤집어쓰고 있었는데,

118 그가 나에게 소리치길,
"네가 왜 나만 보느냐?"
내가 대답하길, "내 기억이 옳다면

121 너는 보송보송한 머리털로 미루어
루카의 알레시오 인테르미네로다.
그래서 내가 너를 주목했노라."

124 그러자 그가 머리통을 치면서 말하길,
"혓바닥이 지치는 줄도 모르고 아첨하며 알랑거렸기에
내가 이 깊은 곳에 처박혀 있도다."

127 내 길잡이가 말하길,
"얼굴을 내밀어 앞을 보아라.
지저분한 머리카락을 풀어헤친 채

130 똥 묻은 손톱으로 자기 몸을 긁으며
웅크렸다 펴는 것을 반복하는
저 계집의 꼬락서니를 보아라.

133 저게 바로 아테네의 타이데인데,
기둥서방이 '내가 마음에 들지?'라고 했을 때
'그래요, 기가 막히네요.'라고 말했던 창녀로다.

136 이제 여기는 이 정도 보자꾸나."

• 1~51

게리온이 날개를 가볍게 흔들며 두 시인을 지옥의 8원에 내려놓는다. 이 8번째 지옥의 이름을 '말레볼제'라 단테가 명명했다.
이 말레볼제는 '사악'이란 말과 '구덩이'란 말의 합성어다.
이 지옥은 주머니처럼 생긴 열 개의 둥그런 굴로 이루어졌다.
자신의 욕망을 채우기 위해 유혹한 영혼들이 마귀에게 고통당한다.
벌거벗은 채 두 무리로 나뉘어 치욕을 당하며 반대 방향으로 달린다.
마귀가 죄인들에게 욕을 하며 채찍을 휘두르고 있다.
성년聖年은 교황 보니파티우스 8세가 1300년에 그리스도의 인류 구속 사역을 기념하기 위해 처음으로 대사大赦를 내린 해다. 그래서 유럽의 많은 사람들이 은총을 입으려 로마에 집결했다.

• 52~99

8원의 첫 번째 굴에는 유혹한 자들이 벌을 받고 있다.
그곳에서 단테가 후작 에스티의 뚜쟁이 노릇을 했던 자를 만난다.
뚜쟁이 카치아네미코는 겔피 당의 총수로 숙부를 죽인 자다.
부끄러워 숨으려는 그의 정체가 드러나며 마귀가 그를 후려친다.
그리스 신화 속의 영웅 이아손의 유혹에 넘어간 힙시필레가 그와 결혼하여 두 아이를 갖게 되지만, 이아손은 원정에서 돌아오지 않는다. 또한 콜키스의 공주이자 마법사인 메데이아의 도움으로 이아손이 황금 양털을 얻으며 그녀와 결혼하지만 이아손이 그녀와 두 자녀를 버린다. 이후 이아손이 크레우사와 결혼하지만 메이데이가 독이 묻은 외투를 보내 그녀와 두 아들을 죽인다. 이아손이 슬퍼하며 죽어 이 지옥에 와있다.

• **100~136**

두 번째 굴엔 아첨하며 산 영혼들이 배설물 통에 잠겨있다.
강렬하게 솟는 독한 냄새로 죄인들이 시력과 후각을 잃었다.
저주받은 영혼들이 똥 묻은 손톱으로 몸을 긁으며 괴로워한다.
인테르미네이는 루카의 귀족으로 백당을 이끈 가문의 사람이며,
타이데는 그리스 아테네의 유명한 창녀다.

제19곡

성물과 성직을 매매한 자들

1300년 3월 27일 부활주간 토요일 아침 6시경이다.

여덟 번째 지옥의 세 번째 굴속에는 교회 직분과 성물을 돈으로 매매한 자들이 벌 받고 있다. 그곳에 교황 니콜라우스 3세가 있는데 그가 족벌의 부귀영화를 위해 성물과 성직을 매매하여 여기에 왔다. 그가 바위 속 둥글게 파인 구멍에 거꾸로 처박혀 있고 그의 발이 불로 그을린다.

1 오, 마술사 시몬이여!
불쌍한 그의 추종자들이여!
선善을 위한 성물을 탐욕을 이기지 못해

4 챙겨서 다 팔아먹었으니,
너희들이 갇혀있는 이곳을 향해
심판의 나팔 소리가 울려야 하리로다.

7 우리는 벌써 구렁의 한복판에
우뚝 솟아 있는 돌다리를 건너서
세 번째 굴에 와있었다.

10 오, 하늘과 땅과 지옥을 통해 드러내시는
광대한 지혜와 재주여! 당신이 나타내시는
상과 벌의 분배하심이 참으로 공정하나이다.

13 거기에 있는 검은 바위에는
바닥의 크기와 둘레가 똑같은
수많은 구멍들이 뚫려있었는데,

16 그것들이 내 고향의 아름다운 성聖 요한 성당의,
세례받는 자들을 위해 마련한 물두멍보다
크지도 작지도 않았다.

19 몇 해 전에 내가 거기에 빠진 아이를 구하려
그중 하나를 부순 적이 있는데,
그 일을 기억하게 하려 내 여기에 적노라.

22 그런데 그 구멍의 주둥이에
죄인들 몸통이 거꾸로 처박혀 있어
발과 정강이와 넓적다리가 밖으로 솟아있었고

25 발바닥엔 불이 타고 있었는데,
죄인들 오금이 얼마나 떨리던지
끈이나 밧줄마저 끊어낼 정도였다.

28 기름을 머금은 불꽃이 공중으로 치솟듯이
그들 발꿈치 불도
발끝으로 번지며 위로 타오르더라.

31 내가 묻기를, "스승이시여!
저 유난히 시뻘건 불꽃에 타며
떨고 있는 자는 누구인가요?"

34 길잡이가 이르기를, "내가 너와 함께
저곳으로 내려가면
저가 누구며 그의 허물도 알게 되리라."

37 내가 대답하길, "당신 말씀을 따르리다.
당신은 저를 인도하시며
제가 궁금해하는 것들을 다 알고 계시나이다."

40 우리가 언덕을 지나
왼편으로 돌아 내려가
여기저기 구멍이 난 바닥에 이르렀는데,

43 인자한 스승이 구멍에 박혀
다리를 떨면서 고통스러워하는 자에게로
나를 이끌었다.

46 내가 묻기를, "말뚝처럼 박혀있는
슬픈 넋이여! 할 수만 있으면 그대가
누군지 내게 말을 좀 해주오."

49 마치 추악한 살인자가 형장에 들어간 후에
자신의 죽음을 늦추려고 고해성사를 핑계로
사제를 부르듯이 내가 그렇게 간절했다.

52 그러자 그가 소리치길, "오, 보니파키우스여!
네가 어떻게 여기에 벌써 왔느냐?
기록이 나를 몇 년을 속였도다.

55 네가 그렇게 빨리 탐욕을 채웠느냐?
네가 재물 때문에 교회를 속이고
두려움 없이 성직마저 매매했도다."

58 나는 그가 무슨 말을 하는지 몰라
마치 비난 앞에서 아무 말도 못 하는
정신 나간 사람처럼 그렇게 서있었다.

61 그때 길잡이가 이르기를, "빨리 저놈에게 말하라.
네가 생각하는 놈이 내가 아니라고."
그래서 내가 그대로 대답했더니,

64 그 망령이 다리를 비틀며
한숨을 쉬고는 울음 섞인 목소리로 말하길,
"그러면 그대는 무슨 일로 내게 왔느뇨?

67 그대가 언덕을 따라 내게 온 것을 보면
내가 누구인 것이 큰 관심거리인 것 같은데,
나는 커다란 망토를 걸쳤던 니콜라우스 3세라오.

70 나는 암곰의 문장紋章을 가진 가문에서 태어나
내 몸을 이 구멍에 넣듯
곰들의 부귀영화를 위해 재물을 전대纏帶에 처넣었다오.

73 내 아래에는 나보다 먼저
성직과 성물을 매매한 자들이 끌려와
이 틈바구니에 박혀있소.

76 내가 조금 전 그대를 보니파키우스로 착각했는데,
그자가 여기에 오면 내가 밀려서
더 아래로 내려간다오.

79 내 발이 불에 타고 몸이 거꾸로
처박혀 있는 시간은 그놈 발이
붉게 타오르는 시간보다 더 길 것이니,

82 이는 그놈 다음에 서방西方에서 오는 놈은
그놈과 나를 능가할 정도로 법도 모르고
행실이 못된 목자장이기 때문이오.

85 마카베오에 등장하는 안티오코스에게
돈을 주고 대제사장직을 산 야손과 같이
그놈도 교활한 프랑스 왕에게 그리하리다."

88 내가 그에게 다음과 같이 말했는데,
내 물음이 어리석었는지를 난 알 수가 없도다.
"당신은 내게 말하시오. 우리 주님께서

91 베드로에게 천국 열쇠를 주실 때
돈을 얼마나 요구하셨는지를.
또 '나를 따르라'는 말 외에 무슨 다른 말을 더 했는지를.

94 또한 버림받은 자의 자리가
맛디아로 채워졌을 때 베드로와 다른 제자들이
그에게 금전을 얼마나 요구했는지를.

97 그런즉 당신 벌이 마땅하니 그대로 받으시오.
당신이 나폴리 왕 카를로를 무너뜨린
그 불의한 일로 번 돈이나 잘 간직하시오.

100 아름다운 세상에서 당신이 쥐고 있던
천국 열쇠에 대한 경외감이
내 마음속에 남아있지 않았더라면

103 나는 더 가혹한 말을 했으리다.
당신의 인색함이 세상 사람들을 짓밟았고
악한 자들을 높이 세웠다오.

106 목자들이여! 그대들이야말로
세속에 물든 여인들과 음행한 세상 임금이 아니던가.
그래서 세례 요한이 얼마나 그것을 탄식했던가.

109 일곱 개의 산으로 둘러싸인 로마 교회가
신랑 뜻에 합당한 때에는 열 개의 뿔인
십계명으로부터 얼마나 많은 힘을 얻었던가.

112 그러나 그대들은 은과 금으로 신을 삼았나니,
이스라엘이 시내 산에서 황금 송아지를 만들어
우상 하나를 섬겼다면 그대들은 백 개를 섬기는 도다.

115 아, 콘스탄티누스여! 그대 개종을 탓하는 것은 아니지만
그대의 막강한 증여로 부유해진 목자들이
그 봉물封物로 얼마나 큰 악의 어미가 되었던가."

118 내가 이 말을 하는 동안
그가 분노 때문인지 아니면 양심이 찔렸는지
두 발바닥을 마구 떨었다.

121 내가 표명하는 이야기를
끝까지 주목하던 나의 길잡이가
지극히 흡족해하며

124 나를 끌어당겨
자기 품에 안아서 다독거리고는
다음 장소로 인도하면서도

127 피곤한 기색을 전혀 드러내지 않았다.
우리가 언덕과 언덕을 이어주는
다리 꼭대기를 향해 나아가는데,

130 산양에게도 힘겨울 것 같은
가파른 돌다리 위를
길잡이가 내 손을 잡아 끌어주었다.

133 거기에서 또 다른 굴이 우리를 기다리더라.

• 1~48

마술사 시몬이 베드로의 저주로 은과 함께 영원히 망했다.
"시몬이 사도들의 안수함으로 성령 받는 것을 보고 돈을 드려 가로되 이 권능을 내게도 주어 누구든지 내가 안수하는 사람은 성령을 받게 하여주소서." 행8:18, 19
단테가 성 요한 성당에서 통에 빠진 아이를 건져내려 기물을 파손했다. 이는 천하보다 귀한 영혼을 구하려 몸을 버린 예수의 사랑을 드러낸다.
주님의 몸인 교회의 직분과 성물을 돈으로 매매한 자들이 벌을 받는다.
하나님의 정의가 그들을 파멸의 길로 인도하심이 마땅하다고 말한다.

• 49~87

단테가 불에 타며 요동을 치는 한 망령에게 말을 건넨다.
그자가 단테를 보며 교황 보니파키우스 8세로 착각한다.
지옥의 영혼들은 미래를 내다볼 수 있는 능력이 있는데, 이 망령이 혼돈하여 단테를 3년 후에 올 보니파키우스 8세로 착각한 것이다.
단테는 보니파키우스로 인해 자신의 비참한 운명이 초래되었다고 생각한다.
교황 니콜라우스 3세는 자기 족벌의 부귀영화에 집착하여 지옥에 왔다.
유대의 야손이 유대 왕에게 돈을 주고 대제사장직을 산 것처럼, 힘

있는 프랑스 왕 필립 4세에 의해 교황청이 로마에서 프랑스 아비뇽으로 1309년에 옮겨졌고, 클레멘스 5세는 필립 4세에게 사례하여 교황이 되었다. 이로써 교회는 세속의 길로 질주하였으며 가톨릭의 대분열이 시작되었다.

단테는 여기에서 주님의 몸이신 교회를 사랑하지 않고 세상 것에 집착해 부정부패를 일삼는 성직자들을 비판한다.

- **88~133**

단테와 베르길리우스가 셋째 굴에 와있다.

교회 성물을 매매한 자들이 구멍에 거꾸로 처박혀 발이 불로 그을린다.

주님은 베드로에게 가이사랴 빌립보에서 "너는 나를 누구라 하느냐?" 물으셨다.

"주는 그리스도시오 살아계신 하나님의 아들이시니이다."라고 대답하였을 때, 주님은 베드로에게 천국의 열쇠를 주시며 아무것도 요구하지 않으셨다.

"저희가 기도하여 가로되 뭇사람의 마음을 아시는 주여, 이 두 사람 중에 누가 주의 택하신 바 되어 봉사와 및 사도의 직무를 대신할 자를 보이시옵소서. 유다는 이를 버리옵고 제 곳으로 갔나이다 하고 제비뽑아 맛디아를 얻으니 저가 열 한 사도의 수에 가입하니라." 행 1:25, 26

사도의 직무는 봉사와 그리스도의 십자가 사건과 부활을 증거하는 삶이다.
일곱 개의 머리는 로마에 있는 일곱 개의 산이고, 여기에 열 개의 뿔을 십계명으로 보면 결국 일곱 개의 머리와 열 개의 뿔을 가진 것은 로마 교황청이다.
로마의 황제 콘스탄티누스AD 275~337는 기독교로 개종하였다.
그가 지중해의 동부를 정복한 후 수도를 콘스탄티노플로 천도하고 자신의 나병을 치료한 교황 실베스테르 1세AD 314~335 재위에게 헌물을 주고 로마 관할권을 부여했다. 이로 인하여 교회는 더욱 부요하게 되고 교황들은 부패의 가도를 달리게 되었다.

제20곡

마술과 점술을 행한 자들

1300년 3월 27일 부활주간 토요일 아침 6시경이다.

네 번째 굴에서 벌 받고 있는 죄인들은 마술과 점술로 세상을 어지럽힌 자들인데, 중풍에 걸린 사람처럼 턱부터 가슴까지가 온통 비틀려 있다. 베르길리우스가 여러 점쟁이들을 언급하며 자기 고향 만토바의 연원에 대해 말한다. 세상을 등지고 산 만토라는 여인이 자기 추종자들과 늪지대에 터를 잡은 후에 사람들이 모여들기 시작했고, 그녀 사후에 그의 이름을 본떠서 만토바란 도시가 형성되었다 말한다.

1　　내가 본 또 다른 형벌을 첫 번째 노래의

스무 번째 곡의 소재로 삼아
네 번째 굴속 모습을 적으려 하노라.

4 우리는 벌써
눈물에 젖은 바닥이
훤히 보이는 곳에 이르렀는데,

7 그곳 망령들이
기도하며 걷는 수도자들의 행렬처럼
골짜기를 지나며 눈물을 흘리고 있었다.

10 내가 그들 몸을 주시했는데
놀랍게도 턱부터 가슴까지가
온통 비틀려 있었고,

13 얼굴이 등을 향해 돌아가 있어
그들이 뒷걸음질을 치며
앞을 보지 못하고 걷는 것이었다.

16 혹 중풍과 같은 것이
사람 몸을 뒤틀리게 만들 수 있겠지만
이들에게 그럴 가능성은 전혀 없어 보였다.

19 독자들이여! 그대들이 이 글을 보고 각성하여
열매 맺는 삶을 살기 원하며,
또 사람 형상을 지녔던 자들이

22 틀어진 몸으로 괴로워하며 흘리는 눈물이
등골을 타고 엉덩이로 흐르는 모습을 보며
하염없이 울고 있는 나를 용납하여라.

25 돌다리 난간에 기대어
슬퍼하는 나에게 길잡이가 말하길,
"너는 어찌 이리 한심한가.

28 여기에선 불쌍히 여기는 마음을 버림이 사는 길이라.
하나님이 내리시는 심판에 연민을 갖는 것보다
더 큰 잘못이 무엇이란 말이냐.

31 머리를 들라. 그리고 저놈을 보아라.
테베인들 앞에서 땅이 갈라질 때
'점쟁이 암피아라오스여, 어디로 가느냐?

34 왜 싸움을 포기하는가?'
백성들이 이렇게 소리칠 때
저놈이 모두를 잡아들이는 미노스 앞에 떨어졌도다.

37 보아라, 등짝을 가슴으로 삼은 모습을.
저가 앞만 보며 살려 했기에
이젠 뒤를 돌아보며 뒷걸음질을 치는도다.

40 보아라, 테이레시아스를!
저자는 사내에서 여자로
몸뚱어리를 탈바꿈시킨 놈이로다.

43 나중에 다시 남자 수염을 갖길 원해
서로 뒤엉킨 두 마리 뱀을
긴 막대로 후려쳤도다.

46 그의 배에 등을 댄 자는 점쟁이 아룬타로다.
카라라 사람들이 경작하며 살고 있는
루니라는 골짜기에서

49 대리석으로 된 굴을 집을 삼아
밤하늘의 별들과 바다를
마음껏 즐긴 자로다.

52 저기 헝클어진 머리카락으로 가슴을 덮고
몸을 돌려 털 많은 살갗을
가린 자가 만토니라.

55 저는 여러 곳을 떠돌다가
내가 태어난 만토바에 와서 머물렀는데
내가 그녀와 그곳에 대해 말하리라.

58 그녀 아비가 세상을 떠난 후
바쿠스의 도시 테베가 학정에 시달리면서
그녀는 오랫동안 이곳저곳을 떠돌았도다.

61 아름다운 이탈리아의 북쪽 티랄리 성城 위에,
독일을 에워싼 알프스 산기슭에
베나코라 불리는 호수가 자릴 잡고 있노라.

64 가르다와 발 카모니카 사이의
천도 넘는 시내가 아펜니노를 적시고는
그 호수에 모여 출렁이는 물결을 이루는데,

67 호수 한복판에 있는 섬에 성당이 있어
인접한 브레시아와 베로나의 주교들이
그곳을 지날 때마다 축복했노라.

70 아름답고 견고한 베로나의 요새 페스키에라는
그 호수의 제방보다 높아서 브레시아와
베르가모의 침략을 막는 데 큰 역할을 했도다.

73 호수 베나코의 가슴만으로 온전히
담을 수 없는 물이 흘러넘쳐
베로나의 푸른 초장을 적시면서

76 강줄기가 만들어지는데, 이제는 베나코가 아닌
멘치오란 이름으로 불리어지다가
그 강물이 고베르노에서 포 강으로 흘러 들어가

79 머지않아 평지에 닿게 되노라.
거기에서 물줄기가 번져 늪을 이루는데
여름철엔 가끔씩 메마르기도 하도다.

82 슬픈 아가씨가 바로 그곳을 지나다가
늪 한가운데 사람 하나 살지 않는
버려진 땅을 보게 되었고,

85 그곳에서 그녀는 세상 사람들을 피해
추종자들과 함께 자기 재주인
마술을 부리며 지냈노라.

88 이후 인근에 사는 사람들이
사방으로 둘러싸인 늪의 보호를 받으려
안전한 그곳으로 모여들었고,

91 그들은 그녀 유골 위에 도시를 건설하고는
그곳을 택한 만토를 기리며 도시 이름을
점쟁이를 통해 짓지 않고 그녀 이름으로 정했도다.

94 그러나 그곳 영주 카살로디가 어리석어
피나몬테의 책략에 속아 귀족들을 추방했는데,
그 전의 만토바는 사람들로 넘쳤노라.

97 내가 너에게 말하노니
내 고향의 내력에 대한 어떤 말을 들어도
속지 말지니, 거짓이 진실을 이길 수 없도다."

100 내가 말하길, "스승이시여,
당신 말씀은 지당하오며 다른 말들은
저에게 꺼져버린 숯불과 같나이다.

103 그런데 지나가는 저 무리 중에
이야기를 나눌만한 자를 찾아주소서.
제 마음이 온통 저들에게 있나이다."

106 그가 말하길, "뺨이 검게 그을리고
어깨 위까지 구릿빛 수염을 드리운 자가
트로이 전쟁으로 그리스에 사내들이 없어

109 요람이 텅 비었을 때 점쟁이 노릇을 했노라.
저가 트로이로 떠나는 아가멤논 군대가
언제 돛을 올릴지를 아울리스에서 점쳤는데,

112 그의 이름이 에우리필로스로다.
내가 장엄한 비극 《아이네이아스》에서 그를 노래했고
그 내용을 네가 이미 아는 바로다.

115 옆구리에 살점 하나 없는 자가
마이클 스콧인데, 그는 마법을 통해
속임수의 일인자가 되었노라.

118 저기 구이도 보나티와 아스덴테를 보아라.
자기 일을 버리고 예언에 몰두한 자들인데,
뉘우치기엔 너무 늦었도다.

121 저들은 바늘과 북과 물레를 버리고
점쟁이가 된 여인들로
풀잎과 인형으로 요술을 부렸노라.

124 이제 가자꾸나. 어느덧 카인이 가시를 지고 가는
달의 반점斑點이 두 반구의 경계에 걸려있어
세비야에 물결이 밀려드는 시간이로다.

127 지난밤엔 달이 밝았노라.
네가 어두운 계곡에서 헤매고 있을 때
너를 돕던 그 보름달을 기억하려무나."

130 우리가 함께 걸으며 그가 많은 이야기를 들려주었다.

• **1~39**

단테가 네 번째 굴의 바닥을 보며 흐느끼는 망령들을 본다.
중풍에 걸린 사람처럼 턱부터 앞가슴까지가 온통 비틀렸다.
눈물 흘리는 그들 모습을 보며 단테가 불쌍히 여긴다.
단테가 연민의 정에 사로잡히는 모습을 보며 베르길리우스가 하나님의 심판에 인간적인 반응을 보이는 것은 잘못이라고 말한다.
암피아라오스는 그리스 신화 속 점쟁이이며 영웅으로 제우스에게 바쳐진 도시 테베를 공략하던 7왕 중의 1인이다. 자신의 운명을 예견하고 원정에 가담하지 않으려 했으나 아내의 집요한 유혹으로 참가했다.
결국 제우스의 번개로 땅이 갈라지며 지옥으로 떨어졌다.

• **40~99**

베르길리우스가 단테에게 계속 점쟁이들을 소개한다.
테베의 유명한 점쟁이 테이레시아스가 자기 몸을 둔갑시킨다.
카이사르와 폼페이우스가 전쟁할 때에 카이사르의 승리를 예언했던 아론타가 산 위에서 하늘의 별들을 보며 점을 쳤다.
시인 베르길리우스가 자기 고향 만토바의 연원淵源에 대하여 언급한다.
세상을 등지고 살던 만토가 늪지대에 터를 잡고 살기 시작했고, 이후에 인근의 주민들이 모여 그녀의 이름을 딴 도시가 형성되었다.
그러나 번성하던 도시가 카살로디로 인해 피폐해졌다.

• 100~130

에우리필로스는 아가멤논의 군대가 트로이로 떠나는 날을 점지했다. 아스텐테는 갖바치로서의 자기 기술을 버리고 점치는 일에 집착했다. 빛이 없는 지옥이지만 하늘의 힘을 입은 베르길리우스가 시간을 간파한다.

중세 이탈리아에서는 달의 반점을 아벨을 죽인 카인이 달에서 가시를 등에 메고 형벌을 받는 모습이라 했다.

제21곡

매관매직을 일삼은 탐관오리들

1300년 3월 27일 부활주간 토요일 오전 7시다.
다섯 번째 구덩이에는 불이 아닌 성령의 능력으로 역청이 끓고 있다. 탐관오리들이 끓는 역청 속에 빠져 부득부득 이를 간다. 마귀인 말레부란케가 쇠갈퀴로 죄인을 역청 속으로 밀어 넣는다.

1　우리가 점치는 자들을 뒤로하고는
이 희극에서 논하지 않은 많은 것들을 이야기하며
다리 한가운데에 이르렀는데,

4　말레볼제의 다섯 번째 굴에서

망령들의 통곡소리가 들려와 그곳을 보니
거기에 지독한 어둠이 깔려있었다.

7 겨울날 베네치아 선창가에 가면
성치 않은 배를 칠하려
역청 끓이는 광경을 볼 수 있는데,

10 뱃사람들이 항해할 수 없는 계절에
새로운 배를 건조하기도 하고
낡은 뱃전의 틈을 메우기도 하며

13 누구는 고물을, 누구는 뱃머리를,
어떤 이는 상앗대를 다듬기도 하고
닻줄을 꼬며 앞뒤 돛을 깁기도 했노라.

16 그런데 여기에서는 불이 아닌 성령의 능력이
검은 역청을 부글부글 끓게 하여
구렁의 양쪽 벽을 칠하고 있었다.

19 내가 다른 것들을 제쳐두고
오직 끓어오르다가 푹 꺼지는
검은 거품을 주목하고 있었는데,

22 스승이 나를 자기에게로
확 끌어당기면서 말하길,
"저길 보아라."

25 마치 피해야 할 것을 보고 싶어 하다가
갑자기 두려움이 엄습해
살금살금 도망치는 사람처럼

28 내가 몸을 돌리려다 오싹해서 웅크렸는데,
그때 뒤에서 나타난 시커먼 마귀가
다리 위를 질주하고 있었다.

31 아, 얼마나 사나운 몰골이었던가!
마귀가 날개를 활짝 펴고
나는 듯 가벼운 발로 달려가는데,

34 한 망령의 허리가
마귀 어깨 위에 걸쳐져 있었고
그놈 손은 죄인의 발을 움켜쥐고 있었다.

37 다리 위에서 마귀가 외치길,
"말레브란케들이여! 이놈은 치타가 수호 여신인
루카의 관리로다. 이놈을 처박아라. 난 이런 놈들이

40 모여 사는 곳으로 다시 가야 하리니,
수령인 본투로 외엔 다 도둑이로다.
거기에선 돈이면 '아니오'가 '예'로 바뀌노라."

43 마귀가 그놈을 강 아래로 던지고
거친 돌다리를 건너는데, 도둑을 쫓는 개라도
그보다 민첩하지는 못하겠더라.

46 죄인이 풍덩 잠겼다가 다시 떠오르자
숨어있던 마귀들이 소리치길,
"이곳에선 십자가 모양도 소용없도다.

49 너는 이제 세르키오 강에서처럼
헤엄칠 수 없노니, 우리 쇠갈퀴가 싫으면
다시는 역청 위로 떠오르지 마라."

52 그리고는 백도 넘는 작살로 찌르면서 말하길,
"여기선 춤을 춰도 몰래 추어야 하리니
도망치려면 어디 한번 해보시지."

55 그 모습이 마치 요리사가 조수로 하여금
가마솥의 고기가 떠오르지 못하도록
쇠갈고리로 잠기게 하는 것과 같았다.

58 나의 친절한 스승이 말하길,
"너는 바위 뒤에 숨어서
드러나지 않도록 하여라.

61 내게 어떤 어려움이 닥쳐도
너는 두려워하지 말지니 나는 전에
저놈들을 상대해 저들을 잘 아노라."

64 스승이 다리 위를 지나
여섯 번째 언덕에 이르렀을 때
그가 얼굴을 찌푸렸는데,

67 이는 먹을 것을 구걸하는 거지에게
느닷없이 달려드는 포악한 개들처럼
마귀들이 다리 밑에서 뛰쳐나와

70 갈고리로 그를 겨누었기 때문이었다.
길잡이가 소리치길,
"감히 어느 놈이 나를 해치려 드느냐.

73 네놈들이 나를 공격하기 전에
너희들 중 하나가 앞으로 나와
내 말을 듣고는 어찌할 바를 의논하렸다."

76 그들이 외치길, "말라코다야, 나가라." 하자
잠잠한 가운데 그가 나오며 말하길,
"흥, 내가 무엇을 할 수 있겠느냐."

79 스승이 이르기를, "말라코다야,
너희들이 우리 가는 길을 막고 있노니,
하나님의 도움과 섭리가 없이

82 우리가 여기에 와있음이 가능한 일인지 판단하라.
저 사람이 이 험한 길을 갈 수 있도록
돕는 것이 하늘의 뜻이니라."

85 그러자 그놈이 교만한 표정을 버리고는
작살을 발 곁에 내려놓으며 말하길,
"우리가 건드려서는 안 되겠다."

88 그때 길잡이가 내게 말하길,
"이젠 숨어있지 말고
마음 놓고 이리로 나오라."

91 내가 재빨리 스승에게로 가자
마귀들이 일제히 앞으로 나왔는데, 나는 그때
그놈들이 입장을 바꾸지 않나 해서 몹시 떨었다.

94 이는 내가 목격한 일 중에 카프로나에서 항복한 병사들이
자신들의 안전 보장을 알고 있었음에도 목을 매라는 소리에 놀라
실색失色하던 그들 모습이 떠올랐기 때문이었다.

97 내가 길잡이에게 밀착하고는
혹시나 하여 그들의 도발을
경계하고 있었는데,

100 한 놈이 작살을 내려놓으면서
"저놈 궁둥이에 이것을 한번 대볼까." 하니
다른 놈들이 "그래, 한번 쳐주자." 하더라.

103 길잡이와 말하던 말라코다가
재빨리 그놈을 돌아보며 말하길,
"그만두어라, 그만둬. 스카르밀리오네야."

106 그리고는 그가 우리에게 말하길,
"여섯 번째 다리가 무너져
이 길을 따라서는 갈 수 없노라.

109 그래도 그대들이 가기를 원한다면
이 굴을 지나 위로 올라갈지니,
가까이에 돌다리 하나가 있도다.

112 어제 이맘때보다 다섯 시간 후가
다리가 무너진 지 일천 이백하고도
육십육 년이 되는 때였노라.

115 내가 그쪽으로 몇 놈을 보내 역청 밖으로 나와
몸을 말리는 죄인들이 있나 확인하리니
편안히 가라. 그대들을 해치진 못하리라."

118 그가 이어서 말하길, "알리키노와 칼카브리나야
앞으로 나오라. 카냣초도 나오고,
바르바릿치아는 이들 모두를 인솔하라.

121 리비코크, 드라기냣초, 어금니가 날카로운
치리아토와 그랏피아카네 그리고 파르파렐로와
미친 루비칸테야, 앞으로 나오라.

124 펄펄 끓는 구렁의 둘레를 조심하고,
이 굴 위에 기다랗게 놓여있는 돌다리까지
이들을 무사히 데려다주어라."

127 "아, 스승이시여! 저들이 무슨 짓을 하고 있나이까?
길을 아신다면 우리끼리 갑시다.
저는 저놈들에게 원하는 것이 없나이다.

130 총명하신 스승께서는 저들이 이를 갈면서
눈짓으로 우리를 속이려 하며 위협하는 것이
보이지 않나이까?" 내가 이렇게 말하자

133 그가 대답하길, "놀라지 말라.
자기 맘대로 이를 갈도록 내버려 둬라.
역청 속에 있는 자들 때문이로다."

136 마귀들이 왼쪽 언덕을 따라 올라가다가
제각기 두목을 향해
이빨로 혀를 물어 보이며 신호를 보냈는데,

139 인솔하는 놈이 엉덩이로 나팔을 불어 화답하더라.

• 1~42

희극은 이 신곡을 지칭한다.
다섯 번째 굴에서 불이 아닌 성령의 능력으로 역청이 끓고 있다.
단테가 구렁 아래에서 부글부글 끓고 있는 장면을 보며 베네치아 부둣가에서 낡은 배를 덧칠하기 위해 선원들이 끓이던 역청을 떠올린다.
탐관오리들이 끓어오르는 역청에 빠져 이를 간다.
말레부란케는 단테가 지어낸 이름으로 마귀를 가리킨다.
이 마귀가 루카 마을의 부패한 관리를 붙잡아 온다.
본투로는 루카를 통치하던 자로 매관매직을 일삼던 자다.
단테가 그런 본투로를 반어적으로 비난하고 있다.
루카 마을은 겔피 흑당의 본거지로서 단테가 싫어하던 마을이고, 치타가 수호 여신이다.

• 43~96

부패한 행정관들이 끓는 역청 속에서 벌을 받는다.
본투로가 수면 위로 두 팔을 벌려 십자가 모양으로 거룩하게 떠오르지만, 마귀들이 쇠갈퀴로 역청 속으로 다시 밀어 넣는다.
여섯째 굴의 입구에 도달했을 때 마귀들이 위협적으로 다가온다.
베르길리우스가 이 여행이 영혼 구원을 위한 하나님의 계획임을 말한다.
말라코다가 들고 있던 작살을 내려놓지만 단테가 옛일이 생각나 염려한다.
단테가 24세1289년에 참가했던 전투에서 겔피 당에게 포위되었던 피사 군의 항복의 조건이 그들 목숨을 지켜주는 것이었는데, 점령군들이 항복하고 나오는 그들을 보자 갑자기 “목을 매라.”고 함성을 질렀다.

• 97~139

말라코다가 단테를 위협하는 마귀들을 제지한다.
그가 두 시인을 여섯 번째 굴로 안내하는 열 명의 마귀를 임명한다.
단테는 예수님이 34세에 돌아가셨다고 생각을 했고, 이 숫자에 위에서 언급된 1266년을 합하면 1300년이 된다. 그래서 처음 이 글을 쓴 때를 가늠할 수 있다.
이 동굴로 인도하는 다리가 1300년 전에 무너졌는데 그 원인이 그리스도께서 십자가에 못 박히시는 날에 땅이 진동하며 바위가 터지고 무덤들이 열리는 역사마27:51, 52로 야기된 것이라 말한다지옥 편 12곡 37행.
말라코다가 열 명의 마귀들의 인솔자로 바르바룻치아를 지명하나 그는 나머지 마귀들과 더불어 두 시인을 속이려고 신호를 보내고 있다.
이를 간파한 단테가 따로 가자고 하나 스승이 거부한다.

제22곡

사기를 친 자들

1300년 3월 27일 토요일 아침 8시다.

두 시인이 열 놈의 말레부란케들의 호위를 받으며 다섯 번째 구덩이를 지나고 있다. 죄인들이 끓는 역청 속에서 물개처럼 빠르게 마귀들을 피한다. 왕의 신하가 되어서 사기를 일삼던 치암폴로가 마귀들에게 잡혀 올라오지만 기지를 발휘하여 도망치자 마귀들이 서로 다투며 혼란에 빠진다.

1　내가 일찍이 기사들이 행군을 하다가
공격을 시작하고 다시 군용軍容을 정비하며
때로는 후퇴하는 모습을 보았다.

4 오, 아레초 사람들이여! 내가 그대들 땅에서
기병들을 목격했고 말 탄 전위병前衛兵들이
상대와 겨루기 위해 내닫는 장면도 보았도다.

7 그런데 우리 편이든 남의 편이든
들려오는 나팔소리에, 때로는 종소리에,
또는 성에서 보내는 신호를 따라서 움직였는데,

10 그러나 어떤 기병과 보병도, 육지와 별의 신호를 따라
항해하는 어떤 배도 이런 야릇한 소리로
사인sign을 보내는 이들보다는 민첩하지 못했노라.

13 성자와 교회를 가고 먹성 좋은 놈들과 술집을
간다고 하지만 나는 이 열 놈의 마귀들과
동행하는 것이 무섭기만 하여,

16 내 시선은 오직 끓는 역청을 바라보며
구렁 안에서 불타고 있는
죄인들을 바라볼 뿐이었다.

19 돌고래가 뱃사람들에게
다가오는 풍랑으로부터 배를 구하라는 신호로
자기 둥근 등을 보이는 것같이,

22　망령들이 역청 속에서 고통을 줄이려고
자기 등짝을 위로 내보였다가는
번개처럼 감추는 것이었다.

25　방죽 가장자리에 있는 개구리들이
코끝을 밖으로 내민 채
발목과 몸통은 물속에 숨기듯이,

28　바르바릿치아가 그런 죄인들에게로
가까이 다가가자
그들이 펄펄 끓는 역청 속으로 몸을 피했다.

31　그런데 그들 중 한 놈이 혼자 남은 개구리처럼
그대로 있었는데, 그 모습을 생각하노라면
나는 지금도 떨리도다.

34　죄인 가까이에 있던 그라피아카네가
역청을 뒤집어쓴 그놈의 머리를 움켜쥤는데
그 모습이 물개와 같았다.

37　내가 마귀들 이름을 알 수 있었던 것은
그들이 선발될 때부터 내가 주목했고,
또 서로를 부를 때 귀담아들었기 때문이었다.

40　마귀들이 한목소리로 외치길,
“루비칸테야, 손톱으로 저놈의
등껍질을 벗기려무나.”

43　내가 말하길, “스승이시여,
할 수만 있으면 저 마귀 손에 붙잡힌 자가
누군지 알고자 하나이다.”

46　길잡이가 그에게로 가서
어디에서 왔는지 물으니 그가 대답하길,
“나는 나바르 왕국에서 태어났소.

49　내 부친은 흥청망청하여 재산을 탕진하고는
부랑자로 살다 자살했고
어머니는 나를 귀족의 하인으로 보냈소.

52　그 뒤에 나는 어진 테오발도 왕의 신하가 되어
사기 치는 법을 배워 그 일에 전념하다가
이 뜨거운 곳에 왔다오.”

55　그러자 멧돼지처럼 송곳니가
쑥 삐져나온 치리앗토가 그를 물어
이빨이 얼마나 사나운지를 보여주었다.

58 고양이들 속으로 생쥐가 들어온 격이었나니,
바르바릇치아가 저를 안고 말하길,
“이놈은 내 것이니 다들 저리 가라.”

61 그리고는 스승을 보며 말하길,
“그대 아직도 이놈에 대해 알고 싶은 것이 있거들랑
딴 놈들이 해치기 전에 물어보오.”

64 스승이 묻기를, “저 역청 속에 있는 자들 중
그대가 알고 있는 라틴 출신이 있는가?”
그러자 그가 대답하길, “내가 그곳 망령들과

67 조금 전까지 함께 있다 작별했소.
내가 그들과 있었더라면
나는 저 발톱과 갈고리를 두려워하지 않았을 것이오.”

70 그러자 악마 리비코크가 소리치길,
“우리는 지금 너무 많이 참고 있도다.” 하며
그의 팔을 쇠갈퀴로 찍었다.

73 갑자기 드라기냣초도 그에게 달려들어
아래쪽 정강이를 낚아채려 할 때
인솔자가 무서운 표정으로 사방을 둘러보자

76 분위기가 다소 진정되더라.
그때 스승이
자기 상처를 바라보는 죄인에게 묻기를,

79 “그대가 역청 속을 떠나 이곳에 올 때
곁에 있던 그들이 누구이뇨?”
그가 대답하길, “고미타라는 수도사였소.

82 갈루아 출신인 그는 인생을 기만欺瞞의 그릇으로 삼아
주인의 적들을 자기 손아귀에 넣고는
그들에게서 돈과 접대를 받으며

85 죄지은 자들을 풀어주었는데,
이 사실은 그가 직접 말한 것이오.
그는 여러 직책을 거치며 너무 많은 것을 챙겼소.

88 나는 또 로고도로의 미켈 찬케와 사귀었는데,
그가 사르데냐에서 사기 친 일을 말할 땐
그의 혀가 지칠 줄을 몰랐다오.

91 아! 이를 갈고 있는 저 악마들을 좀 보시오.
내가 하고 싶은 말들이 많지만
저들이 나의 헌데를 긁고자 벼르고 있어 두렵소.”

94 무서운 두목이 금방이라도 찌를 듯이
눈을 부라리는 파르파렐로에게 소리치길,
"저리 비켜라, 이 빌어먹을 날짐승아!"

97 그러자 공포에 질려있던 죄인이 말하길,
"그대들이 토스카나나 롬바르디아 출신을
보길 원한다면 내가 오게 하리다.

100 그러나 그들이 두려워할 수 있으니
저 말레브란케들을 잠시 물러나게 해주오.
내가 비록 혼자지만

103 이 자리에서 휘파람을 불면
일곱이라도 오게 할 수 있노니, 이는 우리가
밖에서 모일 때 쓰던 신호이기 때문이오."

106 그 말에 마귀 카냣초가 주둥이를 내밀고
머리를 내저으며 말하길,
"보라, 저놈이 도망치려 꾸며낸 꾀를."

109 그러자 온갖 술수에 능한 치암폴로가 대답하길,
"내가 벗들에게 큰 위험을 초래한다면
나야말로 나쁜 놈이오."

112 분을 참지 못한 알리키노가 소리치길,
“네가 이 둔덕에서 곤두박질쳐서 도망간다면
내가 너를 쫓지 않고

115 역청 너머에서 날개를 펴 너를 잡으리라.
굴과 굴 사이의 바위 꼭대기를 내려오는 우리를
언덕을 방패 삼아 네가 당해 낼 수 있는지 내기를 하자꾸나.”

118 오, 독자들이여! 이 유별난 장난을 보라.
마귀들이 날개만 믿고 둔덕을 향해 몸을 돌렸나니,
그들 중 가장 먼저 행동한 자는 악독한 카냣초였도다.

121 나바르 출신이 자기 때를 잘 포착하여
발바닥을 땅에 대고 있다가
한순간 펄쩍 뛰어 두목의 손에서 벗어났다.

124 마귀들이 깜짝 놀라며 뉘우쳤는데,
내기를 제안했던 자가 심하게 한탄하고는
몸을 날리며 “이놈아, 거기 멈춰라.” 하더라.

127 모든 것이 허사가 되었나니, 날개는 결코 두려움을
이길 수 없었다. 그놈은 이미 역청 속에 잠겼고
알리키노는 가슴을 펴고 날갯짓했는데,

130 이 모습이 마치 쫓기던 들오리가
재빨리 물속으로 몸을 숨기므로 실망한 매가
힘이 빠져 위로 날아오르는 형국이었다.

133 칼카브리나가 내심 치암폴로가 역청 속으로
도망친 것을 반기면서도 한편으론 화가 나
알리키노와 싸우려고 그를 쫓았다.

136 탐관오리貪官汚吏를 놓친 것 때문에
동무에게 발톱을 치켜세운 자가 놓친 자와 더불어
구렁 위에서 서로 뒤엉켰는데,

139 그러나 알리키노는 매서운 매와 같아서
달려드는 놈을 발톱으로 할퀴었으나
결국 둘 다 끓는 역청 속에 빠졌다.

142 두 놈이 뜨거워 서로에게서 떨어졌지만
역청이 날개에 달라붙는 바람에
아무도 다시 날지 못했나니,

145 인솔하는 바르바릿치아가 화를 내면서도
안타까워 네놈에게 작살을 들려서
맞은편으로 날아가게 했다.

148 날쌔게 내려간 마귀들이
끓는 역청으로 껍질까지 익어버린
두 놈을 건져내고 있었는데,

151 우리는 얽혀있는 그들을 거기에 두고 떠났다.

• 1~54

두 시인이 다섯 번째 지옥의 호숫가를 지나고 있다.
당시에 돌고래가 등을 보이는 것을 폭풍우의 전조라고 생각했다.
당시 피렌체에서는 전쟁 중에 성당의 종을 울려 병사들을 모으고, 그 종을 전차에 싣고 다니며 신호를 보냈고, 낮에는 깃발로 밤에는 봉화로 위험 신호를 알렸다.
그러나 여기서는 인솔자가 엉덩이의 방귀소리로 사인을 보내고 있다.
죄인들이 끓는 역청 속에서 물개처럼 빠르게 마귀를 피하고 있다.
작살이 껍데기까지 익어버린 사기꾼들의 살점을 노리고 있다.
왕의 신하로 있으면서 사기를 일삼던 치암폴로가 마귀들에게 잡힌다.

• 55~105

베르길리우스가 치암폴로에게 역청 속에 라틴 사람이 있느냐 묻는다.
라틴 사람인 수도사 고미타는 뇌물을 받고 포로를 방면放免하다가 발각되어 교수형을 당했다. 또 미켈 찬케가 있는데 그는 독일 프로이센 국왕의 서자로서 로고도로 지방의 지사가 되어 토색討索을 일삼다가 사위에게 살해를 당한 자다.
사르데냐는 이탈리아의 섬으로 이 왕국이 통일 이탈리아의 전신이다.
치암폴로가 자신을 공격하는 마귀들을 보며 술수를 생각해낸다.
마귀는 날개가 있기 때문에 날 수가 있어 날짐승이라고 하였다.

• **106~151**

탐관오리 치암폴로에게 속은 마귀들이 혼란에 빠진다.

서로에게 분개하는 마귀들이 서로 뒤엉켜 역청 속에 빠진다.

단테가 하나가 되지 못하고 분리된 마귀들의 모습을 보여준다.

두 시인이 다섯 번째 굴을 떠나 여섯째 굴로 향한다.

제23곡

위선자들이 받는 벌

1300년 3월 27일 부활주간 토요일 아침 9시경이다.
두 시인이 마귀들의 자중지란自中之亂을 이용하여 그들을 벗어나 여섯 번째 구덩이에 도착한다. 이곳에선 위선자들이 금빛 찬란한 외투를 걸쳤는데 속이 납덩어리로 되어있다. 단테가 길을 가다가 땅바닥에서 십자가 말뚝에 처형되는 그리스도 시대의 대제사장 가야바를 만난다. 그는 한 사람 예수가 백성들을 위해 죽는 것이 낫다고 권고하던 자다.

1 우리는 '작은 형제들'의 수도자들처럼
아무런 말 없이 스승은 앞서가고

나는 뒤를 따르고 있었는데,

4 조금 전 우리 앞에서 벌어진 싸움 때문에
내 머릿속에선 이솝 우화 중
개구리와 생쥐 이야기가 계속 떠올랐다.

7 아무리 마음을 가다듬고 생각해도
'이제'와 '지금'의 뜻이 아무리 비슷하다 할지라도
마귀들 싸움과 이 우화만큼은 같지 못하겠더라.

10 생각은 또 다른 생각으로 이어지는 법,
내가 생각하는 생각이 다른 생각을 불러와
두려움은 처음의 갑절이 되었다.

13 그때 내 생각은 이랬다. '그놈들이 우리 때문에
망신을 당했고 또 큰 피해를 입어
견딜 수 없는 모욕감에 빠졌을 것이고,

16 본래의 사악한 마음에 화가 더해져
분명 그들은 토끼를 추격하는 개보다도
더 무섭게 우리를 뒤쫓을 것이로다.'

19 머리카락이 쭈뼛쭈뼛 서는 두려움으로

내가 정신없이 뒤를 돌아보며 걷다가
스승에게 이르기를, "당신과 제가

22 당장 몸을 숨기지 않는다면
저 마귀들에게 붙잡힐 것입니다.
벌써 놈들의 발자국 소리가 들리나이다."

25 그가 말하길, "내가 납으로 된 거울이라면
너의 겉모습을 비추는 것보다
네 마음을 담는 것이 더 빠르리라.

28 이제 너의 생각이
내 마음속으로 들어오나니,
내가 한 가지 꾀를 내리라.

31 우리가 오른쪽 언덕을 선택하면
경사가 비스듬해 다음번 굴로 가는데 용이하도다.
그리하면 놈들의 추격을 벗어날 수 있으리라."

34 스승이 계획을 말하자마자
날개를 펴고 우리를 향해 달려오는
마귀들의 인기척이 들렸다.

37 그러자 길잡이가 나를 자기 품에 안고는
마치 타오르는 불길 속에서
잠을 깬 엄마가

40 자기 몸은 아랑곳하지 않고
자식을 안고 도망쳐 나가는 것처럼
그가 부리나케 발걸음을 재촉했다.

43 길잡이가 언덕을 넘기 위해
다음번 굴 한쪽을 가로막는 바위를
감싸 안으며 엎드려서는,

46 마치 물레방아를 돌리려
물이 홈통을 따라 바큇살 아래로
줄달음칠 때보다도 더 빠르게

49 나를 길벗이 아닌
자기 자식인 양 가슴에 품고는
언덕의 가장자리를 미끄러져 내려갔다.

52 스승의 발이 여섯 번째 굴의 바닥에 닿자마자
마귀들이 우리를 덮쳤지마는
아무런 두려움을 주지 못했나니,

55 이는 지고至高하신 하늘의 섭리가
말레브란케들로 오직 다섯 번째 구렁만을 지키는
파수꾼의 임무를 부여했기 때문이었다.

58 우리가 마귀들을 떨치고 아래를 보았는데,
거기에 금빛으로 물든 망령들이
눈물을 흘리며 지친 걸음을 걷고 있었다.

61 그들이 걸친 외투는 라인 강변의
쾰른 수도사들이 입는 망토처럼
눈에까지 내려오는 모자가 달렸는데,

64 겉은 눈부신 황금빛이었지만
속은 납덩어리로 되어 있어 프리드리히가
입혔던 옷은 오히려 지푸라기와 같았다.

67 오, 영원히 고달픈 망토여!
우리가 그들과 함께 왼쪽으로 돌면서
울음소리를 들으며 마음이 아팠다.

70 납의 무게로 피곤한 발걸음이
너무 느렸기 때문에 우리가 고개를 돌릴 때마다
낯선 얼굴이 나타나더라.

73 내가 길잡이에게 말하길,
"가면서 두루 살피시어 행실과 이름으로
알만한 자를 찾아주옵소서."

76 그때 토스카나 말을 알아듣는 자가
우리 뒤에서 외치길,
"어두운 하늘을 달리는 자여, 걸음을 멈추시오.

79 그대가 찾고자 하는 것을 우리에게서 얻으리라."
스승이 나를 보며 말하길,
"기다려서 저들과 나란히 걷도록 하자."

82 내가 멈췄을 때 두 망령이 내게 와
말하고 싶은 열망을 보였지만 무거운 짐과
수많은 무리로 인해 발걸음이 더뎠다.

85 그들이 눈을 흘기면서
나를 주시하더니 고개를 흔들며
서로를 보면서 말하길,

88 "저자가 살아있는 사람처럼 목구멍으로
숨을 쉬다니 놀랍도다. 또 무슨 특권으로
무거운 외투를 걸치지 않았단 말인가?"

91 그리고는 내게 말하길,
"슬픈 위선자들을 찾아온 토스카나 사람이여!
그대가 누군지 묻는 것으로 마음 상하지 마오."

94 내가 대답하길, "내가 태어나 자란 곳은
아름다운 아르노 강변의 피렌체였소.
날 때 몸을 지금도 지니고 있다오.

97 그런데 그대들은 누구이뇨?
무슨 이유로 하염없이 눈물을 흘리고
또 번쩍거리는 망토는 무엇이오?"

100 그들 중 하나가 대답하길,
"금빛 망토는 무거운 납으로 되어있어
무게를 달려 하면 저울이 삐걱거릴 정도라오.

103 우리들은 향락을 즐기던 수도사들로 볼로냐 출신이오.
나는 카탈라노이고 이자는 로데린고라오.
우리는 피렌체 평화를 위해 부름을 받았다오.

106 도시를 위해 장관 하나를 세우는 것이 법도였으나
그땐 우리 둘이 선출되었소.
가르딘고에선 우리에 대한 기억이 아직 남아있을 것이오."

109 “오, 수사들이여, 그대들 죄는…….” 내가 더 이상
말을 이을 수 없었던 것은 그때 말뚝에 박혀
십자가 형벌을 받는 자가 바닥에 누워있기 때문이었다.

112 그가 살아있는 나를 보며
긴 한숨을 내쉬며 몸을 뒤척였는데,
그 모습을 지켜보던 카탈라노가 말하길,

115 “저 못 박힌 자는 가야바라오.
저자가 바리새인들에게 백성들을 위해서는
예수가 죽는 것이 낫다고 말했소.

118 그대가 보다시피 발가벗은 저놈은
길을 가로질러 누워있기에 누구든 저를 밟고 가면
밟은 자의 무게를 저가 먼저 안다오.

121 백성들에게 가라지 노릇을 했던
산헤드린 공회公會의 다른 놈들과 저의 장인 안나스도
이 굴속에서 혹독한 벌을 받고 있소.”

124 그때 주님의 고난을 알지 못하는 길잡이가
누운 채로 십자가에 못 박혀 죽어가는
가야바를 보며 놀라더라.

127 길잡이가 수도사에게 부탁하길,
"그대가 알고 있거든 오른쪽에
다음 굴로 가는 통로가 있는지 말해주오.

130 우리가 그리로 빠져나갈 수 있다면
이 바닥을 벗어나기 위해 마귀들 도움을
받지 않아도 되기 때문이오."

133 그가 대답하길, "그대가 생각하는 것보다
일곱 번째 돌다리가 가까이에 있소.
그러나 그 길은 이 지옥을 둘러싼 골짜기와

136 연결되어 있지만, 여기에 이르러선
그것이 끊어져 그대들은 무너진 돌조각을 밟고
구렁을 오를 수 있을 것이오."

139 길잡이가 고개를 흔들며 말하길,
"그곳에서 갈고리로 죄인을 찌르던
말라코다가 거짓말을 했도다."

142 수도사가 말하길, "내가 일찍이
볼로냐에서 마귀들 소문을 들었는데, 그들 중
그놈은 천하의 거짓말쟁이고 거짓의 아비라 했소."

145 그 말을 들은 스승이 노기 어린 표정을 지으며
빠른 걸음으로 나아가
무거운 짐 진 자들과 헤어졌고,

148 나도 그의 사랑스러운 발자취를 따라가니라.

• 1~51

두 시인이 마귀들의 자중지란自中之亂을 이용하여 그들을 벗어난다.
그들을 피하여 가는 단테의 머릿속에 이솝의 우화가 생각난다.
생쥐가 시골길을 가다가 개구리들이 살고 있는 시내에 도착하지만 개울을 건널 수가 없었는데, 개구리가 생쥐를 물에 잠겨 죽일 속셈으로 제안을 한다. "너의 발을 내 발에 묶어서 이 개울을 건너자."
그러나 물에 잠긴 생쥐가 죽어 물에 뜨게 되었고, 때마침 하늘을 날던 솔개가 죽은 생쥐를 보고 내려와 그것을 움켜쥐고 위로 오르는 바람에 개구리도 잡혔다.
분노에 찬 마귀들이 뒤따라올 것에 대한 두려움으로 단테가 떨고 있다.
두 시인이 쫓기듯 도망을 치며 여섯째 굴에 도착한다.

• 52~105

단테와 베르길리우스가 여섯째 굴에 이르러 망령들을 만난다.
이 굴에선 위선자들이 울부짖으며 느린 걸음을 걷고 있다.
그들이 입은 외투가 금빛 찬란하지만 속은 납덩어리로 되어있다.
망토를 걸친 죄인들이 힘겹고 피곤하여 느리게 걷는다.
황제 프리드리히 2세가 반역한 자들에게 입혔던 납 옷보다 더 무겁다.
단테가 피렌체의 당파 간 화해를 위해 임명되었던 두 장관을 만난다.
수도회의 사제였던 그들이 피렌체의 분쟁을 조정하고 화평을 조성하는 역할을 포기하고 사리사욕에 눈이 어두워 정권을 장악해 버렸다.

망령들은 육체의 기능은 있지만 호흡은 하지 않는다.

• 106~148

카탈라노가 그리스도 시대의 대제사장 가야바를 말한다.
"이에 군대와 천부장과 유대인의 하속들이 예수를 잡아 결박하여 먼저 안나스에게로 끌고 가니, 안나스는 그 해의 대제사장인 가야바의 장인이라. 가야바는 유대인들에게 한 사람이 백성을 위하여 죽는 것이 유익하다 권고하던 자러라." 요18:12, 13
가야바의 주장대로 한 사람이 형벌을 당했고, 그 예수의 죽음으로 영원한 구원이 이루어졌다.
구원을 위한 순례의 길을 걷는 단테를 가야바가 보고 있다.
예수가 죽기 전에 림보로 내려가 예수의 십자가 사건을 알지 못하는 베르길리우스가 십자가 형벌을 목격하며 놀란다.
말라코다가 두 시인에게 친절하고 겸손한 말로 여섯째 굴에 이르는 다리는 1266년 전에 무너졌다고 했는데, 베르길리우스가 이 일곱번째 굴을 향하며 그의 말이 거짓인 것을 알게 된다.
"너희는 너의 아비 마귀에게서 났으니 너희 아비의 욕심을 너희도 행하고자 하느니라. 저는 처음부터 살인한 자요 진리가 그 속에 없으므로 진리에 서지 못하고 거짓을 말할 때마다 제 것으로 말하나니 이는 저가 거짓말쟁이요 거짓의 아비가 되었음이니라. 요8:44

제24곡
교회 성물을 도둑질한 자들

여덟 번째 지옥의 일곱 번째 구덩이다. 교회의 성물을 도둑질한 자들이 뱀에게 물린 뒤 고스란히 재가 된다. 그들 중 성당의 보석과 성모상을 훔친 피스토이아의 반니 풋치가 끔찍한 뱀들로부터 고통을 당한다. 뱀이 사람들의 증오의 대상인 것처럼 도둑도 그렇다.

1 한 해가 시작될 무렵 태양이 염소자리와
물고기자리 사이의 물병자리 아래에서 머리를 빗고 있어
어둠은 남쪽으로 물러가고,

4 서리霜가 자기 누이인 눈雪의 얼굴을

지면地面에 오래 그려두고 싶지만
그의 붓질이 햇볕으로 인해 오래 가지 못하는 시간인데,

7 잠에서 깬 목동이 양의 꼴이 떨어진 것을 깨닫고는
눈을 들어 하얀 들판을 보며
눈이 내린 것으로 생각하고,

10 허리를 치며 안으로 들어가
안절부절못하고 서성거리다가
다시 문지방을 넘어서 밖으로 나오는데,

13 그 사이에 세상이 온통 달라진 모습을 보고는
다시 기분을 회복하여 지팡이를 들고
양 떼를 이끌고 나가는 것처럼,

16 스승의 그늘진 얼굴을 보며
내 마음이 몹시도 답답했는데,
밝아진 그의 모습이 내 마음에 약을 발라주었다.

19 우리가 무너진 다리에 이르렀을 때
스승은 우리가 처음 만났던 산기슭에서의
온화한 미소를 내게 다시 보여주고는,

22 무너진 돌들을 자세히 살피며
무슨 좋은 방도를 찾아냈는지
두 팔을 벌려 나를 꼭 안아주었다.

25 그분은 일을 하면서
모든 상황을 간파하고는
필요한 것들을 미리 준비하는 사람처럼

28 나를 밀어 올리면서 바위를 가리키며 말하길,
"저것을 타고 올라가거라. 그러나 먼저
너를 지탱할 수 있는지 확인하여라."

31 그 길은 납으로 된 외투를 입은 자들이
가는 길이 아니어서 나는 힘겹게,
그러나 스승은 가뿐하게 오르더라.

34 만약에 벼랑이 조금만 더 길었더라면
그이는 몰라도 나는 완전히
녹초가 되었을 것이었다.

37 하부 지옥인 말레볼제가 제일 낮은 샘을 향해
기울어져 있었으므로
어느 골짜기이든 그 모양새가

40 한쪽은 높고 반대편은 낮았는데,
마침내 내가 높은 곳의
깨져나간 바위를 붙잡고 올라서

43 꼭대기에 이르렀을 때
내가 더 이상 숨을 쉴 수가 없어
그 자리에 주저앉고 말았다.

46 그러자 스승이 이르기를, "이제야말로
너의 나태함을 벗어버릴 때로다. 베개를 베고
이불 속에 눕는 삶으로는 명성을 남길 수 없노니,

49 아무런 명예를 얻지 못한 인생은
허공의 연기나 물의 거품 같은
흔적만을 남길 뿐이로다.

52 너는 나른한 육체에 종노릇하지 말고
마음을 새롭게 하여 용기를 내서
숨 막히는 고통을 이겨내거라.

55 아직도 올라야 할 고지가 먼데
마귀들로부터 멀어졌다 하여 안심하지 말고
힘을 내 분발하여라."

58 내가 자세를 바로잡고
호흡을 가다듬으며 말하길,
"제가 감당할 만하오니 계속 가소서."

61 우리가 돌다리를 건너서 가는 길은
지금까지와는 비교할 수 없는
좁고 험난한 자갈길이었다.

64 내가 지친 모습을 보이지 않으려
길잡이에게 말을 걸 때
일곱 번째 굴에서 이상한 소리가 들렸다.

67 내가 부채꼴 모양의 돌다리 위에서
그 소리에 귀를 기울였는데,
말하는 자들이 화가 난 것은 분명했다.

70 내가 고개를 숙여 아래를 보았으나
밑이 어두워 아무것도 볼 수가 없어
스승에게 청하기를, "언덕 아래로

73 내려가서 보기를 원하나이다.
여기서는 들어도 무슨 말인지 알 수 없고,
보아도 아무것도 분별할 수 없나이다."

76 스승이 이르기를,
"무슨 말이 필요하겠느냐,
직접 내려가서 보자꾸나."

79 여덟 번째 언덕으로 이어지는
다리 위를 걸으며 골짜기 모양이
내 눈에 들어오기 시작했다.

82 내가 그 안에서 무시무시한 뱀들을 보았는데,
그 모습이 너무 끔찍해 피가 역류하는 것 같았고
지금까지도 치가 떨리도다.

85 그 앞에선 리비아 사막이 그 모래로 살무사와
날아다니는 뱀과 점박이 독사와 머리가 둘 달린 뱀을
먹여 살린다 자랑치 못할 것이었고,

88 또 에티오피아와 홍해 언저리의 뱀들을
다 합쳐놓는다 해도 그 구렁에 있는 것들보다는
구역질 나게 흉측하지 못하겠더라.

91 그 잔인한 뱀들 속으로 벌거벗은 망령들이
겁에 질려 달아나는데, 거기엔 숨을 구멍도
독을 제거하는 마법의 돌도 없었다.

94 뒤로 젖혀진 죄인들 손이 뱀으로 묶여있었고
그들 허리에는 뱀 꼬리와 머리가 꿈틀거렸으며
앞쪽에도 뱀들 아가리가 뒤엉켜 있었다.

97 그런데 갑자기 뱀 한 마리가
언덕 위에 있던 망령에게 달려들어
그의 목과 어깨를 물어뜯었는데,

100 사람이 O자와 I자를 제아무리 빨리 쓴다 해도
그 죄인의 몸이 불에 타 재가 되어
고스란히 스러지는 것보다는 빠르지 못하겠더라.

103 그리고는 재가 땅에 떨어져
가루가 되었다가 순식간에 다시 뭉쳐
이전 모습을 회복하는 것이었다.

106 현자賢者들이 말하는바
죽었다가 오백 년이 가까워지면
다시 살아난다는 불사조처럼,

109 일생 곡식과 풀은 먹지 않고 오직 향과 아모모의
물방울만 먹고 살다가 죽을 때 나르드와 몰약으로
제 몸을 감싼다는 그 새와 같이 그 죄인도 그러했다.

112 또 악령의 역사로 숨통을 옥죄는 발작이 일어나
땅바닥에 엎드러져 뒹구는 사람이
안정을 되찾은 후에 어찌 된 영문인지도 모르고

115 일어나서 자신이 겪은
고통 때문에 사방을 두리번거리다가
탄식의 한숨을 몰아쉬는 것처럼,

118 다시 일어난 죄인이 그러했는데 복수를 위해
이러한 벌을 예비하신 오, 위대한 권능이시여!
참으로 지엄하신 분이시로소이다.

121 길잡이가 그에게 누구냐고 묻자
그가 대답하길, "나는 얼마 전 토스카나에서
이 사나운 골짜기로 떨어졌나니,

124 나는 노새처럼 사생아로 태어나서
짐승처럼 산 반니 풋치로다. 죄악의 도시
피스토이아는 내가 살기에 좋은 고장이었노라."

127 내가 스승에게 청하길, "저에게 도망치지 말라 하시고,
무슨 죄 때문에 이곳에 처박혔는지 물으소서.
피와 분노로 가득 찬 저놈을 본 적이 있나이다."

130 그가 내 말을 듣고는 부인하지 못하고
나를 세심하게 살피더니 한심한 표정을
지으며 말하길,

133 "내가 이 비참한 모습을
네게 보이는 것이 차라리
내가 목숨을 빼앗길 때보다 더 고통이로다.

136 내가 성당의 성물聖物을
제의실祭衣室에서 훔쳐 이곳에 왔나니,
너의 말을 부인할 수 없도다.

139 나는 또 죄를 남에게 덮어씌웠노라.
그런데 네가 이 어두운 곳을 벗어난다 해도
여기에서 본 것들을 즐길 수만은 없으리니,

142 이는 내가 너에게 전하는 말 때문이로다.
앞으로 피스토이아에서는 흑당이 무너질 것이지만
피렌체는 흑당으로 풍속이 새롭게 되리라.

145 군신軍神 마르스Mars는 먹구름에 감긴
발 디 마그라에서 열기를 이끌고 와
피렌체에서 회오리바람을 일으키리니,

148 피체노 벌판에서 싸움이 벌어질 것이고
갑자기 마르스가 구름을 찢어
백당의 무리는 깊은 상처를 입게 되리라.

151 내가 미리 말하노니 너는 너무 아파하지 마라."

• 1~51

두 시인이 도둑들이 벌 받는 일곱 번째 굴로 향한다.

길잡이가 마음을 다잡으며 단테가 심기일전하여 힘을 낸다.

가파른 곳을 오르는 단테가 지친 것을 보며 스승이 격려한다.

사람이 나태하면 세상에 아무런 업적을 남길 수 없음을 말한다.

스승의 말에 새롭게 각성한 단테가 힘을 내서 걸음을 재촉한다.

말레볼제는 '사악'이란 말과 '구덩이'란 말의 합성어로 여덟 번째 지옥을 가리키며 열 개의 굴로 나누어져 있는데, 일련의 돌다리가 아래를 향해 있고 그곳에서 각양 죄인들이 죄의 양상에 따라 벌을 받는다.

• 52~102

일곱째 굴속에 있는 무시무시한 뱀들이 도둑들을 괴롭힌다.

세상에서 볼 수 없는 끔찍한 장면이다.

뱀이 사람의 증오의 대상인 것처럼 도둑도 그렇다.

도둑질을 일삼던 자들이 벌거벗은 모습으로 고통을 당한다.

흉측하고 교활한 수많은 도둑들이 겁먹은 몰골로 핍박을 당한다.

한 획 자인 O자와 I자를 쓰듯이 죄인들이 신속하게 불타버린다.

• 103~151

반니 푹치는 피스토이아의 귀족 출신으로 사생아였다.

두 명의 공모자와 함께 성당에서 보석과 성모 상像을 훔쳤다.
이 물건을 맡아 보관하던 자가 들통이 나서 처형당하자 그가 자수했다.
단테는 백당이었고 반니 풋치는 흑당의 당원으로 서로 적이었다.
피스토이아는 기벨리니 당의 근거지로 단테가 이 도시를 싫어했다.
피스토이아에서는 백당에 의해 흑당이 추방되지만, 피렌체는 흑당에 의해 백당이 쫓겨날 것을 반니 풋치가 말하므로 단테가 고통을 느낀다.

제25곡

공공의 재화를 도둑질한 자들

1300년 3월 27일 부활주간 토요일 정오다.

반니 푸치가 하늘을 향해 손가락질을 하며 하나님을 모독한다. 공공의 물건을 도둑질한 자들이 뱀과 사람의 모양을 하고 있다가 이상한 형태로 변한다. 남의 물건을 훔친 자들이 서로 상처를 주다가 뱀이 된다.

1 반니 푸치가 말을 마치고는
하늘을 향해 손가락질하며 외치길,
"하나님아, 이거나 먹어라. 네게 이걸 주마."

4 그때부터 뱀들이 나의 벗이 되었나니,
뱀 한 마리가 그의 목을 휘감으며 말하길,
“네놈의 목소리가 너무 싫다.”

7 다른 뱀들도 머리와 꼬리로
그놈의 두 팔을 칭칭 감아서
꼼짝도 못 하게 했다.

10 아, 허물 많은 도시 피스토이아여!
너는 죄를 짓는 데는 네 조상을 앞서건만
어찌 재가 되어 스러지지 아니하는가?

13 지옥의 둘레를 돌고 돌며
하나님 앞에서 이렇게 거만한 놈을 보지 못했나니,
테베 성벽에서 떨어진 카파네우스도 너만은 못했도다.

16 그놈이 더 이상 말을 못 하고 도망치는데,
그 모습을 본 켄타우로스가 분에 겨워 쫓아가며
“이놈아, 어디로 가느냐?” 하더라.

19 내가 짐작하건대 마렘마에 있는 뱀들을 모두 모아도
뒤쫓는 켄타우로스 엉덩이에 있는 독사들보다는
많지 못할 것 같았다.

22 또 그의 목덜미에는 날개를 활짝 편
용 한 마리가 도사리고 앉았는데,
그 용이 마주치는 망령들을 향해 불을 품었다.

25 스승이 말하길, "저놈이 카쿠스다.
아벤티누스 산의 동굴에 살며 짐승들을 훔쳐 먹어
그곳을 여러 번 피의 호수로 만들었노라.

28 저놈이 다른 켄타우로스들과 함께
일곱 번째 지옥에 있지 않고 여기에 있음은
사기를 쳐 주변 가축들을 도둑질했기 때문이로다.

31 결국 소 주인 헤라클레스의 몽둥이를 맛보고
못된 버릇을 멈췄는데, 저놈이 백 번을 맞았지만
열 대를 맞고 죽어 나머지는 느끼지 못했노라."

34 스승이 말하는 동안 카쿠스가 떠났고
우리 곁으로 세 망령이 다가와서
"너희들은 누구냐?"라고

37 물을 때까지 나는 아무것도 몰랐다.
우리는 이야기를 멈췄고
내 관심은 오직 그들에게 있었는데,

40 나는 그들이 누군지 알 수 없었으나
우연한 일은 언제나 우연히 일어나듯
그들 중 하나가 이름을 불렀다.

43 "치안파, 이놈이 어디로 간 거야."
내가 스승을 향해 손가락을 입술에 대며
조용히 할 것을 주문했다.

46 독자들이여, 내 말이 믿기지 않을지라도
놀라지 말지니, 사실 보는 나도
보이는 것들이 믿기지가 않았노라.

49 내가 눈을 치켜뜨고 있었는데,
치안파가 발이 여섯 개 달린 뱀으로 변해
셋 중 한 놈에게 달려들어 그의 몸을 휘감고는,

52 가운데 발로 그의 배를 돌돌 감고
앞발로는 두 팔을 움켜쥐더니
이어서 두 뺨을 이리저리 물어뜯었다.

55 그리고는 뒷발로 허벅지를 짓누르며
꼬리를 사타구니 사이에 집어넣어
허리를 휘감고는 뒤로 내뻗는 것이었다.

58　그 흉측한 뱀이 자기 몸뚱이로
한 놈을 휘어감은 모습이 정녕 담쟁이덩굴이
나무를 얽어맨 것보다 더 심했는데,

61　마치 뜨거운 초가 촛농으로 흘러내리듯
두 몸이 서로 엉키며 색깔이 뒤섞이더니
이전 모습이 다 사라지더라.

64　그것이 마치 종이가 불꽃 앞에서
누런빛으로 변하다가 미처 시커멓게 되기도 전에
하얀빛이 사라지는 것과 같았다.

67　다른 두 놈이 그 모습을 보며 소리치길,
"아, 아뇰로야, 너 왜 이렇게 변하는 거야?
넌 지금 하나도 아니고 둘도 아니로다."

70　두 개의 머리가 벌써 하나가 되었고,
두 형체도 뒤섞여 하나로 바뀌며
두 얼굴이 합쳐졌다.

73　두 팔은 이상하게 생긴 네 개의 가지로 변했고
다리와 허벅지와 배와 가슴은
일찍이 본 적이 없는 모양으로 바뀌었는데,

76 이전 모습은 온데간데없이 사라져
뒤바뀐 형상은 둘이면서도 아무것도 아닌듯한
모양이 되어 앞으로 나아갔다.

79 그때 한여름 불볕 같은 무더위 속에서
울타리를 넘어 한길을 가로질러
내달리는 도마뱀처럼

82 후추 씨 같은 까만 새끼 뱀 하나가
잔뜩 골이 나서
다른 두 망령의 배를 향해 돌진하더니,

85 둘 중 하나에게 달려들어
사람이 태어나 처음 영양을 공급받는 부분을
꿰뚫어 버리자 그가 나자빠지더라.

88 배꼽이 뚫린 자가 뱀을 보며 아무 말 없이
굳어버린 다리를 만지며 하품을 했는데,
열병으로 잠에 취한 모습이었다.

91 그와 뱀이 서로를 보고 있었고
망령은 상처에서, 뱀은 아가리에서
짙은 연기가 터져 나오며 두 기운이 부딪쳤다.

94 뱀에게 물려 죽은 불쌍한 사벨로와 낫시디오에
대하여 이야기한 루카누스여!
이제 입을 다물고 내 하는 말에 귀를 기울이라.

97 오비디우스여! 당신은 카드모스와 아레투사에 대해
말을 삼가라. 당신이 사내는 뱀으로, 여자는 샘으로
바꾸어 노래했지만 나는 시기하지 않노라.

100 이는 당신들이 저들 형체의 거죽은
바꿔 놓을 수 있었지만 여기에서처럼
두 형상의 본질은 바꾸지 못했기 때문이로다.

103 그들이 서로 응수하여 변신함이 다음과 같았나니,
뱀은 자기 꼬리를 갈라 꼬챙이를 만들었고
죄인은 두 다리를 하나로 합쳤는데,

106 죄인의 두 다리와 허벅지가 저절로
착 달라붙으며 이어진 부분엔
아무런 흔적도 남지 않았다.

109 갈라진 뱀의 꼬리는 사라져 버린
죄인의 발과 다리로 변했으며
자기 살결은 부드럽고 남의 살은 딱딱했는데,

112 죄인의 두 팔은 겨드랑이 속으로 들어가
뱀의 앞발이 되고, 짤막한 뱀의 앞다리가 자라나
죄인의 두 팔이 되었다.

115 그리고는 뱀의 뒷발이 서로 얽히더니
사내들이 감추는 생식기로 변했고,
망령의 뒷다리는 가련한 뱀의 두 다리가 되었다.

118 연기가 두 놈을 뒤덮으며
털이 없는 놈은 털로 뒤덮였고
다른 놈은 털이 다 뽑혔다.

121 결국 한 놈은 일어서고 다른 놈은 바닥에 나자빠졌지만,
그들이 서로 시선을 피하지 않고는
그렇게 계속 몰골을 바꾸더라.

124 서있는 놈이 관자놀이께로 주둥이를 끌어당기니
그리로 밀린 살들에서 귀가 돋아나와
반반했던 볼 위에 오뚝하였고,

127 또 뒤로 내닫지 않은 살점들은
얼굴에 코를 지으며
적당한 정도의 입술도 만들었다.

130 주저앉은 놈이 입을 앞으로 내밀며
귀를 대가리 안으로 잡아당기고 있었는데,
마치 달팽이가 더듬이를 숨기는 것과 같았다.

133 나누어지지 않아 말할 수 있었던 혓바닥이
갈라졌고, 다른 놈의 찢어졌던 혀는 겹쳐져
하나가 되며 연기가 사라졌다.

136 짐승이 되어버린 망령이 씩씩거리면서
골짜기로 도망쳤고 다른 놈은
침을 뱉고 쫑알거리면서 뒤를 쫓는데,

139 그놈이 새로 생긴 어깨를 돌리며
다른 놈에게 말하길, "부오소란 놈도 나처럼
이 계곡을 뱀같이 기어가기를 원하노라."

142 내가 일곱 번째 구렁에서 망령들이
바뀌고 또 바뀌는 것을 보았는데,
본 것들을 다 드러내기엔 역부족이로다.

145 그때 내 눈이 몹시도 침침했고
내 생각도 너무 혼란스러웠지만
그러나 그놈들이 나를 속일 수는 없었나니,

148 처음 나에게 왔던 세 놈 중 유일하게
변신하지 않은 놈이 피렌체의 도둑
풋치오 시안카토임을 내가 알았다.

151 또 한 놈은, 가빌레 마을이여, 너를 울게 한 카발칸티로다.

• 1~48

두 시인이 도둑들이 벌 받고 있는 일곱 번째 굴에 와있다.
성 세노네 성당의 보석을 훔친 반니 푸치가 하늘을 향해 손가락질을 하며 하나님을 불경스럽게 모독한다.
뱀들이 그의 목과 팔을 칭칭 감고는 꼼짝도 못 하게 만든다.
피스토이아와 피사는 기벨리니 당의 근거지로 단테가 혐오하던 도시다.
전설에 이 도시는 로마를 반역한 카틸리나 장군이 건설했다 전해진다.
마렘마는 해안의 습지이기 때문에 뱀이 많이 서식하는 곳이다.
카쿠스는 불카누스의 아들로 아벤티누스 산을 넘던 헤라클레스가 잠든 사이에 그의 소를 훔쳤다. 이를 안 헤라클레스가 카쿠스를 죽였다.
치안파가 뱀으로 변하여 아뇰로에게 달려들어 그의 몸을 휘감는다.

• 49~102

단테와 베르길리우스가 도둑질을 일삼은 자들을 만난다.
공공의 물건을 도적질한 자들이 사람과 뱀의 형상을 가지고 벌을 받는다.
개인의 물건을 훔친 자들이 뱀과 몸을 바꾼다.
남의 물건을 훔친 자들이 자신의 몸뚱이를 계속 빼앗긴다.
아름다운 성물을 훔친 도둑들이 뱀에 물린 뒤 불에 타서 재가 된다.
신성을 모독한 자들이 이 땅에서 흔적도 없이 사라지길 원한다.

아놀로는 피렌체 명문 가문 출신으로 권력을 이용해 공금을 횡령했다.
부오소 도나티도 유명한 도둑이었다.
루카누스는 네로 시절의 시인으로 《파르살리아》란 서사시를 남겼다.
그 내용 중 카토 장군의 부하인 사벨로와 낫시디오가 리비아 사막에서 뱀에게 물려 그 독으로 사망했다 적었다.
오비디우스는 로마의 시인으로 《변신》의 저자이다.
그곳에 등장하는 카드모스는 테베의 왕자로 뱀으로 변신했으며, 달의 신을 섬기던 아레투사는 강의 신 알페이오스의 사랑을 받았으나 그를 피하려 기도하여 샘이 되었다.

• 103~151

남의 재산을 훔쳐 제 것으로 삼은 도둑들이 지옥에서 자기 몸을 빼앗긴다.
단테가 여기에서 목격한 죄인들의 변신은 루카누스가 이야기한 변신보다 더 놀랍고, 오비디우스가 《변신》에서 노래한 것보다 더 깊다 한다.
뱀과 사람의 몸에서 연기가 피어올라 서로 부딪치며 본체를 바꾼다.
뱀은 사람이 되고 사람은 뱀이 되어 서로서로 형체를 갖춘다.
풋치오 시안카토 역시 갈리가이 가문 출신의 도둑이다.
가빌레는 발다르노 지역의 촌락인데, 이곳 사람에게 카발칸티가 살해당하므로 그의 추종자들이 그에 대한 복수로 이 지역 주민들을 죽였다.

제26곡

사기와 인간 의지의 무모한 남용

1300년 3월 27일 부활주간 토요일 정오쯤이다.

여덟 번째 굴에서 단테가 지옥에서도 유명세를 탄 피렌체의 현실을 반어적으로 풍자한다. 사기를 일삼던 권력자들과 본분을 망각하고 강한 의지를 발휘하여 살려 했던 자들을 불꽃이 뒤덮는다. 사람의 혀가 불이 되어 인생을 불사른다.

1 오, 기뻐하라 피렌체여! 위대한 네가
날개를 활짝 펴고 바다와 대륙을 넘어
이 지옥에까지 명성을 떨치고 있나니,

4　내가 여기에서 만난 도둑들 중
너의 시민이 다섯이나 되었으니
참으로 자랑스러운 일이로다.

7　그러나 내 새벽녘 꿈이 참되다면
너에게 예속된 프라토 주민들이
무엇을 갈망하는지를 곧 알게 되리라.

10　네가 이제야 그들 불만을 알게 되었다 해도
너무 늦었나니, 마땅히 미리 간파했어야 했도다.
늙어 고향의 재앙을 보는 것은 큰 고통이로다.

13　우리가 일곱 번째 굴을 떠나
조금 전 내려왔던 돌계단을 다시 오르며
길잡이가 내 손을 잡아주었는데,

16　그러나 바위와 돌을 의지 삼아 버티는 것이
너무 힘겨워 고뇌가 사무쳤나니,
그곳은 발로 오를 수 있는 길이 아니었다.

19　이제 내가 거기에서 본 죄인들을 생각하며 슬프고,
다시 그때를 돌이키는 내 마음이 괴롭도다.
그래서 나는 내 재능을 남용하지 않으려 하노니,

22 오직 덕의 가르침을 외면하지 아니하고
행운의 별이나 신의 은총으로 인한 내 지성을
잘못 사용하지 않으려 날마다 각성하노라.

25 온 누리를 비추는 태양이
자신의 얼굴을 덜 가리는 여름철
파리가 모기에게 밀려나는 시간에,

28 언덕에서 휴식을 취하는 농부가
포도송이 익어가는 골짜기를 날아가는
반딧불을 바라보듯이,

31 내가 여덟 번째 굴의 바닥에서
그렇게도 많은 불꽃들이
주변을 환하게 비추는 것을 보았다.

34 곰들을 불러 아이들에게 복수한 엘리사가
회오리바람에 실려
하늘로 날아오르는 엘리야를

37 눈으로 계속 좇으려 하나
치솟는 구름과 같은 불 수레와 불 말이
스승을 볼 수 없게 만든 것처럼,

40 수많은 불꽃들이 구렁의 어귀를 지나며
죄인들을 감싸 안았는데,
한 불꽃이 도둑 하나를 안아서 감추더라.

43 다리 위에서 그 모습을 보면서
바위에 기대어 의지하지 않으면
추락할 수 있어

46 조심하는 나에게 길잡이가 이르기를,
"사기를 일삼던 망령들이
타오르는 불꽃에 태워지고 있도다."

49 내가 말하길, "스승이시여,
당신 말씀을 미리 짐작을 했습니다만
더 묻고 싶은 것이 있나이다.

52 에테오클레스가 동생과 함께
장작더미에서 불탈 때 불꽃이 갈라진 것처럼
저 분리된 불꽃 속에 있는 자들은 누군지요?"

55 그가 대답하길, "저 속에서 오디세우스와
디오메데스가 고통을 당하노니, 저들이 함께
트로이를 약탈하는 계략을 짰기에 벌도 같이 받노라.

58 저들은 불꽃 속에서 로마의 고귀한 조상
아이네이아스로 트로이를 떠나게 만든
목마의 복병들을 한탄하고 있고,

61 또 아킬레우스를 사랑한 데이다메이아를
죽게 만든 자기들의 꾀를 후회하며, 트로이의 안전을
지켜주던 미네르바 상像을 훔친 벌도 받는 도다."

64 내가 이르기를, "불꽃 속에서 저들이
말할 수 있다면 나의 스승이시여!
거듭거듭 수천 번이라도 부탁을 드리오니,

67 뿔처럼 타오르는 불꽃이 이곳에 이르기까지
기다려 달라는 저의 청을 물리치지 마소서.
저들을 향한 간절함을 헤아려 주옵소서."

70 그가 말하길, "너의 청함은
바람직한 것이기에 내가 허락하노라.
그러나 너는 혀를 거두고 잠잠하여라.

73 네가 원하는 바를 알았으니
내가 말을 걸리라.
저들은 그리스 출신이기에 너의 언어를 꺼리노라."

76 불꽃들이 우리 곁으로 다가왔을 때
나의 길잡이가 다음과 같이
말을 건넸다.

79 "하나의 불꽃 속에 둘이 머무는 자여,
나 베르길리우스가 살았을 때에
세상에 남긴 공로가 인생들에게 도움을 주었고

82 유익을 끼친 것을 인정한다면,
여기에 머물러 그대들이 세상에서
무엇을 찾아 헤매다 이곳에 왔는지 말해주오."

85 그러자 오디세우스가
중얼거리면서 타오르기 시작했는데,
그 모습이 바람에 흔들리는 불꽃 같았고,

88 또 말하는 혀가 그런 것처럼
불꽃이 끄트머리를 이리저리 내저으며
소리를 내보내더라.

91 "아이네이아스가 그곳을 가에타라고 부르기 전에
나는 거기에서 일 년도 넘게 나를 숨겨주었던
치르체 곁을 떠나려 했다오.

94 자식에 대한 사랑과 늙은 아비에 대한 효심과
아내 페넬로페를 기쁘게 하려는
나의 변함이 없는 애정도,

97 세상에 대한 호기심과 인간이 버려야 할 악덕과
추구해야 할 가치를 찾으려는 내 흔들림 없는
열정과 의지를 빼앗을 수는 없었소.

100 그래서 나는 함께 하는 무리와
한 척의 배를 타고서
넓고 깊은 바다를 향해 나아갔다오.

103 우리는 멀리 에스파냐와 모로코의 언덕과
파도에 맑게 씻기는
사르데냐의 여러 섬들을 탐험했소.

106 어느덧 나와 동료들의 눈은 흐려졌고
점점 늙어갔으며, 마침내 우리가 헤라클레스가
인생들로 넘지 못하도록 표식을 꽂아놓은

109 지브롤터 해협의 비좁은 어귀에 도착했다오.
우리는 오른쪽으로는 세빌랴를 지나왔고
반대편 세타도 거쳐왔소.

112 내가 그때 이렇게 외쳤다오. '오, 형제들이여!
우리는 수많은 위험을 무릅쓰고 서쪽 끝에 당도했소.
비록 우리의 생의 감각이

115 조금밖에 남아있지 않을지라도
태양을 좇아서 사람이 살지 않는 세계를 찾아가려는
우리 의지를 버릴 수는 없다오.

118 또 사람으로 태어난 우리가
금수처럼 살아갈 수는 없기에
인간의 덕과 지혜도 포기할 수 없소.'

121 내가 짧게 연설을 마쳤을 때 내 벗들이
충천한 의욕을 불태우므로 그들의 서두름을
막을 수 없었다오.

124 우리는 뱃머리를 해가 뜨는 동쪽으로 돌리고는
미친 듯 파닥거리는 새의 날개처럼
노를 저어 왼쪽으로만 나아갔소.

127 밤이 되며 남극의 별들을 볼 수 있었지만
우리가 사는 반구半球의 별들은 무던히도 낮아져
수면 위로 솟지를 못했다오.

130 우리가 인간의 분수를 망각하고
무모하게 깊은 곳으로 들어가기를
달이 다섯 차례나 부풀어 올랐다 꺼져버렸소.

133 드디어 멀리에서 희미하게 정죄淨罪 산이
드러났는데, 그것이 어찌나 높이 솟았던지
내가 일찍이 그런 산은 본 적이 없었다오.

136 우리 모두가 그토록 기뻐했건만
그 감격이 한순간 통곡으로 변했나니,
갑자기 낯선 곳에서 풍랑이 일어 뱃머리를 덮쳤다오.

139 거친 풍파에 배가 세 바퀴를 돌더니
네 번째 흔들리며 선미가 위로 치솟았고,
그리고는 배가 바닷속으로 푹 꺼지며

142 거센 파도가 우리를 삼켜버렸소."

• **1~51**

단테가 일곱 번째 구덩이에서 피렌체 출신을 다섯 명이나 만난다.
피렌체의 유명세가 지옥에까지 알려진 사실을 반어적으로 풍자한다.
지도자들이 주민들의 불만을 간과하므로 백성들이 그들을 저주한다.
이스라엘의 선지자 엘리야는 하늘에서 홀연히 불 수레와 불 말이 회오리바람처럼 임하여 하늘로 승천하였다.
엘리사가 스승의 그런 모습을 보며 "나의 아버지여, 나의 아버지여, 이스라엘의 병거시며 기병이시여!" 왕하2:11, 12라고 외쳤다. 이후 하나님께 기도해 갑절의 영감을 받은 엘리사가 베델로 갈 때 아이들이 성에서 나와 "대머리여 올라가라. 대머리여 올라가라." 왕하2:23며 조롱했다.
세상 사람들이 하늘이 부여한 재능을 악용하여 지옥에서 벌을 받는다.
불꽃이 죄인들을 덮어버린다. 사람의 혀가 불이 되어 인생을 불태운다.
"혀는 곧 불이요 불의의 세계라. 혀는 우리 지체 중에서 온몸을 더럽히고 생의 바퀴를 불사르나니 그 사르는 것이 지옥 불에서 나느니라." 약3:6

• **52~90**

여덟째 굴엔 사기를 일삼던 집정관들이 벌을 받고 있다.
오이디푸스의 아들 에테오클레스가 동생과 교대로 나라를 다스리기로 했다.

형이 약속을 어겼고 동생 폴리네이케스가 장인과 함께 형을 공격했다.
전쟁 중 두 사람이 다 죽었고 두 시체를 함께 화장을 했다.
타오르는 불꽃마저 갈라졌고 지옥에 와서도 영혼이 분리되어 타오른다.
이곳에 트로이를 약탈하려 목마 계략을 쓴 오딧세우스와 디오메데스가 있다. 두 사람이 상인으로 변장하여 스키로스 섬을 찾아가 아킬레우스를 설득하여 전쟁에 가담시켰고, 아킬레우스의 아이를 임신한 데이다메이아가 이별이 너무 슬퍼 자살한다.
하나님의 진노의 불꽃이 두 사람의 영혼을 품고 타오르고 있다.
하나님으로부터 부여받은 인간의 본분을 망각하고 남용한 자들이 벌을 받고 있다.

• 91~142

단테가 오딧세우스를 만나는 것을 스승에게 간절하게 부탁한다.
그리스 사람들은 다른 곳 출신을 무시하기에 베르길리우스가 말을 건다.
그가 오딧세우스에게 마지막 항해와 죽음에 대하여 묻는다.
오딧세우스가 망설임 없이 항해 일정과 자신의 경험을 말한다.
결국 하나님께서 부여한 인간의 분수를 망각하고 자신의 강렬한 의지를 발휘하여 도전적으로 살려 했던 고백을 통해 하나님께 부여받은 인간 재능의 무모한 남용을 경계하고 있다.

제27곡

권모술수를 행한 자들

여덟 번째 지옥의 여덟 번째 구렁엔 자신의 계략에 자기가 걸려든 죄인들이 있다. 그들 중 속임수에 능했던 구이도 다 몬테펠트가 있는데, 그는 전쟁할 때 권모술수와 잔꾀를 구사하여 적을 격파하던 자다. 그가 인생의 닻을 내릴 무렵 자신의 허물을 깨닫고 회개하지만 다시 교황의 감언이설에 속아 무서운 계략을 짜낸 일을 고백한다.

1 잠잠하던 불꽃이 위로 솟아오르며
미소 짓는 시인에게 인사를 하고는
멀어져 갔는데,

4 그때 이상한 소리를 내며
뒤따라오던 불꽃 하나가
우리 시선을 사로잡았다.

7 사람이 만든 시칠리아 황소가
자기 몸을 주조鑄造하고 줄로 다듬은 자의 통곡을
자신의 첫울음으로 삼았다 하는데,

10 그리하여 놋쇠로 만든 황소에게서 흘러나오는 신음이
그 안에서 찢김을 당한 조각가의 고통을
더욱 사무치게 했던 것처럼,

13 불길 속에서의 울부짖음은
헤어날 길도 나갈 구멍도 찾지 못하고
다만 불이 바람에 흔들리는 소리로 들렸다.

16 그리하다 그 소리가 길을 찾아
불꽃의 끝에 이르며 죄인의 혀가 만들어 내는 떨림이
말소리가 되어 나오더라.

19 "내 말을 듣는 자여,
지금 그대가 내 고향 롬바르디아 말로
'자, 가거라. 너를 귀찮게 하지 않겠노라.'고 했다오.

22 비록 내가 조금 늦었다 하여
나와 말하는 것을 꺼려하지 말지니,
내가 이렇게 불타고 있음을 그대가 보도다.

25 만일 그대가 온갖 죄악이 범람한
저 아름다운 도시 라틴으로부터
이 어둠의 세계로 온 것이라면,

28 로마냐 사람들이 평화롭게 지내고 있는지
아니면 아직도 서로 반목하는지 말해주오.
나는 우르비노와 테베르 강 사이에서 살았소."

31 내가 고개를 숙이고 마음을 가다듬고 있었는데
스승이 내 옆구리를 찌르며 이르기를,
"이자는 라틴 출신이니 네가 말하라."

34 그리하여 내가 그자의 물음에
거리낌 없이 말을 시작했다.
"오, 불꽃 속에 숨어있는 넋이여!

37 그대의 로마냐는 예나 지금이나
폭군들로 인해 전쟁이 끊이질 않나니,
내가 그곳을 떠날 때도 그러했다오.

40 라벤나는 예전 그대로 폴렌타 가문의
독수리 문장紋章이 품고 있고
체르비아 마을도 그 날개로 감싸고 있소.

43 오랜 시련으로 프랑스 사람들의
핏자국이 서려있는 포를리 지방은 다시
녹색 사자 발톱 아래 놓여있고,

46 몬타냐를 옥사하게 만든 베룩키오 성城의
나이든 사냥개와 젊은 사냥개는 대를 이어
송곳 같은 이빨을 드러내고 있다오.

49 라모네 강과 산테르노 강 옆의 도시들은
여름과 겨울에 당적을 이리저리 바꾼
흰색 새끼 사자가 이끌고 있고,

52 사비오 강이 옆구리를 적시는 체세나는
들녘과 산 사이에 자리를 잡고 있듯이
폭정과 자유 사이를 넘나들고 있소.

55 이제 청하노니 그대가 누군지 말해주오.
그대 이름이 세상에 길이 남기를 원한다면
내가 그대를 맞이한 것보다 더 친절해야 하리다."

58 한참동안 불꽃이 제 버릇대로 타오르며
날카로운 혀를 이리저리 휘두르더니
이내 한숨을 내쉬며 말하길,

61 "내 말을 듣는 그대가 다시 세상으로
돌아가는 것이 확실하다면
내가 나풀거리면서 말하지 않을 것이지만,

64 그러나 이 깊은 바닥에서 산 채로
돌아간 자를 내 한 번도 본 적이 없기에
내 불명예를 두려워하지 않고 말하리다.

67 나는 무사로 살다 말년에 수도사가 되었소.
허리에 띠를 질끈 동여매고는 속죄에 전념했고
자라는 믿음을 느낄 수 있었소.

70 그러나 나를 다시 죄악으로 밀어 넣은
저 벼락 맞을 목자를 만나게 되어
내가 또다시 악의 길로 빠졌다오.

73 어머니가 주신 뼈와 살의 형체를
지니고 사는 동안
나는 늘 사자가 아닌 여우처럼 행동했소.

76 온갖 모략과 술수에 능했기에
내 재주에 관한 소문은 세상 끝에까지 퍼져
나를 모르는 사람이 없을 정도였다오.

79 그러나 내 나이가
인생의 돛을 거두고 닻을 내려야 할 때가
되었음을 깨달으면서

82 즐기던 일들이 싫증이 났소.
그래서 지난날을 회개하며
그대로 구원에 이를 수 있기를 간절히 바랐다오.

85 그런데 새로운 바리새인들의 왕자가 등장해
자신의 궁전인 라테라노에서 전쟁을 구상하고 있었는데,
그 상대는 사라센이나 유대인이 아니었소.

88 또 이슬람이 차지한 아크리와 술탄 땅의
장사치를 치려는 것도 아니었고
그의 적은 기독교도였다오.

91 그는 자신의 거룩한 직분을 돌아보지 않고
또 금욕과 단식으로 삐쩍 마른
내 허리를 동여맨 끈을 헤아리지 아니하고,

94 콘스탄티누스가 자신의 문둥병을 고치려고
시라티 산속의 실베스테르를 찾아간 것처럼
그자는 나를 의원인 양 생각해

97 권력을 향한 자기 열병을 치유해 달라 했다오.
그가 내 도움을 청했지만
나는 그가 오만한 자인 것을 알고 침묵했소.

100 그러자 그가 나에게 '의심하지 말라.
이제 그대 모든 죄를 내가 사해주리니
페네스트리노를 어떻게 칠 것인지를 가르치라.

103 그대가 아는 바와 같이
나는 하늘 문을 열고 닫는 두 개 열쇠를 가졌나니,
내 전임자는 그것을 사용치 못했노라.'

106 결국 교황의 힘의 논리가 나를 움직이며
침묵은 최악의 결과를 초래할 것 같아
내가 말했다오. '아버지여,

109 죄악에서 저를 건져주시어 아뢰노니
약속은 너그럽게 하시고 행동은 짧고 단호하게 하시면
높은 보좌에서 승리를 거두시리이다.'

112 후에 내가 죽었을 때 스승 프란체스코가
나를 영접하려 왔지만 검은 천사 한 놈이 내려와
그를 막으며 '못 데려가오. 내가 저를 포기할 수 없소.

115 저놈은 남을 속이는 조언을 했기에
우리에게 와야 마땅하다오.
내가 저놈의 머리채를 움켜쥐리니,

118 뉘우침이 없이는 죄를 씻을 수 없고,
또 회개하고 다시 치명적인 죄악을 범한 것은
서로 모순되기에 용납될 수 없다오.'

121 아, 괴롭다 이 몸이여! 그놈이 나를 움켜쥐고 말하길,
'네놈은 내가 논리정연하리라는 생각을 못 했으리라.'
내가 그때 얼마나 떨었는지 모른다오.

124 그가 나를 지옥의 수문장에게 끌고 갔나니,
미노스가 내 몸에 자기 꼬리를 여덟 번 감고는
불같이 화를 내면서 물어뜯고 하는 말이,

127 '이놈은 불의 족속이 되어야 할
도둑이로다.' 그래서 내가 이곳에 와서
이 고통스러운 불 옷을 입고 있다오."

130 그가 말을 마치며
불꽃의 뾰쪽한 끝을 비비 꼬고는
펄럭거리면서 슬프게 사라지더라.

133 우리가 돌로 된 둔덕을 지나서
둥그런 다리 위에 이르렀는데,
그 아래 구렁에서 수많은 무리가

136 이간질로 인한 죗값을 치르고 있었다.

• 1~45

오딧세우스의 넋이 사라지고 다른 불꽃이 다가온다.
시칠리아의 황소를 연상케 하는 불꽃의 울음소리가 들린다.
시칠리아 섬의 폭군 팔라리데가 아테네의 조각가 페릴루스를 시켜서 청동으로 황소를 만들게 하여 그 속에 죄인들을 집어넣고 불태워 죽였다.
그런데 첫 번째 희생자가 바로 그 황소 상을 만든 페릴루스였다.
단테는 이곳에서 자기 계략에 자신이 걸려든 죄인들을 보여준다.
롬바르디아는 베르길리우스 고향이며, 불꽃은 구이도 다 몬테펠트다.
그 당시 로마냐에 속한 도시는 라벤나와 체세나. 포를리와 리미니였다.
단테가 로마냐를 떠난 해는 1300년이었으며, 방랑생활을 하다가 라벤나에서 자신의 마지막 삶을 보냈다. 단테가 라벤나에 있을 때 구이도 다 폴렌타가 영주였으며, 그가 단테에게 은혜를 베풀었다.
그곳에 단테의 무덤이 있다.
포를리 지방은 기벨리니 당파가 지배했는데, 교황 마르티누스 4세가 그곳을 타도하기 위해 프랑스와 연합하여 공격을 했지만, 오히려 계략에 능했던 구이도 다 몬테펠트에 의해 그의 군대가 패배했다.

• 46~111

단테와 베르길리우스가 불꽃 속에서 망령들을 본다.
단테가 세상으로 돌아가는 것을 모르는 불꽃이 자기 허물을 고백한다.

전쟁을 하면서 온갖 잔꾀와 술수를 부려 전략을 구사했던 것을 말한다.

구이도가 인생의 돛을 내릴 나이가 되면서 자신의 허물을 회개하지만, 그러나 그를 찾아온 교황 보나파티우스 8세의 감언이설에 속아 넘어간다.

그의 조언을 들은 교황이 무서운 묘략을 구사해 끔찍한 결과를 초래했다.

정적이었던 콜론나 가문의 거점인 페네스트리노를 공격해 도시를 파괴한다.

페네스트리노는 로마에서 조금 떨어진 반교황적 콜론나 가문의 요새다.

처음 교황 앞에서 침묵을 지키던 구이도가 교황의 위협에 무릎을 꿇는다.

전설에 콘스탄티누스 대제는 그리스도인을 박해하다가 문둥병에 걸린다.

의사가 아이들의 피로 목욕할 것을 그에게 권했지만, 아이들 부모의 울음소리를 듣기보다는 차라리 자신이 죽겠다고 결심한다.

꿈에 베드로와 바울이 그에게 나타나 박해를 피해 깊은 산속에 은신하고 있는 실베스트로를 찾아가 그에게 안수를 받으라는 계시를 받는다.

그리고는 그를 찾아가서 영세를 받고 치료의 기적을 체험한다.

그가 기독교를 공인AD 313년했고 후에 기독교가 로마 국교가 된다.

교황 보나파티우스 8세의 전임자는 첼레스티노 5세1294년 7월~12월 재위로 도중에 교황직을 사퇴했다.

• **112~136**

구이도가 교황의 보복이 두려워 굴복하며 그에게 술책을 말한다.
반교황적인 기벨리니 당의 콜로나 가문과의 약속은 너그럽게 하고, 약속을 준행할 때는 순식간에 파기하면 된다는 기만적 술책을 제안한다.
구이도가 죽으며 프란체스코가 자기 제자인 그를 천국으로 인도하고자 했으나 지옥 악마가 그의 행적을 논리적으로 따지며 지옥으로 이끈다.
지옥의 수문장인 미노스가 꼬리로 구이도를 8번 휘감는다.

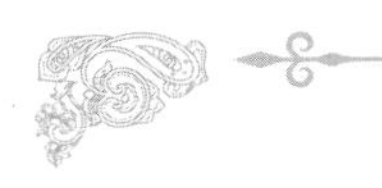

제28곡

이간질로 분열과 불화를 획책한 자들

1300년 3월 27 부활주간 토요일 오후 1시경이다.

단테와 베르길리우스가 아홉 번째 구렁에 도착한다. 이곳에선 분열과 불화를 획책한 무리가 마귀의 칼에 찢겨서 만신창이가 된다. 그들 중 이슬람 창시자인 마호메트와 분파를 이끈 알리가 있고, 또 아버지와 아들을 이간질했던 보르니오 베르트람이 잘린 자기 머리를 청사초롱처럼 받쳐 들고 있다.

1　내가 목격한 피와 상처들을 쉽게 풀어
되풀이하여 말한다 해도
나는 정확히 묘사할 길이 없노니,

4 분명 인간의 언어는 우리가 목도目睹하는
그 엄청난 것들을 담기에는
보잘것없는 그릇이로다.

7 그릇됨이 없는 리비우스의 기록대로
일찍이 복 받은 땅 나폴리를 통해 로마로 들어온
트로이 사람들로 인해 피 흘린 자들과,

10 숱한 가락지를 노획한
포에니 전쟁 때문에 타격을 입어
희생된 생명들과,

13 또 루베르토 구이스카르도에게 대적하여
뼈아프게 죽임을 당한 사람들과,
나폴리 귀족들의 배반으로

16 늙은 알라르도가 맨손으로 쳐 죽여
체페란과 탈리아고초에 묻힌 목숨들을
다 합친다 해도,

19 그리하여 찔려 죽은 자들과 동강이 난 지체들을
다 펼쳐놓는다 할지라도 소름 돋는
이 아홉 번째 굴속에 있는 숫자에는 미치지 못하리라.

22 그들 중 턱에서부터 방귀 뀌는 데까지가
찢긴 놈을 내가 보았는데, 허리와 밑바닥이 갈기갈기
터진 통이라 해도 그와 같지는 못하리니,

25 두 다리 사이에 창자가 매달려 있고
내장은 다 드러났으며, 먹은 것을 똥으로
만들어 내는 축 처진 주머니도 보이더라.

28 그가 나를 향해 두 손으로
가슴을 펼치며 말하길,
"내가 열어 보이노니 봐라.

31 나 마호메트가 어떻게 찢겼는지를.
앞에서 울고 가는 저놈은 회교의 분파를 이끈 알리로다.
턱부터 이마의 머리털까지가 다 갈라졌도다.

34 네가 보는 놈들은
세상에서 분란과 분열을 씨 뿌려
여기에서 이렇게 찢기노니,

37 뒤에서 마귀가 기다리고 있다가
우리가 눈물 골짜기를 한 바퀴 돌고 나면
이 하나하나를 다시 무자비하게

40 갈기갈기 찢어놓느니라.
그리고는 돌아서 다시 그놈 앞에 서기 전에
상처가 다 회복되노라.

43 그런데 저 돌다리에서 나를 보는 너는 누구냐?
아마도 미노스 앞에서 죄를 자백하고
벌 받게 될 일이 두려운 모양이로다."

46 스승이 말하길, "저 사람은 아직 죽음 앞에 서질 않았고,
또 죄의 업보가 저를 이곳으로 이끈 것도 아니로다.
다만 하늘이 이 체험을 저에게 주길 원해

49 죽은 내가 살아있는 저자를 인도하여
지옥의 둘레를 돌고 돌아 여기에 왔나니,
내 하는 말이 진실이로다."

52 구렁에 있는 수많은 망령들이
길잡이의 말을 듣고는 놀라서
고통을 잊고 나를 보더라.

55 "머지않아 다시 태양을 보게 될 자여.
그대는 재산과 아내의 공유를 주장하며 은둔하는
수도사 돌친에게 전해주오. 이곳에 오기 싫으면

58 교황을 돕는 노바라 사람들이
폭설로 인해 앉아서 승리하는 일이 없도록
산속에 넉넉한 식량을 비축해 둘 일이라고."

61 마호메트가 가던 길을 가려고
발을 내딛으려 하다가
내게 이 말을 하고는 영영 떠나버렸다.

64 코에서 눈썹 아래까지가 찢기고
목구멍이 보이며
왼쪽 귀만 남아있는 망령이

67 다른 놈들과 함께
나를 보고 놀라서 입을 열었는데
목에 피가 가득했다.

70 그가 말하길, "오, 아직 벌 받지 않은 자여!
너무 닮아서 내가 속은 것이 아니라면
내 그대를 분명 라틴 땅에서 보았소.

73 그대가 돌아가서 베르첼리로부터
마르카보에 이르는 아름다운 평원을 보거든
이간질하는 피에르 다 메디치나를 잊지 마오.

76 또 파노의 선량한 두 사람
구이도와 안졸렐로에게 전해주오.
앞날에 대한 내 예견이 틀리지 않는다면

79 그 둘은 흉악한 말라테스티노에 의해
배신을 당해 카톨리카 근방에서
배에서 던져져 바다에 잠길 것이라고.

82 키프로스 섬과 마요르카 섬 사이의 지중해 해적들과
그리스 사람들도, 바다의 신 포세이돈마저도
그런 끔찍한 살인은 보지 못했을 것이라고.

85 여기 나와 함께 있는 이자가 다시는 보고 싶지 않은
리미니를 다스리는 그놈은 날 때부터
외눈으로 세상을 보며 배신을 일삼았다오.

88 그 폭군은 그들에게 은밀한 일을 도모하자 청한 후에
모진 풍랑이 두려워 저절로 서원을 다짐하게 되는
포카라 해상에 이르기도 전에 그 둘을 살해할 것이오."

91 내가 묻기를, "이 이야기를 세상에 전하라
하면서 말한, 다시는 리미니를 보고 싶지 않은
그자는 누구요?"

94 그러자 그가 옆에 있는 자의 턱을 쥐고
입을 벌리게 하며 말하길, "그자가 바로
여기 있는 쿠리오인데, 이자는 말할 수가 없소.

97 로마에서 도망쳐 나온 이놈이 망설이는 카이사르에게
'준비된 자가 주저하면 모든 것을 잃는다.'고 말해
그로 루비콘 강을 건너게 했다오."

100 카이사르 앞에서 그렇게도 담대하던 자인데
이제 혀가 잘린 채 무서워 떨고 있던 모습이
지금도 내 눈에 역력하도다.

103 그때 이 손 저 손이 다 잘린 한 놈이
짧은 두 팔로 허공을 내저으며 소리쳤는데,
흐르는 피로 얼굴이 다 젖어있었다.

106 "잘되면 모든 일이 끝난다 했던 내 말과 함께
그대는 나 모스카를 기억할 것이오.
그러나 그 말로 토스카나의 불행이 시작되었소."

109 "그대 집안도 함께 종말을 고했다오."
내가 이렇게 말하자 그가 근심에 쌓여
괴로워하며 미친 사람처럼 사라지더라.

112 내가 거기에 있는 무리를 보는 중에
내 시선을 사로잡는 자가 있었는데,
그때 담대한 양심이 나를 두둔해 주지 않았더라면

115 나는 그놈에게 말을 거는 것조차 망설였으리니,
나를 담대하게 만드는 양심의 갑옷이야말로
나의 진정한 벗이라 아니 말할 수 없도다.

118 내가 분명히 보았고 지금도 보는 것 같노니,
머리 없는 흉상 하나가 슬픈 무리와 함께
내 앞을 지나가는데,

121 그놈이 두 손으로 잘린 머리를
청사초롱처럼 받쳐 들고 가면서 하는 말이,
"아이고, 내 팔자야."

124 자기 머리를 자기 등불로 삼은 몸이
하나이면서 둘이었고 둘이면서 하나이었는데,
어찌 그럴 수 있는지는 오직 벌한 자만이 알리로다.

127 우리가 다리 아래에 도착했을 때
그자가 머리를 높이 치켜들며
나를 향해 외치기를,

130 “숨을 쉬면서 죽은 영혼을 찾아다니는 자여,
내가 받는 이 흉측한 벌을 지켜볼지니,
이보다 더 끔찍한 모습을 본 일이 있는가?

133 그대가 나에 대한 이야기를 전할 텐데
나는 보르니오의 베르트람이라.
젊은 왕자에게 사악한 간언을 올려

136 아버지와 아들을 서로 반목하게 했나니,
다윗과 압살롬을 이간질했던 아히도벨도
나보다 더 악하진 못했으리라.

139 서로 굳게 하나 된 자들을 갈라놓아
몸통에서 머리를 떼어낸 벌을 받고 있노니,
그래서 내가 고달프게 머리를 들고 다니며

142 이렇게 죗값을 치른다오.”

• 1~51

단테와 베르길리우스가 여덟 번째 지옥의 아홉 번째 굴에 도착한다. 이곳은 종교적으로, 정치적으로 분열을 획책한 자들이 머무는 곳이다. 이슬람 창시자인 마호메트와 회교 최초의 분파를 이끈 알리가 여기에 있다. 그들이 찢겨서 만신창이가 된 모습으로 절규하며 신음한다. 세상에서 분열과 불화를 조장한 자들이 마귀의 칼에 찢긴다.
인간의 언어로 그 무시무시한 피와 상처를 표현하기엔 역부족이다.
트로이 함락 후에 아이네이아스가 이탈리아로 넘어와 나폴리를 거쳐 로마에 입성하며 로마인의 시조가 되었다.
지루한 포에니 전쟁BC 218~201 때 카르타고의 한니발이 나폴리에서 로마 군을 무찌르며 시체에서 황금 반지를 여러 부대를 모았다.

• 52~102

마호메트가 말한 돌친 수사는 스승 세가렐리가 이단자로 처형되자 사람들을 선동해 깊은 산지로 들어가 재산과 아내의 공유를 주장하며 교황에게 대적하다가 폭설로 인한 식량 부족으로 교황의 십자군에게 항복하며 화형을 당한다.
1312년 리미니의 영주 말라테스티노가 파노의 귀족 두 사람을 카톨리카 해변에서 익사시켰다. 뱃사람들도 항해하기 어려워 하나님께 기도하게 되는 지점에 도달하기도 전에 그의 간계에 속아서 죽임을 당했다.
폼페이우스가 장악한 로마에서 도망을 나온 호민관 쿠리오가 카이

사르를 설득하여 루비콘 강을 건너게 하였다. 군대를 이끌고 강을 건너는 것은 로마에 대한 선전 포고나 다름이 없었지만, 그를 설득해 주사위를 던지게 만든 자신의 권유를 쿠리오가 이 지옥에서 후회하고 있다.

- **103~142**

단테는 모스카 데이 람베르테를 피렌체 내분의 주동자로 보았다.
피렌체의 부온델몬티 가문의 남자가 아미데이 가문의 처녀와 약혼을 했다가 파혼을 하고는 다른 여자와 결혼하자, 모스카가 아미데이 가문을 선동하여 그 청년을 살해하므로 피렌체가 궬피 당과 기벨리니 당으로 나뉘어 싸우게 되면서 도시 전체가 파국을 맞이하였다.
두 시인에게 잘린 머리를 청사초롱처럼 받쳐 들고 있는 망령이 말을 건다.
인간을 솔직담백하게 만드는 양심을 짓밟은 보르니오 베르트람이다.
그가 왕자 헨리 3세를 꾀어 자기가 모시던 헨리 2세를 모반케 한다.
결국 왕자는 죽고 그는 체포되었으나 왕의 사면으로 나중에 수도사가 된다.
압살롬과 아버지 다윗을 이간질했던 아히도벨보다 더 사악하다고 한다.
아히도벨은 우리아의 아내 밧세바의 조부이기도 하다.
"제사드릴 때에 압살롬이 사람을 보내어 다윗의 모사, 길로 사람 아히도벨을 그 성읍 길로에서 청하여 온지라. 반역하는 일이 커가매

압살롬에게로 돌아오는 백성이 많아지니라." 삼후15:12

학자들은 이 일이 다윗의 밧세바 간통 사건과 무관하지 않다고 보기도 한다.

제29곡

위조한 자들과 위증한 자들

1300년 3월 27일 부활주간 토요일 오후 1시 30분경이다.
열 번째 굴에서는 하나님의 위대한 사도인 정의가 위조한 자들을 벌하고 있다. 진실을 왜곡한 자들이 문둥이처럼 일그러진 모습으로 고통을 당한다. 위조하여 남을 속인 자들과 위증한 자들이 서로 물어뜯으며 갈증과 열병에 시달린다. 금화를 위조하다 화형을 당한 카폭키오가 자기 죄를 고백한다.

1 수많은 자들의 끔찍한 상처와
흘러내리는 피를 보며
마음의 격정激情으로 눈물이 터지려 했다.

4 그때 베르길리우스가 말하길,
"네가 어찌하여 잘린 채 신음하는
저 망령들에게 연민을 갖느냐?

7 네가 다른 둘레에서보다 더 심한데,
우리가 이런 모습을 다 살피려면
22마일이나 되는 골짜기를 다녀야 하리니,

10 달은 이미 발밑으로 기울고
허락된 시간이 얼마 남지 않아
우리가 서둘러 가야 하리라."

13 내가 대답하길, "제가 왜 그렇게
지체했는지를 스승님께서 아셨다면
시간을 더 주셨을 것입니다."

16 길잡이가 출발했고
내가 뒤를 따르며 이르기를,
"저 동굴 속, 그러니까 제가 그토록

19 뚫어지게 바라보던 그곳에
제 혈육이 비싼 죗값을 치르며
슬피 울고 있었나이다."

22 스승이 말하길 “이제 너는
그자를 생각하며 괴로워하지 말고
다른 망령들을 주목해야 하리라.

25 나도 그자를 다리 끝에서 보았노라.
그가 너에게 손가락질을 했는데
그의 이름이 제리 델 벨로였노라.

28 그때 너는 알타포르테를 통치하던 놈에게
정신이 팔려 네 숙부를 보지 못했고,
그러자 그가 곧 떠났도다.”

31 내가 말하길, “오, 나의 길잡이여.
그가 비참하게 살해당했고 아직도 후손들이
그의 원한을 앙갚음하지 못했나이다.

34 그것으로 그가 저를 원망하며
말없이 멀어져 갔나이다.
그래서 제 마음이 더욱 아픕니다.”

37 우리가 다리를 건너며
새로운 구렁이 나타났는데,
그 속이 매우 어둡게 보였다.

40 어느새 우리가 수도원의 벽과 같은
말레볼제의 마지막 굴에 이르렀고,
거기에서 죗값을 치르는 수도자들을 볼 수 있었다.

43 그들이 나로 연민을 자아내는
화살을 쏘기 시작했고,
내 마음이 서글퍼져 눈을 감았다.

46 7월과 9월 사이에 습한 발디키아나와
마렘마와 사르데냐에서 창궐猖獗하는 전염병들이
한 구덩이에서 범벅이 되어

49 야기하는 고통이 바로 이런 것일 것이었고,
또 품어내는 지독한 악취는 분명
인육이 썩는 냄새였다.

52 우리가 왼쪽으로 돌아서
긴 돌다리와 연결된 언덕으로 내려가는데
내 시선을 사로잡는 것이 있어

55 내가 그 속을 들여다보았다.
그런데 거기에서 하나님의 속지 않는 사도인 정의가
위조한 자들을 벌하고 있었다.

58 헤라의 질투로 아이기나 백성들이
전염병에 시달리고 대기엔 독 기운이 가득 차
작은 벌레들까지

61 다 쓰러진 가운데, 시인들이 믿는바
제우스의 자비로 개미떼 알에서
사람이 다시 소생했다 했는데,

64 그러나 그 모습이 이 어두운 골짜기에서
울부짖는 이 망령들을 보는 것보다는
더 슬프진 못하겠더라.

67 그들 가운데 더러는 배를 깔고 누웠고
어떤 자들은 다른 놈의 등을 베고 있었으며
일부는 좁은 바닥을 기어가고 있었다.

70 우리가 망령들의 신음소리를 듣다가
다시 뒤를 돌아보았는데,
그들이 몸을 제대로 가누지도 못했다.

73 불에 달아올라 서로 맞붙은 냄비처럼
마주 앉은 그들 머리에서부터 발끝까지에
딱지가 덕지덕지 붙어있었는데,

76 망령들이 가려워 견디지 못하고는
손톱으로 자기 몸을 미친 듯이
긁어대고 있었다.

79 마지못해 깨어서 상전을 기다리는 마부 소년이
말을 빗질할 때에도 그렇게 호되게 하는 것을
내가 보지 못했고,

82 또 식칼을 가지고 잉어나
큰 물고기 비늘을 벗기는 것처럼
그들이 손톱으로 딱지를 긁어서 떼어내는데,

85 길잡이가 그들 중 하나에게 묻기를,
"오, 손가락을 집게 삼아서
몸의 갑옷을 조각조각 뜯는 자여!

88 이곳에 라틴 출신이 있는가?
또 그대들 손톱은 영원히
이런 일에만 사용되는지 궁금하다오."

91 그들 중 하나가 울면서 말하길,
"그대가 보는바 상처투성이인 우리 둘 다
이탈리아 출신인데 묻는 그대는 누구요?"

94 이에 길잡이가 대답하길,
"나는 지옥의 둘레와 둘레를 돌며
살아있는 이 사람에게 실상을 보여주고 있다오."

97 서로 맞붙어 기대고 있던 자들이
그 말을 듣고는 떨어져
나를 보며 놀라 떨고 있었는데,

100 어진 스승이 내게 다가와 말하길,
"네가 원하는 바를 저들에게 물어라."
내가 말을 걸기를,

103 "세상 사람들 머릿속에
그대들에 대한 생각이 사라지지 않고
생생하게 기억되기를 원하거든

106 그대들이 누구며 어느 가문 출신인지 말하고,
또 짓누르는 죄과를 털어놓는 것을
꺼려하지 마오."

109 그들 중 하나가 말하길, "나는 아레초 출신이오.
시에나 귀족 알베로가 나를 불 속에 넣었지만
그 일로 내가 여기에 온 것은 아니라오.

112 실은 내가 농담으로 '나는 하늘을 훨훨
날 수 있노라.' 했더니 허영심 많은 그놈이
나에게 많은 돈을 주며 그 비법을

115 전수해 달라 했소. 내가 그를 하늘을 나는 다이달로스로
만들어 주지 못하자 그놈이 자신을 자식처럼 여기는
주교를 사주해 나를 마술사라 하여 화형을 시켰다오.

118 그러나 속임수를 용납하지 않는 미노스가
나를 이 열 번째 굴에서 벌 받게 한 것은
내가 남을 속이는 연금술사로 산 것 때문이었소."

121 내가 시인에게 묻기를, "그 당시에
시에나 사람들처럼 허황되게 산 자들이 또 있었나이까?
프랑스 인들도 그들에게는 미치지 못했으리다."

124 내 말을 유심히 듣던 다른 문둥이가 말하길,
"부호인 아비로부터 막대한 재산을 물려받아
절제를 모르고 산 스트리카는 제외시켜 주오.

127 또 정향나무 꽃봉오리로 만든 향료로
비싼 요리를 개발해 사람들을 열광케 한
닉콜로도 열외시켜 주오.

130 포도원과 커다란 삼림을 가지고 낭비를 일삼던
캇치아 다쉬안과 능력을 믿고 낮잠으로 소일하며
음탕했던 아발리아토의 열두 형제도 제쳐두오.

133 이런 사람들 외에 그대가 정말
허황된 자를 찾고 싶다면 나를 자세히 보오.
내 얼굴이 그대에게 답을 주리니,

136 연금술사로서 금화를 위조한 카폭키오가
바로 나인 것을 알 수 있으리다.
그대는 내가

139 원숭이처럼 흉내를 잘 내던 것이 떠오를 것이오."

• 1~36

단테가 8번째 지옥의 9번째 굴에 있다.
그곳 망령들 중에서 자신의 숙부인 제리 델 벨로를 발견한다.
호전적인 성격을 지녔던 자로 사케티 가문에 의해 살해되었다.
조상의 원한을 후손이 복수해 주는 것이 의무이고 미덕인 시대였다.
단테가 가문의 복수가 아직 이루어지지 않은 시점에서 이 글을 쓰고 있다.
그러나 그가 피살된 후 30년 만에 그의 생질에 의해 복수가 이루어진다.

• 37~96

8원의 열 번째 굴에서 위조범들이 가혹한 고통을 당하고 있다.
하나님의 사도인 정의가 세상에서 위조한 자들을 벌한다.
진실을 왜곡한 자들이 문둥이처럼 일그러진 모습으로 고통을 당한다.
발디키아나와 마렘마와 사르데냐는 이탈리아의 습지로 질병이 많다.
아이기나는 그리스의 섬으로 여신 아이기나로 인해 명명命名되었다.
제우스가 이 섬에서 아이기나를 사랑하자 헤라가 이곳에 질병을 창궐케 하여 제우스와 아이기나 사이에 태어난 아들 아이아코스만 남기고 살아있는 것들을 모두 죽게 한다. 외로움에 지친 아이가 나무 위로 오르는 개미를 보며 제우스에게 빌어서 개미들이 사람으로 둔갑했다.

• 97~139

그리스 신화 속 다이달로스가 아들 이카루스를 위하여 큰 새의 깃털을 가지고 밀랍으로 접착하여 날개를 만든다. 바다와 태양의 중간을 유지하며 중용과 절제의 심정으로 비행하기를 아비가 충고하지만 이카루스가 그 말을 어기고 태양을 향해 날다가 밀랍이 녹아서 바다에 떨어져 죽는다.

아레초 사람이 농담으로 하늘을 나는 법을 알려준다 하니 시에나 사람 알베로가 돈을 주고 비행하는 법을 배우고자 한다. 그러나 결국 속은 것을 알고는 시에나 주교에게 마술사라고 고발해 화형을 당하게 한다.

위조한 자들과 위증한 자들이 서로 물어뜯고 갈증과 열병에 시달린다.

원숭이처럼 금화를 흉내 내어 위조하다 화형을 당한 카폭키오가 나타난다.

그가 시에나에서 부정하게 살던 자들을 반어적으로 나무라며 자신이 저지른 잘못을 자백한다.

제30곡

남을 속인 자들

1300년 3월 27일 부활주간 토요일 오후 2시에서 3시 사이다.
열 번째 굴속엔 남을 속인 자들이 벌 받고 있다. 그들 중 욕정에 사로잡혀 변장을 하고 아버지와 불륜을 저지른 미라가 있고, 당대 최고의 명마를 차지하기 위해 사기꾼을 동원해 아버지의 유언장을 위조한 시모네 도나티가 속인 자들과 서로 이빨로 물고 뜯으며 내달린다. 화폐를 위조한 자들이 수종병으로 갈증에 시달리고 있고, 거짓말쟁이들이 심한 열병 때문에 고통을 당한다.

1　제우스가 테베의 공주 세멜레를 사랑하므로
　그의 아내 헤라가 시시때때로

그 도시에 분노를 퍼붓던 시절에,

4 세멜레의 동생인 이노의 남편 아티미스가
테베의 왕이 되지만 헤라의 격노로 미치광이가 된다.
그가 두 아들을 안고 가는 이노를 향해 소리치길,

7 "내가 그물을 쳐서 암사자와
새끼 사자들을 길목에서 잡으리라."
그리고는 날카로운 이빨로

10 레아코스라 불리는 아들을 입에 물고는
빙빙 돌려 바위에 내동댕이치자
이노가 남은 아이를 품고 물속으로 뛰어든다.

13 또 무엇에든지 저돌적으로 덤비는
트로이 사람들의 교만이 꺾이고
국운이 기울어 왕국이 무너졌을 때,

16 오디세우스의 종이 된 왕비 헤카베가
그리스 장수 아킬레우스의 영전에 바쳐진 딸 폴릭세네의 주검과
바닷가에 버려진 아들 폴리도로스의 시신을

19 발견하고는 개처럼 통곡했나니,

그 충격으로 그녀가 넋을 잃고는
미친 사람이 되고 말았다.

22 그런데 위에서 말한 테베나
트로이 사람들의 광기가 칼에 찔린 짐승처럼
그렇게 광분狂奔한다 할지라도,

25 우리에서 나와 닥치는 대로 물고 뜯는 멧돼지처럼
서로를 공격하며 내달리는 이곳 망령들의
격정보다는 거칠지 못하겠더라.

28 한 놈이 카폭키오에게 달려들어
그의 목덜미를 이빨로 물고는
질질 끌며 가는데,

31 그 모습을 보며 덜덜 떨고 있는
아레초 출신이 말하길, "저놈이 잔니 스킥키요.
미쳐 날뛰며 우리를 좇아다닌다오."

34 내가 그에게 묻기를,
"저놈이 그대를 괴롭히지 않았으면 좋겠는데,
그의 옆의 저 망령은 누군지 사라지기 전에 말해주오."

37 그가 이르기를, "저자는 죄 많은 미라요.
올바른 사랑에서 빗나가
자기 아비의 여인이 되었소.

40 그녀가 분장을 하고는 아비 침소에 들어가
죄를 지은 것은 마치 저기 가는 저놈이
부친 소유의 토스카나 명마名馬를

43 차지하려 잔니 스킥키를 시켜
죽은 아비 부오소 도나티를 대신해
거짓 유언장을 작성케 한 것과 같다오."

46 두 망령이 사라진 뒤에
내가 또 다른 죄인들을
눈여겨보았는데,

49 거기에 가랑이 아래 두 다리가
몽땅 잘려나가서
몸이 비파 모양이 된 자가 있었다.

52 극한 수종水腫으로 빨아들인 물기가
그의 몸을 뒤틀리게 하여
얼굴과 배가 서로 어울리지 않았고

55 입술은 벌어진 채 있었는데,
마치 열병 환자가 갈증으로 인해
위아래 입술이 하늘과 땅을 향한 것과 같았다.

58 그가 말하길, "아무런 벌도 받지 않는 그대가
왜 이 흉측한 세계에 와 있는지 알 수 없지만
그대여, 장인匠人 아다모를

61 불쌍히 여겨 기억해 주오.
나는 세상에서 원하는 것을 다 가질 수 있었지만
이젠 물 한 방울이 갈급하다오.

64 카센티노의 푸른 봉우리로부터
아르노 강을 향해 흐르는 작은 시내들이
서늘하고 잔잔한 운하를 이루는 모습이

67 눈앞에 속절없이 아른거리노니,
그럴 때마다 볼살을 떼어내는 것보다
더 큰 고통이 나를 목메이게 한다오.

70 오, 나를 괴롭히는 무자비한 정의여!
그대는 나로 죄지었던 곳을 생각나게 하여
더 깊이 한숨짓게 하나니,

73　내가 세례 요한의 얼굴을 주화에 찍어
돈을 위조하던 곳은 로메나였소.
나는 결국 불에 탄 육체를 세상에 남겼다오.

76　그러나 나로 화폐를 위조하게 만든 구이도와 알렉산드로,
또 그의 형제 놈들을 여기서 만날 수만 있다면
나는 시원한 브란다의 샘인들 거들떠보지도 않을 것이오.

79　이곳에서 미쳐 날뛰는 영혼들에 의하면
이 안에 구이도가 있다 하지만
그러나 내 몸이 움직일 수 없으니 다 부질없는 일이오.

82　만일 백 년에 한 치씩만이라도
그들에게 갈 수 있도록 내 몸이 가벼워진다면
비록 이 둘레가 11마일에

85　반 마일이 넘는 너비일망정
내가 그놈들을 찾기 위해
기꺼이 길을 나설 것이오.

88　나는 그놈들 때문에 여기에 있노니,
그들은 나를 꾀어 이십사 캐럿 중 삼 캐럿을 빼돌리며
순금 화폐 피오리노를 찍어냈다오."

91 내가 묻기를, "그대 오른편에 있는,
추운 겨울날의 젖은 손처럼
김을 피어오르게 만드는 저 두 망령은 누구요?"

94 그가 대답하길, "내가 이 구렁에
왔을 때부터 저들을 보았는데,
이후로도 저 둘은 꼼짝도 하지 않을 것이오.

97 저자는 요셉을 모함하던 여자이고
그 옆 저놈은 그리스 출신 거짓말쟁이 시논인데,
저 둘은 심한 열병으로 지독한 냄새를 풍긴다오."

100 그러자 그중 하나가 자기 이름이
불량하게 밝혀진 것에 분통을 터뜨리며
아다모의 볼록한 배에 주먹질을 했는데,

103 배에서 북소리가 나며 장인匠人 아다모도
뻣뻣한 손으로 그에 못지않게
그의 얼굴을 후려갈기면서

106 말하길, "내 비록 몸이 무거워
움직이지 못하지만 내 팔은 아직도
이렇게 쓸 만하도다."

109 그러자 시논이 대꾸하길, “화형대에서는
꼼짝도 못 하던 팔이 위조 화폐를 만들 때에는
그토록 민첩했겠지. 안 그래?”

112 수종병 환자 아다모가 대답하길,
“네놈이 나에 대해 진실을 말했다만
너는 트로이에 대해 하늘을 걸고 거짓 증언을 했도다.”

115 시논이 말하길, “나는 거짓말을 했지만 네놈은
돈을 위조한 놈이다. 나는 말 한마디로
여기 왔지만 너는 어떤 악마보다 더 악독하도다.”

118 배가 볼록한 아다모가 소리치길,
“거짓 맹세를 한 놈아, 부끄럽게도 세상이
다 알고 있는 목마의 진실을 너만 잊고 있노라.”

121 그리스인 시논이 말하길, “네놈의 혓바닥을
갈라지게 만든 갈증이나 신경 쓰고, 네 눈앞까지
부어오른 배때기의 썩은 물이나 고민해라.”

124 이에 금화를 위조한 자가 대답하길,
“내가 목이 마르고 물기가 나를 부풀려 놓았다만,
네놈의 아가리는 지금은 열려있어 욕을 하지만

127 때가 되면 불에 타 대갈통이 터져
정신을 못 차리고 아무 말 없이
나르키소스의 샘물을 핥아댈 것이로다."

130 내가 그들에게 빠져있을 때
스승이 소리치길, "네가 홀렸도다.
네가 지체하므로 큰 낭패를 보겠노라."

133 노기 어린 그의 목소리를 들으며
내가 당황했던 그때를 생각하노라면
난 지금도 아무 정신이 없도다.

136 불길한 꿈을 꾼 자가 그 꿈이
현실이 아니길 간절히 바라는 것처럼,
내가 지체했던 일이 없던 일이 되기를

139 원했지만 결국 나는
스승에게 사과하고 싶은 마음을
입으로 드러내지 못했다.

142 스승이 말하길, "네가 표하는 부끄러움이
저지른 잘못을 씻어주나니,
이젠 불편한 마음에서 떠나라.

145 망령들이 너를 사로잡는다 할지라도
내가 네 곁에 있음을
잊지 말지니,

148 남의 말을 엿듣는 것은 천박한 일이로다."

• 1~45

열 번째 굴에는 위조하고 변장한 자들이 벌을 받고 있다.
미라는 욕정에 사로잡혀 자기 아버지 키니라스의 침실에 뛰어들었다.
변장을 하고 아버지와 관계를 가진 그녀가 들통이 나자 도망쳤다.
잔니 스킥키는 거짓된 유언장을 만드는 일에 가담하여 남을 속였다.
부오소 도나티가 죽었을 때 아들 시모네 도나티가 당대 최고의 명마를 상속받기 위해 죽은 아버지를 대신하여 사기꾼 잔니 스킥키를 시켜 그로 유언장을 작성하게 했다.

• 46~99

아다모는 피렌체의 화폐를 주조하던 자다.
화폐 양쪽에는 피렌체의 수호신 세례 요한의 얼굴과 백합이 새겨져 있다.
아다모가 로메나의 구이도 백작의 명을 받아 피렌체의 금화를 주조하면서 24캐럿 순금 화폐의 양을 속여 3캐럿을 남기므로 그와 일당이 너무 많은 양을 횡령하여 국가의 재정이 흔들렸으며, 결국은 들통이 나서 아다모는 성난 군중들에게 화형을 당했다.
또 그곳에 요셉을 유혹하던 애굽의 시위대장 보디발의 아내가 있다.
"주인의 처가 요셉에게 눈짓하다가 동침하기를 청하니 요셉이 거절하며 자기 주인의 처에게 이르되 나의 주인이 가중家中 제반 소유를 간섭지 아니하고 다 내 손에 위임하였으니," 창39:7, 8
시논은 그리스 사람으로 트로이 전쟁 때 트로이 사람들에게 거짓말을 하여 목마를 성안으로 들여보낸 자다.
망령들이 심한 열병으로 독한 냄새를 풍기며 꼼짝도 못 한다.

• 100~148

단테가 열병에 시달리는 두 영혼에 대하여 아다모에게 묻는다.
그들은 보디발의 아내와 트로이의 목마를 성으로 들여온 시논이다.
시논이 자신의 이름을 단테에게 밝힌 아다모에게 주먹질을 한다.
그러자 아다모도 그의 얼굴을 가격하며 난투극이 벌어진다.
단테가 이들의 싸움을 흥미진진하게 보며 시간 가는 줄 모른다.

제31곡

신에게 도전한 자들

1300년 3월 27일 부활주간 토요일 오후 3시부터 4시 사이다.
두 시인이 여덟 번째 지옥을 떠나서 아홉 번째 지옥으로 향한다. 천둥보다 더 큰 뿔 나팔소리가 들려오는데 그 소리는 거인들의 울부짖음이다. 거인들이 제우스에게 도전하여 힘을 과시하려다가 결박을 당한다. 하나님이 그들의 교만을 비웃으신다.

1 스승의 혀는 하나이건만
처음엔 나를 찔러 얼굴을 붉게 물들이더니
후에는 위로의 약을 건네주었는데,

4 아킬레우스가 아비로부터 물려받은 창도
이와 같아서 그 창으로 인한 상처는
다시 찔리면 아문다고 들었다.

7 우리는 8원의 처참한 열 번째 골짜기를 등지고
지옥의 심장부인 9원으로 가기 위해
계곡을 감싸고 있는 언덕으로 올라갔다.

10 이곳은 밤도 아니고 낮도 아니어서
내가 멀리 내다볼 수는 없었지만
어디선가 세찬 뿔 나팔소리가 들렸다.

13 내가 두 눈을 부릅뜨고
천둥소리마저 잠재울 것 같은
그 교만의 소리를 향했는데,

16 샤를마뉴 군대가 이슬람에게 패배하여
거룩한 용사들을 다 잃게 되었을 때에
조카 롤랑의 구원 요청의 나팔소리도

19 이보다 더 크진 못했으리라.
내가 바라본 그곳에 거대한 탑들이 어렴풋하여
내가 묻기를, "스승이시여, 여기는 어딘가요?"

22 그가 대답하길,
"네가 어둠 속에서 너무 멀리 내다보아
너의 상상력이 사실을 호도糊塗, confuse하도다.

25 저곳에 닿게 되면 사람의 감각이 얼마나
속기 쉬운 것인지를 알게 되리라.
이제 서둘러 가자꾸나."

28 스승이 다정스럽게 내 손을 잡으며
다시 이르기를, "앞으로 더 나아가기 전에
내가 미리 말하노니,

31 희미하게 보이는 것들은
탑이 아니라 거인들이로다.
그들 배꼽 아래가 언덕 주변 웅덩이에 묻혀있노라."

34 흐린 수증기로 인해 감춰진 것들이
안개가 걷히면서 다시
제 모습을 되찾는 것처럼,

37 내가 착각에서 헤어나 침침한 대기를 뚫고
언덕을 향해 나아가는데
묘한 두려움이 엄습해 오더라.

40 성城 몬테레지온이 둥그런 성벽 위에
거대한 탑을 두르고 있는 것처럼
무시무시한 거인들이 웅덩이를 에워싼

43 언덕 위의 망루처럼 우뚝 서있었는데,
옛날 제우스는 저들을
하늘의 우레로 위협했을 것이었다.

46 내가 그들 중 한 놈의 얼굴과 어깨와 가슴과
배의 대부분과 그 옆으로 드리워진
두 팔을 자세히 살폈는데,

49 자연이 이런 거대한 생명체를 만드는 재주를
그만둔 것과 마르스Mars에게서
이런 무리를 빼앗은 것은 참으로 잘한 일이로다.

52 자연이 코끼리나 고래로 뉘우치는 법은 없나니,
잘 헤아려보면 자연은 언제나 옳고
사리에 맞는 것임을 알게 되도다.

55 그러나 인간 지성이 사악한 의지와
폭력적인 힘과 결합하면
어느 무엇도 이를 능히 막아낼 수 없으리라.

58　그놈 얼굴은 베드로 대성당의 조형물인
솔방울처럼 길고 컸으며
다른 뼈대들과도 조화를 이루고 있었다.

61　그의 하반신의 치마 역할을 하는 둔덕 위는
한참을 올려다보아야 했는데,
키 큰 프리지아 사람 셋을 합쳐도

64　그의 머리털까지는 미치지 못할 것이었고,
또 사람이 외투를 여미는 자리로부터
아래까지가 적어도 서른 뼘은 되어 보였다.

67　“라펠 마이 아메흐 차비 알미.”
그놈이 사나운 입으로 이렇게 외쳤는데,
그의 생김새와 잘 어울리는 소리였다.

70　길잡이가 외치길, “바보 같은 망령아,
네 마음속에 화가 치밀어 오르거든
뿔 나팔을 불어 화풀이를 할지니,

73　목을 더듬어 옭아매고 있는 줄을 찾으면
가슴에 달려있는 나팔이
손에 잡힐 것이로다.”

76 그리고는 나에게 말하길,
"저놈이 니므롯인데 저가 쌓은 바벨탑으로
세상 처음 언어가 사라졌노라.

79 저놈과 상관하지 말고 떠나자.
저놈이 누구와도 소통할 수 없듯이
누구의 말도 저놈에겐 통하지 않노라."

82 우리가 왼쪽으로 돌아서 나아가며
쏜 화살이 닿을 만큼을 걸어가는데,
거기에서 더 크고 사나워 보이는 거인이 나타나더라.

85 그놈을 묶어놓은 자가 누구인지 알 수 없었으나
그의 왼팔은 앞으로, 오른팔은 뒤로 젖혀져
쇠사슬로 매여있었고,

88 목덜미로부터 그 아래도
졸라매어 있었는데, 밖으로 드러난 곳들은
다섯 겹으로 칭칭 감겨있었다.

91 길잡이가 이르기를,
"이놈이 지존하신 제우스에게 도전하여
힘을 과시하려다 저런 징벌을 받고 있노니,

94 이름이 에피알테스로다.
신을 향해 겁을 주려 휘두르던 팔이
이젠 꼼짝도 못 하게 되었도다."

97 내가 스승에게 청하기를, "할 수만 있으면
헤아리기 어려운 브리아레오스를
눈으로 보고자 하나이다."

100 스승이 대답하길, "너는 가까이에 있는
안타이오스를 보리니, 그놈은 말도 하고 묶여 있지도 않아
우리를 지옥의 밑바닥으로 인도하리라.

103 네가 보고자 하는 놈은 멀리 있나니,
그놈도 이놈처럼 매여있기는 하지만
이놈보다 몰골이 더 험악하도다."

106 그때 갑자기 에피알테스가 몸부림을 쳤는데,
지진이 제아무리 강하게 일어난다 해도
그렇게 흔들 수는 없겠더라.

109 그리하여 내가 죽음의 공포로 떨었나니,
만일 그를 동여맨 쇠사슬을 보지 못했더라면
아마도 나는 겁에 질려 죽고 말았을 것이로다.

112 우리가 그곳을 떠나 안타이오스 앞에 섰는데,
그가 머리통 외에 두 팔 반이나 되는 몸통을
굴 밖으로 내어놓고 있었다.

115 "한니발이 부하들과 함께 등을 보이므로
스키피오로 영광스러운 로마의 상속자가 되게 만든
운명의 골짜기 자마에서 온 자여!

118 그대 형제들이 신과 싸운 전투에
일찍이 사자 천 마리를 잡아먹은 그대가 개입했더라면
땅의 아들들이 승리했을 것으로

121 아직도 확고히 믿는 거인이여!
추위가 코키토스를 가두고 있는 곳으로
우리를 인도하여라.

124 티티오스나 티폰에게 우리를 넘기지 마라.
이 사람이 그대가 원하는 바를 들어줄 수 있노니
얼굴을 찌푸리지 마라.

127 이자는 살아있어 그대 이름을 세상에 전할 수 있고,
은총이 이자를 하늘로 이끌지 않는 한
그대 소문을 그곳에서 자자하게 하리라."

130 스승이 이렇게 말하자
그 옛날 헤라클레스의 손을 호탕하게 흔들던 그놈이
두 손을 내밀어 길잡이를 안았다.

133 베르길리우스가 나에게 이르기를,
"내가 너를 붙잡을 수 있도록 가까이 오라."
그리하여 우리가 하나가 되니라.

136 한 가닥 구름을 배경 삼아
경사가 가파른 가리센다 탑을 올려다보면
그것이 구름에 매어 달린 듯 보이듯이,

139 내가 유심히 바라본
안타이오스의 모양이 그러했는데
나는 그때 너무 두려워 다른 길로 가고 싶었다.

142 그러나 그놈이 몸을 구부려
루시퍼가 유다를 입에 물고 있는
온 누리의 밑바닥에 우리를 내려놓고는

145 배의 돛대인 양 거대한 몸을 일으키더라.

• 1~45

두 시인이 지옥의 8원과 9원 사이를 지나고 있다.
낮도 아니고 밤도 아니어서 사방이 어슴푸레하다.
단테가 두려움에 떨고 있는데 천둥소리보다 더 큰 나팔소리가 들린다.
스페인을 공략하려는 이슬람 세력에 대항하며 곤경에 빠진 조카 롤랑이 샤를마뉴 왕에게 구원을 요청하며 불던 뿔 나팔소리보다 더 크다.
단테가 거대한 탑인 줄로 알았던 것이 거인인 것을 알게 된다.
뿔 나팔소리는 교만을 부리는 거인들의 울부짖는 소리다.
일찍이 제우스는 거인들과의 전투에서 우레로 그들을 무찔렀다.

• 46~96

거인들이 얼음 지옥에서 상반신만 내놓고 있다.
단테가 거인들의 얼굴을 베드로 성당의 청동 조형물인 솔방울에 비유하고 있는데, 그것의 길이가 4미터 23센티이다.
두 시인이 제우스의 뜻을 거역하고 하늘로 오르려 했던 거인을 만난다.
알아주던 힘센 거인 니므롯이 하늘에 오르려고 했다.
그들이 성城과 대臺를 쌓고 꼭대기를 하늘에 닿게 하려 했다.
시날 평지에 거대한 바벨탑을 쌓고 자신의 이름을 날리려 했다.
하나님께서 교만을 비웃고 그들을 흩으시고 언어를 혼잡게 하셨다.
단테는 니므롯의 교만으로 인간의 언어가 혼란스러워졌다고 말한다.
니므롯은 성경 창세기 10장 8절과 9절에 나오는 인물이다.

"구스가 니므롯을 낳았으니 그는 세상에 처음 영걸이라. 그가 여호와 앞에서 특이한 사냥꾼이 되었으므로 속담에 이르기를 아무는 여호와 앞에 니므롯 같은 특이한 사냥꾼이라 하더라."

성경에는 니므롯을 거인이라 말하지 않았고 바벨탑을 쌓았다는 말이 없지만 단테가 여기에서 그렇게 말하고 있다.

에피알테스는 바다의 신 포세이돈의 아들로 제우스에게 도전했던 자다.

사다리를 놓아 하늘에 오르려고 한 죄로 이젠 두 팔이 결박되었다.

• 97~145

에피알테스가 자기보다 더 무서운 거인이 있다는 말에 화를 낸다.

시인이 스키피오가 한니발을 물리친 자마 골짜기에서 사자를 잡아먹고 살던 안타이오스에게 루시퍼가 유다를 물고 있는 곳으로 인도하길 부탁한다.

교만의 뿌리인 루시퍼가 지옥의 가장 깊은 곳에 있다.

그가 천사들의 우두머리였으나 하나님과 동등 되려 하다가 쫓겨났다.

"너 아침의 아들 계명성이여. 어찌 그리 하늘에서 떨어졌으며, 너 열국을 엎은 자여, 어찌 그리 땅에 찍혔는고. 네가 네 마음에 이르기를 내가 하늘에 올라 하나님의 뭇별 위에 나의 보좌를 높이리라. 내가 북극 집회의 산 위에 좌정하리라. 가장 높은 구름에 올라 지극히 높은 자와 비기리라 하도다. 그러나 이제 네가 음부 곧 구덩이의 맨 밑에 빠치우리로다." 사14:12~14

제32곡

혈족과 조국을 배신한 자들

1300년 3월 27일 부활주간 토요일 오후 4시에서 6시 사이이다.
단테가 마지막 아홉 번째 지옥에 도착한다. 그곳은 지옥 중 가장 깊은 곳으로 마왕 루시퍼가 있는 곳이다. 그곳 첫 번째 구역인 카이나에서는 혈족을 배반한 자들이 벌을 받고 있고, 두 번째 구역인 안테노라에서는 조국과 당파를 배신한 자들이 얼음 속에 묻혀 고통을 당한다.

1 우주의 중심인 지구의 모든 압력이 짓누르는
이 슬픈 구덩이에 합당한 쓰디쓴 시구를
내가 노래할 수 있다면

4 나는 내 상념想念의 진국을 다 짜냈을 것이련만,
그러나 내게 그런 재주가 없어
심히 두려운 마음으로 말을 이어가노니,

7 온 우주의 맨 밑바닥을 묘사하는 것은
장난삼아 희롱하는 말을 토해내는 것이 아니며
엄마를 부르는 아가의 옹알거림도 아니로다.

10 암피온을 도와 테베 성을 쌓은 뮤즈여!
내 그대 도움을 간청하노니
나의 노래가 거짓이 없게 하여라.

13 아, 너무 불쌍한 신세가 되어버린,
묘사하기조차 힘겨운 족속들이여!
차라리 양이나 염소로 태어났으면 좋았을 것을.

16 우리가 거인의 발밑을 떠나
캄캄한 웅덩이에 도착해서
앞에 있는 높다란 성벽을 보는데,

19 "너는 조심해서 지나갈지니
네 발밑에 있는 형제들 머리를 밟지 마라."는
소리가 들렸다.

22 내가 몸을 돌이켜 아래를 보았는데
바닥의 물이 강한 추위로 얼어붙어
유리 호수가 되어있었다.

25 겨울철 오스트리아 다뉴브 강이나
차가운 하늘 아래의 러시아 돈 강도
이런 두꺼운 얼음은 만들지 못할 것이었고,

28 또 탐베르니키 산이나 피에트라피아나 산맥이 무너져
이 빙판 위에 내려앉는다 해도
가장자리에 금하나 남기지 못하겠더라.

31 시골 아낙네가 이삭 줍는 꿈을 꿀 때
개구리가 물 위로 코를 내밀고
개골개골 울어대는 것처럼,

34 얼음 속에 갇힌 영혼들이
얼어서 납빛이 된 얼굴을 들고
황새의 입놀림처럼 그렇게 딱딱거렸다.

37 얼굴을 아래로 향한 자들의 입에서는 추위가,
눈에서는 슬픈 마음이
겉으로 드러나 보였다.

40 내가 주변을 살피다 발아래를 보았는데,
거기에 두 놈의 몸이 붙어있고
머리카락도 뒤범벅이가 되어있어

43 내가 묻기를, "서로 가슴을 맞대고 있는
그대들은 누구이뇨?"
그들이 고개를 돌려 나를 보았는데,

46 처음엔 눈시울만 적시던 눈물이
입술에 닿을 때쯤이 되면서
이내 얼어서 얼음이 되더라.

49 분노에 찬 두 망령이 염소처럼
서로 맞붙어 싸우는데, 쇳조각도 나무들을
그렇게 붙게 하진 못할 것 같았다.

52 추위로 양쪽 귀를 잃어버린 망령 하나가
얼굴을 숙인 채 내게 말하길,
"너는 왜 거울을 보듯 우리를 보느냐?

55 이 두 놈이 누군지 알고 싶으냐?
비센치오 강이 흘러내리는 골짜기가
이놈들과 이들 애비 알베르토의 것이었노라.

58 이놈들은 한 몸에서 태어났지만
이 카이나를 샅샅이 뒤져도
이들보다 이 얼음에 처박히는데 합당한 자는 없도다.

61 아서 왕이 창으로 가슴을 찌르자 땅 위 그림자에
구멍이 나 있었던 그 아들놈이나, 백부를 살해한
포카치아도, 또 머리로 나를 가로막아

64 앞을 보지 못하게 만드는 저놈 시솔 마스케로니를
네가 토스카나 출신이라면 잘 알겠다마는,
이런 모든 자들도 악한 것이 이 두 형제만은 못했노라.

67 이제 더 이상 말을 시키지 마라. 나는 혈족을 죽인
카미촌 데 파치인데, 피렌체 흑당으로부터 뇌물을 받고
많은 백당 사람들을 죽인 카를린을 생각하면 그나마 위로를 받노라."

70 나는 거기에서 강한 추위로 불강아지처럼 된
수많은 얼굴들을 보았는데, 얼어붙은 그들 눈동자를 떠올리면
난 지금 소름이 돋고 이후로도 그럴 것이로다.

73 온갖 중력이 모아지는 중심을 향해 나아가며
내가 영원히 지속될 어둠 속에서
몸을 부들부들 떨고 있었는데,

76 천명인지 운명인지 알 수 없지만
내가 망령들 사이를 지나다가
누군가의 머리를 차고 말았다.

79 "왜 내 머리를 까는 거야, 이놈아.
만일 몬테페르티 전투의 복수를 위해 여기에
온 것이 아니라면 네가 왜 나를 괴롭히느냐?"

82 내가 스승에게 청하길, "저놈에 대한 의문을
풀 수 있도록 잠깐만 기다려 주옵소서.
이후로는 지체하지 않겠나이다."

85 길잡이가 발을 멈췄을 때
아직도 화를 내는 그놈에게 내가 말을 건넸다.
"이렇게 호되게 남을 나무라는 너는 누구냐?"

88 그가 대꾸하길, "네가 누구이기에 남의 얼굴을
걷어차면서 이 안테노라를 지나가느냐?
살아있다 하여 이럴 수 있는 것이냐?"

91 내가 대답하길, "그래 나는 살아있다.
네가 명성을 원한다면 내 기억 속에
너를 담아두는 것이 좋을 것이다."

94　그가 말하길, “나는 그런 것을 원치 않노라.
나를 괴롭게 하지 말고 당장 꺼져라.
이 빙판에선 아첨이 통하지 않음을 모르느냐?”

97　내가 그놈 머리채를 움켜쥐고 말했다.
“네놈의 이름을 밝히는 것이 좋을 것이다.
그렇지 않으면 머리 위에 남는 것이 없으리라.

100　그가 말하길, “네가 왜 내 머리를 뽑느냐?
네가 일천 번 내 머리를 내동댕이쳐도
내가 누구인 것을 밝힐 수 없노라.”

103　내가 그놈의 머리채를 움켜쥐고 흔들어
한 움큼도 넘게 뽑아버리자
그가 눈을 내리깔며 울부짖었는데,

106　옆에 있는 자가 소리치길, “복카야, 무슨 일이냐?
이빨 가는 소리로도 족한데 이젠 짖어대기까지 하느냐.
어느 마귀 놈이 너를 괴롭히느냐?”

109　내가 말하길, “아, 이 사악한 배신자야!
네놈이 무슨 할 말이 있느냐. 내가 너의 악독한 이름을
세상에 알려 부끄러움의 징표로 삼으리라.”

112 그놈이 대답하길, "그래, 가서 떠들어라.
하지만 네가 이곳을 나가거든 입을 가볍게 놀린
저놈에 대해서도 침묵하지 말지니,

115 저놈은 프랑스 놈들에게 받은 은전 때문에
여기서 울고 있노라. '죄인들이 꽁꽁 얼어붙은 곳에서
내가 두에라를 보았다.'고 적을 것이로다.

118 '또 거기에 누가 있던가?' 묻거든
피렌체 사람으로 추방당한 기벨리니 당원을 몰래
귀환시키려다 참수당한 베케리아가 있다고 전해라.

121 저기 사라센 왕으로부터 뇌물을 받은 가넬로네와
잠자는 사이에 파엔차의 문을 열어 망명객을 해치게 한 테발델로와
자기 당을 배신한 솔다니에르가 있다고 말해라."

124 우리가 그놈 곁을 떠나면서 한 구덩이에
두 놈이 얼어 붙어있는 것을 보았는데,
한 놈의 머리가 다른 놈의 갓冠이 되어 있었다.

127 굶주린 자가 빵을 게걸스럽게 먹듯
위에 있는 자가 아래 있는 놈의 머리통과 목덜미를
쉴 새 없이 물어뜯고 있었는데,

130 그 모습이 테베의 멜라닙포스에게 상처를 입은
티데우스가 나중에 그의 시체를 발견하고는
골통을 깨무는 장면과 똑같더라.

133 내가 묻기를, "그대가 무슨 원한으로
저자를 짐승처럼 씹어 삼키며
증오하고 있는지 말해주오.

136 분명히 그대가 울고 있는 이유가 있으리니,
그대는 누구며 저자의 죄가 무엇인지를 말하면
내가 저 위 세상에서

139 나의 혀가 마르지 않는 한 그대 한을 풀어주리다."

• 1~48

프톨레마이오스AD 127~145 활동는 우주의 중심이 지구라 했고, 단테는 지구의 중심에 지옥의 밑바닥이 있다고 생각하며 이 글을 쓰고 있다.
암피온은 제우스와 안티오페의 아들로 음악을 잘하는 테베 왕이다.
암피온이 시신 뮤즈에게서 받은 성금聖琴으로 연주를 하니 키타이론 산의 바위가 움직여 저절로 성벽이 되었다 한다.
9번째 지옥은 지옥 중 가장 깊은 곳으로 마왕 루시퍼가 있는 곳이다.
그의 날개가 일으키는 바람으로 겨울철 다뉴브 강보다 얼음이 더 두껍다.
친족과 조국, 은인과 당을 배반한 영혼들이 머리까지 얼음에 묻혀 있다.
망령들이 흘린 눈물이 얼어 얼음이 되기에 눈물을 흘릴 수 없다.

• 49~96

9원의 지옥을 코치토스라 하고, 그 첫 번째 지역을 카이나라 불렀다.
이곳에 수많은 성을 소유했던 알베르토의 두 아들이 있다.
나폴레오네와 알렉산드로라 불리는 두 아들이 정치적으로 대립하였다.
형은 기벨리니 당원이었고 동생은 궬피 당 소속이었다.
그들이 부모의 유산 문제로 심히 다투다가 함께 죽었다.
"세월이 지난 후에 가인은 땅의 소산으로 제물을 삼아 여호와께 드렸고, 아벨은 자기도 양의 첫 새끼와 그 기름으로 드렸더니 여호와

께서 아벨과 그 제물을 열납하셨으나 가인과 그 제물은 열납하지 아니하신지라." 창4:4, 5
"그 후 그들이 들에 있을 때에 가인이 그 아우 아벨을 쳐 죽이니라." 창4:8
가인이 형제 아벨을 질투하고 분노하며 죽여 인류 최초의 살인자가 되었다.
가인의 이름을 따서 단테는 9원의 첫 번째 지역을 카이나라 했다.
아서 왕의 아들 모드리드가 부왕의 영토를 약탈하려는 음모를 꾸미다가 부친의 노여움을 사 아비의 창이 가슴을 관통했고 그 구멍 사이로 빛이 들어가 그림자에 나타났다.
시솔 마스케로니는 피렌체인으로 숙부가 죽자 자기 조카를 죽이고 재산을 차지했다.
안테노라는 9번째 지옥의 두 번째 굴로 트로이 전쟁 당시 조국을 배반하고 등불로 신호를 보내 목마를 트로이로 입성하게 만든 트로이 장군 이름이다.

• 97~139

이곳은 얼음으로 뒤덮인 코치토스의 두 번째 구역 안테노라이다.
피렌체 사람으로 궬피 당 소속이었던 복카 델리 아바티가 여기에 있다.
그는 몬타페르티 전투에서 자기의 궬피 당에게 치명적인 패배를 안겼다.

겔피 당의 깃발을 들고 가던 병사의 손을 쳐서 기를 떨어뜨리게 하므로 병사들의 사기를 추락하게 하여 패배를 유도한 배신자다.
정당을 배반한 자가 자기 이름이 널리 알려지는 것을 부끄러워한다.
조직을 배반했던 자들이 이 얼음 구덩이에 박혀 영원히 치를 떨고 있다.
티데우스는 테베를 포위했던 일곱 왕 중 일인으로 자기를 부상하게 만든 자의 시체를 물어뜯어 한을 풀고 있다.

제33곡

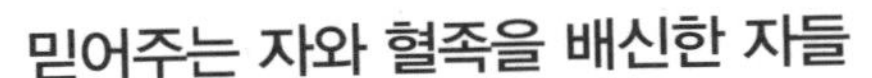

믿어주는 자와 혈족을 배신한 자들

1300년 3월 27일 부활주간 토요일 오후 6시경이다.
단테가 아홉 번째 지옥의 둘째 구역에 있다. 이곳에서 피사의 귀족이며 통령이었던 우골리니와 그의 자손들이 대주교였던 룻지에리의 배신으로 모든 것을 잃고 비참하게 죽어간 이야기를 듣는다. 단테가 마지막 지옥의 세 번째 구역인 톨로메아를 지나며 초대된 손님과 친한 친구를 배신한 자들이 얼음에 묻혀 고통당하는 모습을 본다.

1　그가 끔찍한 먹잇감에서 입을 떼고는
　자기 헝클어진 머리채로

입을 닦으며

4 말하기를, "생각만 해도
가슴을 짓누르는 기억들을
그대가 나로 떠오르게 한다오.

7 그러나 내 말이 씨가 되어
이놈에게 치명적인 열매를 맺게 한다면
내가 눈물을 머금고라도 이야기하리다.

10 나는 그대가 누구인지 모르고
어떻게 여기에 왔는지도 알지 못하지만
말을 들어보니 그대는 피렌체 사람이오.

13 나는 우골리노 백작이고
이놈은 룻지에리 대주교라오.
내가 왜 이놈 곁에 있는지를 말하리니,

16 내가 이놈을 믿었다가
사악한 속임수에 넘어가 사로잡혔고
결국 죽임을 당했소.

19 그대가 보지 못한 나의 죽음이

얼마나 참혹했는지를 듣게 된다면
이놈이 나를 어떻게 망쳤는지를 알게 되리다.

22 피사에 있는 탑은 나로 인해
‘기아’飢餓라는 이름을 얻게 되었고
그 속엔 지금도 사람을 가두는 골방이 있다오.

25 나는 그 문의 틈새로
수없이 뜨고 지는 달을 보며
미래의 베일을 벗겨주는 끔찍한 꿈을 꾸었다오.

28 피사 인들로 루카 마을을 볼 수 없게 만든 산으로
사람들이 늑대를 사냥하러 가는데
이자가 그 무리의 우두머리였소.

31 이놈이 날래게 길들여진 야윈 암캐를 이끌고 있었고,
친척이고 귀족인 구알란디와 시스몬디가 동행을 했으며
란프란키가 맨 앞에 섰다오.

34 머지않아 도망치던 늑대와 그 새끼들이
기진한 듯 보였고 개의 뾰족한 이빨이
그것들 옆구리를 찢고 있었소.

37 내가 새벽녘에 꿈에서 깨어났는데
나와 함께 있던 손자 놈들이
잠결에 울면서 빵을 달라 했소.

40 내 마음을 짓누르던 그 일을
그대가 슬퍼할 줄 모른다면 그댄 매정한 사람이오.
눈물은 이런 때를 위해 있는 것이라오.

43 평소 같았으면 우리가
음식을 준비할 시간이었지만
모두는 내 꿈으로 인해 불안해하고 있었소.

46 얼마 후 탑 아래에 있는 문에
못질하는 소리가 들렸는데,
우리는 우두커니 서로의 얼굴만 보았다오.

49 나는 겉으로는 가만히 있었지만 속은 타들어 갔소.
자식들이 울부짖는 가운데 손자 안셀무초가 묻기를,
'할아버지, 무슨 일이기에 그러세요?'

52 그러나 나는 아무 말도 하지 못했고
울지도 않았소. 어느덧 밤과 낮이 바뀌어
태양은 다시 떠오르며

55 한 줄기 빛이 절망스러운 공간 속으로 깃들고,
나는 네 명의 표정을 통해
내 모습을 가늠할 수 있었소.

58 내가 너무 괴로워 손을 물어뜯었더니
배가 고파서 그러는 줄 알고
자식들이 일어나 이렇게 말했다오.

61 '아버님이 저희 살을 드시면 오히려
덜 고통스럽겠나이다.
아버지께서 이 살을 입혀주셨으니 이젠 벗겨주소서.'

64 내가 더 이상 그들을 슬프게 하지 않으려
그날도 그다음 날도 말 없는 가운데
'아, 땅이여! 열려서 우리를 삼켜다오.' 했다오.

67 그리고는 나흘째로 접어들었을 때
장남 갓도가 나를 향해 넙죽이 쓰러지면서
'아버지, 저를 좀 도와주세요.' 하고는

70 이내 죽어버렸소. 닷새, 엿새가 지나는 동안
세 자식이 하나씩 하나씩 죽는 것을
지금 그대가 나를 대하듯 내가 보았나니,

73 나는 이미 장님이 되어 더듬어 알게 되었소.
그들이 죽고 내가 이틀 동안이나 이름을 불렀는데,
죽음의 슬픔보다 배고픔의 고통을 참을 수 없었소."

76 그가 여기까지 말하고는 눈을 부릅뜨고
뼈다귀를 씹는 개처럼 억센 이빨로
처참한 그놈 머리통을 물어뜯더라.

79 아아, 피사여! 아름다운 언어 "Si"가 울려 퍼지던
나라 백성들의 부끄러움이여!
너를 벌하기를 이웃인 피렌체와 루카가 주저한다면

82 카프라이아와 고르고나 섬들이 움직여
아르노 강 어귀에 둑을 만들어
그 속에 모두를 잠기게 할지어다.

85 비록 우골리노 백작이 피사의 성을
팔았다는 소문이 있었다마는
왜 자녀들마저 십자가에 매달았는가?

88 참사가 많았던 테베가 되어버린 피사여!
우구치오네와 브리가타, 또 앞에서 불리어진
두 아이가 무슨 죄가 있었단 말인가?

91 우리가 가다가 또 한 무리가 얼음에
묻혀있는 있는 것을 보았는데,
그들 얼굴이 위를 향하고 있었다.

94 이곳은 울음이 용납되지 않는 곳이어서,
눈물은 두 눈을 가로막는 얼음으로 변하기에
슬픔은 안으로만 파고들어 가슴을 터지게 하더라.

97 얼음덩어리가 된 눈물이
수정으로 만든 눈꺼풀인 양 눈썹 아래의
움푹한 눈구멍을 메우고 있었다.

100 마치 못이 박힌 것처럼 지독한 추위가
내 얼굴의 감각을 앗아가 버리는데,
한 가닥 살랑거리는

103 바람이 불어와 내가 스승에게 묻기를,
"이 바람을 일으키는 자는 누구입니까?
태양이 미치지 못하는 곳엔 기운이 없지 않나이까?"

106 그가 말하길, "머지않아 네 눈으로
이 바람의 근원을 보게 되리니,
그때 내가 너에게 말하리라."

109 얼음을 뒤집어쓴 자들 중 하나가
내게 소리치길,
"오, 최후의 곳으로 향하는 불쌍한 자여!

112 내 눈의 두꺼운 너울veils을 걷어주어
내 눈물이 얼어붙기 전에 마음의 고통을
마음껏 호소할 수 있도록 해주오."

115 내가 그에게 대답하길,
"나의 도움을 원하거든 그대가 누군지 말하오.
내가 도울 필요가 없다면 지나가겠소."

118 그가 말하길, "나는 수도사 알베리고라오.
'과일을 가져오라.'는 신호로 자객을 불러 형제와 조카를 죽였소.
그래서 싼 무화과 대신 값비싼 대추를 따고 있다오."

121 내가 묻기를, "오, 그대가 벌써 죽었단 말인가!"
그가 대답하길, "저 위 세상에서
내 몸이 어떻게 되었는지 나는 모른다오.

124 코키토스의 3번째 구역인 톨로메아엔 이런 특권이 있나니,
생명줄을 끊는 여신 아트로포스가 손을 쓰기도 전에
영혼이 이리로 굴러떨어지는 일이 종종 있다오.

127 그대가 내 얼굴에서 유리알 같은 얼음을
기쁜 마음으로 제거할 수 있도록 그 비밀을 말하리다.
내가 그랬듯이 영혼이 육체를 배반할 때

130 그 육신은 세상에서 마귀 차지가 되어
이후의 돌고 도는 모든 시간을
마귀가 왕 노릇 하며 지낸다오.

133 이곳 구덩이에 있는 자들 중
영혼은 여기에서 혹독한 겨울을 보내고 있지만
그 육체를 세상에서 볼 수 있는 자들이 있다오.

136 그대가 방금 이곳에 왔기에 장인 미켈 챤케를 죽인
저놈을 잘 알 것이요. 이름이 세르 브란카 도리아인데,
그 영혼이 여기에 갇힌 지 벌써 여러 해가 지났소."

139 내가 말하길, "그대는 나를 속이고 있소.
세르 브란카 도리아는 죽지 않았고
지금 세상에 살면서 먹고 자며 옷을 입고 있다오."

142 그가 말하길, "저 위에서 펄펄 끓고 있는
역청 구덩이에 미켈 챤케가
미처 도달하기도 전에

145 저놈은 자기와 함께 반역을 도모한
친척 한 놈과 더불어 자기 영혼 대신
마귀를 자기 몸 안에 집어넣었다오.

148 아무튼 이제 그대 손을 펴서 내 눈을 열어주오."
그러나 나는 그의 눈에 손을 대지 않았다.
무자비함이 오히려 그에 대한 예의라 생각했다.

151 아, 제노바여! 온갖 미풍양속을 저버리고
악한 마음만을 간직한 자들이여!
어찌하여 하늘은 그대들을 살려두는가?

154 그대들 중 세르 브란카 도리아가
사악한 로마냐의 망령 알베리고와 더불어
저 코치토스에서 미역을 감고 있는데,

157 그들 육신은 지금 세상에서 살아 숨 쉬고 있도다.

- **1~48**

피사의 통령이었던 우골리노 백작이 여기에 있다.
그가 피사의 대주교였던 롯지에리와 깊은 우정을 나누었다.
그러나 기벨리니 당의 수령인 롯지에리의 배신으로 그가 모든 것을 잃었다.
우골리노와 그의 자식들과 손자들이 피사의 탑에 갇혔다.
그곳에서 자신과 가문의 미래를 가늠하는 꿈을 꾼다.

- **49~90**

자식들의 고통을 보며 손을 물어뜯는 아비를 보며 자신의 살을 드시라고 하는 자식과 손자들의 얼굴을 우골리노 백작이 본다.
굶주림으로 인해 자식들이 죽고 눈이 먼 그가 주검을 안고 운다.
우골리노가 자신의 과거를 말하며 시인들 앞에서 원수의 머리통을 깨문다.
1288년에 피사와 제노바 사이의 멜로니아에서 큰 전투가 있었다.
이 싸움에서 피사가 패배하므로 피사의 수장이었던 우골리니는 도시 국가에 속했던 몇 개의 성을 제노바에게 양도할 수밖에 없었는데, 정적들이 이를 가지고 그를 음해하였다.
'Si'는 '예'라는 뜻의 단어로 이 말이 사용되는 곳은 이탈리아다.
카프라이아와 고르고나는 섬으로 이 섬이 무너져 둑이 되어 물길을 막으면 피사와 여러 도시들이 물에 잠기게 된다.

• 91~157

두 시인이 9번째 지옥의 세 번째 구역인 톨로메아에 있다.
톨로메아는 유대 여리고의 수장 이름으로, 자기 아버지이며 제사장인 마카베오와 자기의 두 형제를 성안으로 초대하여 술을 먹이고 죽였다.
친족을 배신한 자들이 얼음 지옥에서 얼어붙은 채 싸우고 있다.
친족을 배신한 알베리고가 권력 다툼을 하던 동생과 그의 아들을 살해했는데, 그들을 연회에 초대하고 '과일을 가져오라.'는 신호를 보낸 후에 자객으로 하여금 죽이게 했다. 그래서 알베리고의 망령이 이곳에서 값비싼 대가를 치르고 있다.
단테가 살던 그 당시 무화과가 가장 싸고 대추가 가장 비싼 과일이었다.
세르 브란카 도리아는 제노바 사람이며 미켈 잔케의 사위로서 권력을 빼앗기 위해 1290년에 연회장에서 장인을 살해하였다.

제34곡

은인을 배반한 자들

가장 깊은 지옥의 네 번째 구역인 주테카에는 은인을 팔아먹은 자들이 얼음 속에 묻혀있다. 하나님을 배반한 루시퍼가 스승을 배신한 유다와 부루투스와 카시우스를 물어뜯고 있다. 지옥의 모든 곳을 살핀 두 시인이 루시퍼의 긴 털을 타고서 지구의 중심을 벗어나 밖으로 나와 하늘이 실어 나르는 별들을 본다.

1 스승이 말하길, "지옥 마왕의 깃발이
가까워지고 있나니, 너는 정신을 차리고
그것을 주목하여 보아라."

4 자욱한 안개가 밀려오는 것처럼,
혹은 반구半球가 어둠에 잠길 때
바람에 도는 풍차가 희미하게 다가오듯이

7 우리 앞에 묘한 분위기를 자아내는
성城이 나타나며 거친 바람이 불어와
내가 스승 뒤로 피했다.

10 어느덧 우리가 얼음에 묻힌 망령들이
유리 속 볏짚처럼 보이는 곳에 이르렀고,
이제 내가 거기에서 본 것들을 떨림으로 적노니,

13 그 무리 중 어떤 자들은 바로 누워있고
일부는 머리를 아래로 또는 발을 밑으로 뻗었으며,
나머지는 얼굴이 발에 닿아 활처럼 휘어있었다.

16 우리가 그곳을 지나는데
길잡이가 옛적에 아름다운 자태를 뽐내던 자를
내게 보여주려는 마음이 간절했던지

19 내 앞을 가로막으며 이르기를,
"여기가 루시퍼가 있는 디스Dis로다.
마음을 강하게 하여라."

22 독자여, 내가 그 말을 듣고 얼마나 몸과 마음이
녹초가 되었는지를 묻지 마시라.
내 말이 나의 느낌을 따라갈 수 없도다.

25 그 순간 나는 산 자도 죽은 자도 아니었나니,
그대들이 천재의 감각을 지녔거든
그때 내 심정을 헤아려 볼 일이로다.

28 처절한 고통의 나라 임금이
제 몸의 상반신을 얼음 밖으로 드러냈는데,
거인을 그자의 팔뚝에 비교하는 것보다

31 나를 거인과 견줌이 더 나을 것이로다.
그의 몸 한 부분이 그 정도일진대
몸 전체는 어떠했겠는가.

34 그가 예전의 아름다운 모습만큼이나
지금은 추하게 변해버렸는데,
이는 창조주께 눈썹을 치켜세웠기 때문이로다.

37 내가 얼굴 셋을 가진 그놈을 보며
얼마나 경악하고 공포에 사로잡혔던가!
가운데 얼굴은 진홍색이었고,

40 다른 두 개는 좌우 어깨 중간에,
그러니까 가운데 얼굴 양쪽 곁에 있었으며
머리카락은 하나로 어우러져 있었다.

43 오른쪽 얼굴은 흰색과 노란색의 중간이었고,
왼쪽은 나일 강이 흐르는 고장 사람들 피부를
보는 것 같았다.

46 세 개의 머리 아래에는 엄청나게 큰 새에게나
어울릴 것 같은 두 날개가 각각 있었는데,
배의 돛 중에서도 그렇게 큰 것은 없겠더라.

49 날개에는 깃털이 없어 마치 박쥐의 것과
흡사했는데, 그놈이 그것을 퍼덕이면
세 가닥으로 바람이 일어

52 코키토스의 구석구석을 얼어붙게 했고,
또 그놈의 여섯 개의 눈에서 흐르는 눈물은
세 개의 턱에서 피맺힌 침과 섞여 고드름이 되었다.

55 세 개의 입은 죄인을 하나씩 물고 있었는데,
마치 삼을 갈기갈기 찢는 것처럼
그 셋을 못 견디게 씹고 있었다.

58 그러나 물어뜯기는 것이 차라리 나은 것은
루시퍼의 손톱에 한 번 할퀴면
그들 등껍질이 다 벗겨지기 때문이었다.

61 스승이 말하길, "여기에서 가장 큰 벌을 받는 자는
가룟 유다로다. 그의 머리는 루시퍼 입안에
박혀있고 다리는 밖으로 나와있노라.

64 머리통을 아래로 처박고 있는 두 놈 중
검은 얼굴로 매달린 놈이 브루투스인데,
그는 몸을 비비 꼬면서 아무 말이 없도다.

67 몸체가 더 커 보이는 자가 카시우스다.
이제 어둠이 밀려오는 도다.
네가 여기에서 볼 것들을 다 보았노라."

70 그리하여 내가 스승이 이른 대로 그의 목을
껴안았는데, 그가 그곳을 떠나기 위해
시간을 가늠하더니 마왕의 날개가 펴졌을 때

73 나를 꼭 안고는 털이 무성한
그놈의 겨드랑이에 찰싹 달라붙어
그것을 타고 아래로 내려가더라.

76 그놈 옆구리가 볼록한 지점,
그러니까 허벅지가 시작되는 곳에 우리가 이르렀을 때
집중되는 우주의 중력으로 길잡이가 헐떡거렸는데,

79 그가 다리를 딛고 있던 자리로 머리를 옮기며
다시 위로 오르려는 듯 털을 움켜쥐므로
내가 다시 지옥으로 가는 줄 알았노라.

82 피로에 지친 모습으로 스승이 말하길,
"나를 꽉 붙잡으라. 이 사다리를 통해
우리는 이 끔찍한 곳을 벗어나야 하리라."

85 그리고는 그가 바위 사이로
빠져나와서 나를 그 가장자리에
내려놓고는 내 곁에 앉았다.

88 내가 눈을 들어
루시퍼를 보았는데,
이제는 그가 다리를 위로 쳐들고 있었다.

91 내가 그 모양을 보며 당황했을 것이라
생각하는 자가 있다면, 이는 그가
우리가 지나온 길을 잘못 분별한 까닭이로다.

94 스승이 말하길, “이제 일어나라.
갈 길이 멀고 험한데
해는 벌써 세 시 반을 가리키고 있노라.”

97 머지않아 우리가 도착한 곳은
궁궐 같은 넓은 뜰이 아닌
희미한 빛이 들어오는 동굴이었다.

100 내가 길잡이에게 묻기를,
“스승이시여, 이 지옥의 심연을 벗어나기 전에
저의 무지를 깨우쳐 주옵소서.

103 우리가 조금 전에 보았던 얼음은 어디에 있으며
왜 그놈은 갑자기 거꾸로 처박혀 있나이까?
또 해는 어찌하여 저녁에서 아침으로 바뀌었나이까?”

106 스승이 말하길, “너는 아직도 우리가
이 지구를 꿰뚫은 흉측한 벌레의 털을 붙잡고
지구 중심에 머무는 줄로 아느냐?

109 우리가 그곳으로 내려가는 동안만 거기 있었고,
몸을 돌이켰을 땐 우리는 모든 중력이 집중되는
그곳을 벗어났노라.

112 이제 너는 우리 주님이 아무런 죄 없이
태어나시고 허물없이 사시다 돌아가신
그 척박한 골고다의

115 맞은편 반구에 다다랐도다.
너는 지금 주데카와 등을 맞대고 있는
좁디좁은 둘레에 발을 딛고 있나니,

118 저 북반구가 저녁이면 이곳은 아침이로다.
기다란 털로 우리에게 사다리를 놓아준 그놈은
예나 지금이나 그 자리에 있노라.

121 그가 하늘로부터 이곳에 떨어질 때
여기에 솟아있던 대지는 그놈이 무서워
바다의 너울을 쓰고 속으로 숨어

124 사람들이 사는 북반구로 이동했고,
여기에 있던 땅도 그놈과 닿는 것이 싫어
이곳에 텅 빈 동굴을 남기고 위로 솟았노라.

127 그래서 지표면으로부터 그의 무덤까지만큼이나
위로 솟구쳐 정죄淨罪 산을 이루었는데, 그 산은 루시퍼로부터
아득히 먼 곳에 있어 보이지 않고, 다만 그곳으로부터

130　흐르는 여울 소리로 높이를 가늠할 수 있도다.
그 물줄기가 굽이치며 흘러내려
바위 구멍을 통해 지옥으로 들어가노라."

133　스승과 나는 밝은 곳으로 나아가기 위해
아무런 휴식도 없이 어둡고 험한 길을
지나고 있었는데,

136　둥글게 열린 구멍을 통해
하늘이 옮기는 아름다운 것들이 나타나더라.
그는 앞서고 나는 뒤를 따르며

139　우리가 별들의 세계를 다시 보게 되었다.

• 1~45

두 시인이 지옥에서 가장 깊은 곳의 네 번째 구역인 주덱카에 왔다.
주테카는 예수를 은전 이십에 팔아먹은 유다에게서 유래한 이름이다.
여기에서 이웃과 은인을 배신하고 하나님을 배반한 자들이 벌을 받는다.
자기와 같은 지위의 동료를 배신한 자는 누워 있고, 자기보다 지위가 낮은 자를 속인 자는 서 있다. 높은 자를 배반한 자는 머리를 밑으로 하고 있다.
몸을 구부리고 있는 무리는 은인을 팔아먹은 자들이다.
루시퍼는 피조물 중 가장 아름다운 자였으나 타락하여 가장 추하게 변했다.
"오, 아침의 아들 루시퍼야, 네가 어찌하여 하늘에서 떨어졌는가! 민족들을 연약하게 만든 자야, 네가 어찌 끊어져 땅으로 떨어졌는가!" 사14:12
"또 자기 지위를 지키지 아니하고 자기 처소를 떠난 천사들을 큰 날의 심판 때까지 영원한 결박으로 흑암 속에 가두어 두셨느니라." 유1:6
루시퍼가 지옥의 심장부인 얼음 왕국에서 왕 노릇 하며 망령들을 괴롭힌다.
루시퍼의 세 가지 얼굴 중 붉은색은 증오를, 노란빛은 무력無力을, 검은색은 무지無知를 상징한다. 나일 강이 흐르는 곳은 에디오피아다.
단테가 사지가 얼어붙어 자신이 살아있는지 죽었는지를 분간할 수 없다.

• 46~87

은전 삼십에 예수를 팔고 목매어 자살한 유다가 지옥의 심장부에 있다.
하나님의 섭리를 거스르고 스승을 배신한 자들이 죽어 이곳에 온다.
브루투스와 카시우스도 황제 카이사르에게 칼을 뽑은 죗값을 치르고 있다.
하나님을 배신한 천사장 루시퍼가 은인을 배반한 자들을 물어뜯고 있다.

• 88~139

단테는 지구의 육지는 북반구에 있고 남반구에는 바다가 있다고 생각했다.
북반구의 정점은 예루살렘이고 죄 없으신 주님께서 그곳 골고다에서 인간의 모든 죄를 담당하시려고 십자가에 못 박혀 죽으셨다 믿었다.
루시퍼가 하늘에서 추방될 때 남반구에 떨어졌는데, 그때 땅들이 무서워 바닷속으로 숨어 북반구로 이동했고, 루시퍼가 지옥으로 들어갈 때 닿았던 땅들은 놀라서 하늘로 치솟아 정죄 산을 이루었다고 말한다.
단테와 베르길리우스가 좁은 통로를 지나며 지옥을 벗어난다.
어두운 굴을 나와 하늘이 실어 나르는 아름다운 별들을 본다.
스승과 제자가 하늘을 수놓은 별들을 향한다.
하나님의 영광을 보며 지옥 여행을 마무리한다.

신곡

1권

지옥으로의 편력(遍歷)

초판 1쇄 발행 2023. 4. 11.

지은이 김용선
펴낸이 김병호
펴낸곳 주식회사 바른북스

편집진행 황금주
디자인 양헌경

등록 2019년 4월 3일 제2019-000040호
주소 서울시 성동구 연무장5길 9-16, 301호 (성수동2가, 블루스톤타워)
대표전화 070-7857-9719 | **경영지원** 02-3409-9719 | **팩스** 070-7610-9820

•바른북스는 여러분의 다양한 아이디어와 원고 투고를 설레는 마음으로 기다리고 있습니다.

이메일 barunbooks21@naver.com | **원고투고** barunbooks21@naver.com
홈페이지 www.barunbooks.com | **공식 블로그** blog.naver.com/barunbooks7
공식 포스트 post.naver.com/barunbooks7 | **페이스북** facebook.com/barunbooks7

ISBN 979-11-92942-62-9 04880
979-11-92942-65-0 04880(세트)